Joe y la paz eterna

John Teofilo Padilla Jr.

Joe y la paz eterna

Primera edición: 2022

ISBN:9781524318000
ISBN eBook: 9781524328078

© texto:
    John Teofilo Padilla Jr.

© Maquetación, diseño y producción de esta edición:
2022 EBL

Índice

1

Las pandemias están en el horizonte, piensa el Dr. Roberto Benson mientras duerme. De repente, el despertador suena con fuerza; tan temprano en la mañana, que aún parecía de noche. Apaga la alarma mientras se levanta de la cama y se viste para ir a trabajar al hospital.

—Sí, Roberto, eres un médico y un científico que tiene que ir a trabajar —Se dice a sí mismo en voz alta. Seguidamente, el Dr. Benson reflexiona sobre una proteína de espiga que está investigando para inventar una vacuna, sin embargo, sabe que después de la inoculación el corazón y el cerebro humano podrían sufrir miocarditis y pericarditis. Es consciente de que la alimentación de las personas es deplorable, por lo que sus sistemas cardiovasculares no son lo suficientemente fuertes para una vacuna potente, por lo que una persona puede sufrir un ataque al corazón o una trombosis en cualquier momento. El mundo, y los Estados Unidos que el Dr. Benson conoce, tiene una crisis de salud pública que gira en torno a afecciones como la obesidad, la diabetes, la hipertensión, las enfermedades cardiovasculares y los cánceres de diversos tipos. Pero pronto sabe que se producirá una enorme pandemia de un virus mortal en todo el mundo, que matará a muchas personas, y este mutará para ser aún más peligroso si no se actúa pronto.

Las diferentes variantes genéticas dentro de una especie se denominan alelos, por lo que una nueva mutación puede crear un nuevo alelo. Por ello, para impedir que las enfermedades respiratorias se alojen en los pulmones, es necesario ejercitar los pulmones mediante la acción para fortalecerlos. Además, los seres humanos deben purificar los pulmones y el cuerpo para eliminar las toxinas cada semana para tener una salud óptima. En su opinión, el próximo virus pandémico tendrá un fuerte impacto y la respuesta de la nación será colectiva ante él. Sin embargo, el sistema médico mundial y los gobiernos serán negligentes y posiblemente caerán en el caos cuando esta pandemia sea solo el comienzo de otras más fatales que vendrán con nuevas variantes más letales. En breve, y por desgracia, le seguirá la tragedia de no tener alimentos para nutrir al mundo debido al cambio climático. Y finalmente, la mayor parte del mundo se verá sumida en la oscuridad debido a un hackeo informático que apagará las redes eléctricas y que creará una histeria masiva. Luego, poco después de que se haya restablecido el orden, las superpotencias mundiales comenzarán una guerra biológica, sin que nadie lo sepa. Esto es lo que tristemente cree el Dr. Benson, teorías que salen a relucir enlas conversaciones con su padre, el general del ejército.

La mente del Dr. Benson está siempre en movimiento, ya que sabe que la mayoría del cerebro no es aprovechado por la gente normal, sin embargo, él quiere cambiar eso.

—¡Haz una taza de café! —le dice a su cafetera activada por voz. El Dr. Benson finalmente se viste para trabajar como médico. Coge sus tres bolsitas de plástico de comida en el frigorífico que preparó por la noche y que están llenas de brócoli, zanahorias, col rizada, apio y fu choy crudos, además de su bolsa de nueces, almendras y pistachos crudos, y por último su bolsa de diversas bayas para picar en el trabajo. Luego coge su taza de café mientras se dirige al garaje y le dice "¡Abre!" a su supercoche AMG activado por voz.

La puerta del coche se abre al entrar, gira la llave de contacto... ¡Y se enciende! El potente supercoche Mercedes Benz, fabricado especialmente para él, cuenta con energía solar e inteligencia artificial informática fabricada por las Industrias Saman.

Después de montarse en el carro, sale de su lujosa casa de Beverly Hills y ruge por la carretera de camino al hospital. Aparca su vehículo en el sótano protegido del hospital mientras los guardias de seguridad le hacen señas para que entre. Se bebe la última gota de café, sale del vehículo y se dirige al ascensor. Mira a la cámara de reconocimiento ocular y dice:

—Dr. Roberto Benson

El ordenador dice:

—Reconocido y proceda.

El ascensor se abre para él mientras dice las siguientes instrucciones:

—Planta del despacho de personal, por favor —Cuando sale del ascensor se pregunta si el mundo está preparado para superar varias pandemias de gran magnitud que ataquen al sistema respiratorio de los humanos.Si podrán hacer frente además a la hambruna, y una Guerra Mundial biológica porvocada por la avaricia de los poderosos del mundo. El mundo necesita una gran cantidad de mascarillas respiratorias de siete capas con una protección ocular que no se empañe, para que la gente respire con total comodidad. Sin embargo, aún no existe ese tipo de protección en este mundo. Y por desgracia, el mundo no está preparado para las próximas pandemias.

—¡La ciencia médica y el creador! —proclamó el Dr. Roberto Benson mientras miraba ensoñado a través de la ventana del despacho de personal del hospital. Sintió el calor de la luz del sol golpear su piel, mientras que la vitamina D se producía endógenamente. Se quedó inmóvil, contemplando a través de la ventana la belleza cotidiana de la vida. Vio a un joven sonriente en su monopatín hacer dos giros de 360 grados sin esfuerzo y a una mujer atlética y hermosa trotando. Vio a un anciano sentado en un banco y dando de comer a las palomas, y a una anciana muy bien vestida paseando a su perrito bien vestido en esta hermosa ciudad de Beverly Hills. Deseaba alargar la vida de todas las personas mientras cuestionaba la medicina convencional y se maravillaba con los misterios de la biología que a otros les parecían mundanos.

—¡Deviene a mi mente la idea de que los monocitos y las células madre pueden formar una simbiosis para curar el cáncer! —se dijo el Dr. Benson. Sabe que debe centrarse en su objetivo principal definitivo de encontrar una cura para el cáncer. De repente y de la nada, una paloma blanca y brillante se posó en el alféizar de la ventana junto a él. Sintió una repentina paz interior celestial y sonrió a la hermosa paloma blanca y brillante. Luego miró a las esponjosas nubes del cielo y proclamó:

—Como te prometí; ¡encontraré un remedio para todos los cánceres, madre!

Mientras tanto, a unos metros de distancia, el personal del Dr. Benson, y varios altos funcionarios políticos le esperaban impacientes.

—¡Vamos, Dr. Benson! —instó su asistente—. Esto es Beverly Hills, en la soleada California. ¿Por qué sigues ahí parado como un árbol? Se supone que debes estar en nuestra reunión de personal. Piensas demasiado. Por favor, siéntate y habla con nosotros.

Varias voluptuosas y recién llegadas pasantes de medicina se sentaron y lo miraron con desprecio, preguntándose por qué el apuesto y atlético Dr. Benson, de ojos penetrantes y atractivos, no se sentía atraído por ellas.

—Quizá no le atraigan las mujeres —murmuraban—. ¿O tal vez está casado sin llevar anillo de boda?

—Oh no, aquí viene. Te ha oído —dijo una doctora.

El Dr. Benson con porte, dice:

—Señoras y señores, bienvenidos a nuestra reunión de mentes maestras. Una próxima pandemia se avecina y tenemos que preparar este hospital para salvar vidas. Además, necesitamos máscaras de siete capas para todos los empleados y pacientes cuando lleguen al hospital. También quiero que todos los empleados tengan protección facial y ocular —El Dr. Benson ve la cara de incredulidad de su personal. También les informa de que, poco después de la pandemia que atacará los pulmones de la gente, llegará una pandemia alimentaria. En consecuencia, quiere que su personal cultive toda la comida que pueda. Con respecto a la creencia de una posterior guerra biológica que vendrá después de la pandemia alimentaria, no la comparte con los demás.

—Escuchen, por favor —El Dr. Benson continúa— Este hospital necesita potentes generadores solares y más paneles solares, además necesita nuevas turbinas de viento para crear electricidad, así este hospital estará preparado para cuando las redes eléctricas se apaguen —un repentino silencio se apodera de la reunión. Sin embargo, una joven interna dice:

—Señor, ¿y si las poderosas compañías eléctricas no lo hacen o intentan impedir que este hospital se desconecte de la red?

—Eso solo será una derrota temporal y no un fracaso. Conocemos a gente en las altas esferas, por lo que superaremos este obstáculo. Te lo aseguro. Debemos hacerlo.

El Dr. Benson concluye, y también recomienda a todos los presentes en esta reunión de mentes maestras que tengan un generador en su casa, y cualquier fuente de energía verde para producir electricidad para las pandemias que se avecinan.

De repente, sonó la alarma de la sala de emergencias. El Dr. Benson y su personal médico se apresuraron a salir.

—Vamos, gente. Vamos. ¡Trabajo en equipo! —gritó el Dr. Benson. Al entrar en la sala de urgencias, observó la ambulancia. El equipo médico de urgencias había traído a un anciano japonés, y Benson le tendió una suave mano.

—Soy el Dr. Benson, el médico de guardia. Me ocuparé de usted, señor Musashi.

El anciano japonés murmuró al médico:

—*¡Munegaitai! ¡Tasukete!* —De repente, los ojos del Sr. Musashi se abrieron de golpe, como si estuviera viendo algo paranormal.

Esto preocupó al Dr. Benson.

—¡Sr. Musashi, por favor, relájese! —El Dr. Benson trató de calmar al paciente porque no creía en los sucesos paranormales.

Sin embargo, los ojos asustados de Musashi permanecían abiertos como grandes sandías mientras decía:

—*¡Watashi wa karui ishi no shindan o ukete kudasai! ¡Tasukete!* —Luego sus ojos se cerraron.

El Dr. Benson dijo rápidamente:

—Este hombre está sufriendo un infarto de miocardio. La sangre que lleva oxígeno a su músculo cardíaco se ha detenido en alguna parte. ¿Sinopsis, enfermera? —pidió el Dr. Benson mientras levantaba una ceja para mirar directamente a la enfermera Bianca.

Sintiendo la presión del momento, la enfermera Bianca respondió rápidamente:

—Dr. Benson, por desgracia, el Sr. Musashi sufrió un colapso por un aparente ataque cardíaco agudo mientras estaba en la ciudad en un viaje de negocios. Industrias Saman grabó al Sr. Musashi hasta la mitad de su seminario informativo de cuatro horas sobre cómo vivir la vida con paz eterna, mientras caminaba por el escenario de un lado a otro, exhibiendo su carácter. Entonces, de repente, experimentó una opresión en la mandíbula y el pecho. Incapaz de hablar, el Sr. Musashi se desplomó en el suelo de la convención en medio de su presentación.

—¡Deprisa, gente! Su músculo cardíaco está muriendo. ¡El tiempo puede salvar al músculo! —Ordenó el Dr. Benson. El equipo conectó al Sr. Musashi a una máquina de electrocardiograma, que identificó un ataque cardíaco agudo. El equipo de catéteres introdujo rápidamente un tubo en el conducto corporal del Sr. Musashi y luego tomó imágenes, que revelaron la obstrucción de la arteria cardíaca. Se administraron inmediatamente anticoagulantes y analgésicos al Sr. Musashi mientras lo llevaban al quirófano. El Dr. Benson se lavó las manos y se puso los guantes quirúrgicos. El equipo médico controló los latidos del Sr. Musashi mientras el Dr. Benson observaba el video de la arteria bloqueada. A continuación, el Dr. Benson, utilizando un catéter, introdujo cuidadosamente en el Sr. Musashi una endoprótesis vascular que parecía el resorte de un bolígrafo. La endoprótesis vascular también tenía un globo desinflado en su interior, que se expandió mientras el Dr. Benson enhebraba este instrumento en el revestimiento de la arteria bloqueada del Sr. Musashi.

—El ritmo cardíaco es estable, doctor —dijo la enfermera.

El Dr. Benson sonrió con confianza y luego expandió el globo, que a su vez dilató la endoprótesis vascular para abrir la arteria bloqueada. Instantáneamente, la sangre rica en oxígeno fluyó hacia el corazón del señor Musashi.

—Voy a insertar otra endoprótesis vascular, con lo que ya serían dos —dijo el Dr. Benson. El equipo médico siguió controlando los buenos y constantes latidos del Sr. Musashi.

Finalmente, el Dr. Benson autorizó que el paciente pasara a la sala de recuperación. Los médicos internos, exultantes, sonreían de alegría. La vida del Sr. Musashi se había salvado.

—¡Buen trabajo, equipo! —concluyó el Dr. Benson—. Mm —murmuró mientras revisaba los resultados de sangre del laboratorio del Sr. Musashi—. Enfermera Bianca, por favor, traiga mi fórmula especial para la enfermedad a la sala de recuperación.

—Sí, doctor, enseguida —respondió la enfermera Bianca.

El Dr. Benson revisó rápidamente su agenda de citas en el hospital, observando que un paciente importante debía llegar en media hora. El Dr. Benson entró entonces en la sala de recuperación para examinar a su paciente, el Sr. Musashi.

—*Watashi wa karui ishi no shindan o ukete kudasai* —dijo el Sr. Musashi cuando el Dr. Benson entró en la sala de recuperación.

—Si me está dando las gracias, por favor, espere, señor Musashi. Desgraciadamente, tiene usted otros problemas de salud que deben ser atendidos —El Sr. Musashi fue informado éticamente de su Parkinson, Alzheimer y artritis—. La buena noticia, señor Musashi, es que he estado trabajando en un remedio para todos estos problemas de salud. Con su permiso, podría administrarle mi nueva medicina especial. Sin embargo, necesitaría que estuviera disponible para las citas médicas de seguimiento.

—*Ossu* —respondió el señor Musashi.

—*¡Hai!* Sí, así es. Mi japonés está muy oxidado. No lo he practicado desde que era un niño, pero sé un poco gracias a la gira militar que mi padre tuvo en su país. ¿Puede hablarme en español, señor Musashi? —El anciano asintió con la cabeza y continuó—. Bien, entonces. Como ahora nos entendemos, le auguro muchos años más de vida —Mientras tanto, justo fuera de la habitación del Sr. Musashi había un hombre con rasgos faciales de cerdo que gruñía como tal cuando hablaba. Era de Industrias Saman y le dio a la enfermera Bianca un formulario para que el Sr. Musashi firmara el consentimiento de derechos de imagen para ser grabado, durante su presentación de la paz eterna. Mientras el representante de Industrias Saman se alejaba cojeando con los movimientos de un cerdo, la encantadora y bien educada enfermera Bianca, llevó el nuevo medicamento al biólogo y bioquímico Dr. Benson. Él mismo había creado este medicamento en su propio laboratorio. La enfermera Bianca disfrutaba trabajar junto al Dr. Benson por muchas razones, sin embargo, no disfrutaba presenciando la administración del nuevo prototipo de medicamento.

—Aquí está el nuevo medicamento, y he traído varios formularios de consentimiento, Dr. Benson —dijo.

—Sí. Gracias, Srta. Bianca —El Dr. Benson entregó los formularios de consentimiento al Sr. Musashi, y este los firmó para Industrias Saman y para recibir el nuevo medicamento. Luego la enfermera Bianca se fue a archivar los formularios mientras el hombre con cara de cerdo recibía su formulario.

Tras una breve pausa, el Dr. Benson repasó los resultados de las pruebas de sangre del Sr. Musashi. El Sr. Musashi intentó leer la mente del Dr. Benson mirando a sus ojos, que algunos decían que eran las ventanas al alma de un humano. El Dr. Benson lo sintió, por lo que rompió el juego de miradas y dijo:

—Sr. Musashi, tengo entendido que imparte seminarios sobre la paz eterna.

—*Hai*. Quiero decir que sí, doctor —dijo el señor Musashi.

—¿Qué es la paz eterna? —preguntó el Dr.Benson.

—Es el proceso de encontrar tu don dentro de ti —proclamó el señor Musashi—. Sin embargo, esto por sí solo no te da la paz eterna. La paz eterna requiere tiempo para ser explicada. Implica un viaje personal. En mi seminario, explico el ser interior y el viaje que una persona realiza a lo largo del camino para alcanzar la paz eterna.

—¿La mala salud perjudica o interfiere en la paz eterna?

—Sí, Dr. Benson. La mala salud interfiere un poco con la paz eterna —dijo el Sr. Musashi—. Una persona necesita ser pura en sus buenos pensamientos y no preocuparse. Si una persona está enferma y se preocupa por su enfermedad, esto le distrae de alcanzar la meta.

El Dr. Benson dijo:

—¿Tiene familia o hijos?

—Sí —El Sr. Musashi miró al Dr. Benson con firmeza—. Dr. Benson, ¿usted también tiene hijos?

—No, no tengo hijos. Sin embargo, tenemos que centrarnos en usted, señor Musashi. Su mala salud y su paz eterna, como usted dice, es lo que tenemos que tratar —reafirmó el Dr. Benson.

—Dr. Benson, ¿ha encontrado la paz y su don en su interior? —preguntó el señor Musashi.

—No, no he encontrado mi paz, pero sí mi búsqueda. Busco impedir y remediar todos los cánceres en humanos, las pandemias víricas y las guerras biológicas —dijo el Dr. Benson con cara de determinación.

—Bien. ¿Está en su viaje personal?

—Sí, y es un duro viaje personal. Cuando no estoy trabajando en el hospital, estoy en el laboratorio toda la noche.

Una enfermera trajo un vaso de agua fría que tiene altos niveles de oxígeno disuelto para el Sr. Musashi, y una taza de café súper alcalino y se lo entregó al Dr. Benson.

—Gracias, enfermera —dijo el Dr. Benson mientras la enfermera le daba el agua fría al Sr. Musashi, y luego se marchó rápidamente. El Dr. Benson olió su café y luego lo probó—. ¡Mmm... esto sí que es una buena taza de café!

—De nuevo, le estoy muy agradecido, doctor —declaró el Sr. Musashi. Luego se bebió toda el agua.

Mientras el Dr. Benson bebía su café súper alcalino, reflexionó sobre el día.

—Yo también estoy muy agradecido, señor Musashi. Es un honor para mí ayudar a todos los humanos.

El Sr. Musashi hizo una pausa para coger energía y luego se centró completamente en la dirección del Dr. Benson.

—Un día honraré mi gratitud honrándole a usted —proclamó el Sr. Musashi.

—¿*Ossu*? —dijo el Dr. Benson—. Pero por ahora, señor Musashi, estoy listo para administrar mi nueva medicación, así que prepárese —El señor Musashi tomó unas cuantas bocanadas de aire y cerró los ojos para meditar. Cuando abrió lentamente los ojos, estos volvieron a hincharse espantosamente como grandes sandías. Observó al Dr. Benson sosteniendo una enorme y gruesa aguja. El Dr. Benson sacó lentamente un chorro de medicina para sacar las burbujas de aire de la jeringuilla. El Dr. Benson dijo:

—¡Relájese, señor Musashi! Esto no me hará daño a mí, así que no debería hacérselo a usted —Entonces el Sr. Musashi sintió lentamente la enorme y fría aguja insertada en el grueso músculo de su hombro—. Por favor, no se preocupe, Sr. Musashi. Soy un biólogo. Realmente necesito esta gran aguja para insertar la gran dosis de mi espesa medicación especial —dijo el Dr. Benson con voz reconfortante. Sin embargo, el Sr. Musashi sintió que el espeso medicamento entraba en sus venas, por lo que gimió un poco.

Tras administrar la medicación, el Dr. Benson vigiló al Sr. Musashi durante unos minutos, y luego salió de la sala de recuperación.

—Enfermera Bianca, por favor, siga vigilando al señor Musashi. Tengo que atender una cita programada —le indicó el Dr. Benson antes de salir de la zona. Mientras se alejaba, dio un sorbo a su taza de café.

De repente, sonó el teléfono móvil del Dr. Benson. Era su padre, el general Benson.

—¿Sí, padre?

—Roberto, mi misión está a punto de terminar, así que voy a visitarte un rato —dijo el general Benson mientras escudriñaba el perímetro a través de sus enormes prismáticos, viendo a sus soldados en combate cuerpo a cuerpo contra el elemento enemigo.

—Sí, padre. Por favor, cuando llegues, entra si no estoy en casa. Todavía tengo cosas que hacer.

—Sí, lo sé, hijo. Echo de menos a tu madre, pero aún nos tenemos el uno al otro. Te quiero y te veré pronto, Roberto.

—Ten cuidado, padre. Hasta pronto —dijo el Dr. Benson. Luego tomó un ascensor para subir varios pisos lejos de las salas de operaciones y recuperación. Al llegar, engulló las últimas gotas de su café. Pensando en la osteopatía, el Dr. Benson estaba deseando tratar a su paciente programado. Al salir del ascensor, dio unos pasos arrastrando los pies y luego hundió su taza de café vacía en una papelera cercana.

Con una orgullosa confianza médica, el Dr. Benson entró sin problemas en la habitación para ver a su paciente, Adolfo, que era un bailarín de ballet de edad avanzada. La enfermera Bianca entró en la habitación y trajo un vaso frío de agua con alto nivel de oxígeno disuelto para que el Sr. Adolfo bebiera. También trajo el medicamento especial del Dr. Benson y el formulario de consentimiento. Adolfo firmó de buen grado el formulario de consentimiento y se bebió el agua mientras la enfermera Bianca salía de la habitación.

Adolfo recibió entonces su tratamiento administrado por el joven, pero brillante médico y biólogo. Sin embargo, la principal preocupación del Dr. Benson y su principal objetivo era curar todos los cánceres, como había prometido a su difunta madre. Además, deseaba preparar al mundo para la próxima pandemia de un virus letal que además tendrá variantes, y para una posible guerra biológica, para poder mantener a los humanos vivos el mayor tiempo posible desde el punto de vista médico. No violó la Ley de Sustancias Controladas de 1970, y estaba registrado como profesional de la salud en la Agencia de Control de Drogas.

El Dr. Benson tenía una ética basada en el modelo de Blanchard y Peale. Sin embargo, practicó la medicina con una sustancia secreta desconocida, utilizando la imaginación y la concentración diligente. El Dr. Benson estudió el ADN de la cucaracha; en consecuencia, descubrió sus poderosos sistemas inmunológicos y de desintoxicación. Por lo tanto, tomando como modelo la cucaracha omnipotente por su capacidad de supervivencia, el escarabajo pelotero cornudo por su fuerza, y la libélula debido a su elegante velocidad de vuelo, mezcló estos elementos en su recién creado y eficaz medicamento que se dirige a la recarga y la reconstrucción de los poderosos sistemas inmunológicos del genoma humano. Además, da a sus pacientes un súper líquido de desintoxicación diario que debe ser consumido una o dos veces al día, dependiendo de la salud del paciente. También, y muy importante, instruye a sus pacientes en ejercicios de respiración pulmonar para impedir las enfermedades respiratorias víricas. Por desgracia, solo los ricos y famosos conocían su magia médica. Una demanda por mala praxis no preocupaba al Dr. Benson, y todavía no había sido objeto de ninguna. Como decía el Dr. Benson, "Res ipsa locuitur", que en español significa: Las cosas hablan por sí mismas.

En un país lejano se escuchaban fuertes disparos. Había una guerra en curso mientras el general Benson sacaba de su bolsillo un papel de fumar. Luego se lo colocó en la palma de la mano izquierda, entre el pliegue del pulgar y el dedo corazón. Un poco nervioso, cogió una bolsita de tabaco y la esparció en el papel. Utilizó los dedos para enrollar rápidamente el papel con firmeza, manteniendo el tabaco dentro. Lamió los bordes del papel horizontalmente de izquierda a derecha y selló el cigarrillo bien enrollado. Luego se metió el cigarrillo de sabor suave en la boca mientras sacaba una cerilla de madera de su sombrero Stetson curtido. Al necesitar una superficie dura, golpeó la cerilla en el casco de acero del capitán Malarkey, que estaba a su lado. El general Benson acercó lentamente el fuego de la cerilla al borde de su cigarrillo y dio una calada.

—¡Mmm! —dijo para calmar sus nervios. El general Benson miró a través de sus prismáticos de lente ancha hacia abajo. Vio a un musculoso soldado del ejército moviéndose sigilosamente por el territorio enemigo. El general Benson perdió de vista este soldado cuando desapareció como un fantasma. En ese momento, vio a un civil con una cámara alrededor del cuello, que pasaba desapercibido para el enemigo, zambulléndose y corriendo como una liebre, deslizándose entre los niños fuera del territorio enemigo. El general Benson siguió sujetando sus prismáticos con la mano izquierda, y haciendo girar su dedo índice derecho en un pequeño círculo alrededor de su sien derecha, dijo:

—¡Estás loco!

Entonces, después de inspeccionar el perímetro en busca de elementos enemigos, el general Benson dijo:

—Capitán Malarkey, ¿quién es ese loco de ahí abajo?

El capitán Malarkey observó con sus propios prismáticos y dijo:

—Es Angelo, fotógrafo civil de noticias.

El general Benson dijo con orgullo americano:

—¡Vaya! Angelo acaba de salvar a un gran grupo de niños escondidos en un agujero del suelo. Ojalá fuera uno de mis soldados.

De repente, se oyó un fuerte estruendo en la zona donde había desaparecido el soldado Bill, seguido de un humo de calor en el aire. Al parecer, el peligroso elemento enemigo que había causado tantos estragos al general Benson ya no existía. El general Benson escaneó la zona con sus prismáticos, pero no vio ningún movimiento.

—Ni siquiera un ratón se mueve ahí abajo, pero... —El general Benson susurró mientras bajaba los prismáticos para colgarlos de la correa que llevaba al cuello—. Aunque está tranquilo ahí abajo, capitán, me siento inquieto.

—Sí, yo también —dijo el capitán Malarkey—. Pero parece que el soldado Bill eliminó al elemento casi sin ayuda —El general Benson levantó sus prismáticos y se puso a la radio, rompiendo el silencio—. Kremlin a Tigre, ¿cuál es su 10-20?

La rústica voz del soldado Bill llega por la radio:

—¡Más alto! ¡Tigre a Kremlin! ¡Misión 10-4!

El general Benson sonrió con orgullo mientras bajaba sus prismáticos para colgarlos de la correa que llevaba al cuello.

—Ahora me siento tranquilo y seguro.

El capitán Malarkey dijo:

—General, señor, me preocupa su seguridad, ¡llevando ese gran y viejo sombrero Stetson! No es un casco, y cuando la metralla vuela, ¡los perros lloran!

El general Benson miró al capitán Malarkey directamente a los ojos.

—¡Idiota! Llevo este gran sombrero de vaquero para evitar que la luz del sol y la de la luna me penetren en los ojos. Mi mayor visión mantiene a mis soldados más seguros, ¡y me siento más cerca de la victoria!

El capitán Malarkey se quedó sin palabras, por lo que se limitó a asentir con la cabeza.

En agradecimiento a la ayuda médica del Dr. Benson, Adolfo le ofreció entradas para el próximo espectáculo de Ballet. El Dr. Benson sonrió.

—Se lo agradezco, pero estoy muy ocupado y probablemente no tendría tiempo de asistir.

—Joven —dijo Adolfo—, es bueno tener metas en la vida, pero una persona debe llenar su tiempo con todos los buenos y divertidos recuerdos que la vida puede ofrecer. Solo recuerda que el fin de los días se acerca, y no hay garantía de que haya un mañana. Puede que el mañana no llegue nunca.

El Dr. Benson reflexionó sobre el consejo de Adolfo.

—Sabias palabras, Adolfo, pero actualmente no hay nada que me inspire a divertirme más en la vida. Agradezco tu consideración, pero estoy contento con mi vida tal y como es ahora —A continuación, informó a Adolfo de que probablemente no podría caminar muy bien durante unos días, pero que con la medicina especial del Dr. Benson, debería recuperarse lo suficiente como para hacer unos cuantos años más de ballet.

Adolfo, que conoció al gran Dr. Benson por un artista famoso, no sabía qué contenía la medicina, aparte de hierbas naturales. El Dr. Benson le explicó que su medicina era una combinación de extractos de varias súper plantas, minerales del océano, minerales de las montañas, agua natural súper alcalina de manantial, oxígeno extraído del aire sano del océano, y enzimas de insectos como el escarabajo pelotero cornudo, la libélula y la cucaracha. Esta mezcla especial fue diseñada específicamente para trabajar con la mejora del genoma humano una vez en el sistema de los pacientes. El Dr. Benson creía que su medicina podría proporcionar una base para curas y compuestos preventivos para el cáncer, el SIDA y otras enfermedades. Adolfo simplemente quería poder volver a actuar.

—Ahora tengo otros pacientes a los que ayudar, pero me preocupa cómo vas a llegar a casa porque no puedes caminar —dijo el Dr. Benson—. Una enfermera puede conseguirle una de las sillas de ruedas del hospital, y estaré encantado de llamar a un taxi para usted, pero una vez que llegue a su casa...

—Mi hija viene a recogerme —le aseguró Adolfo—. Dr. Benson, debería conocer la belleza del ballet. Le inspirará y aportará entusiasmo a su vida.

Pasaron unos segundos, y entonces el Dr. Benson respondió:

—Ojalá tuviera tiempo, Adolfo.

Justo entonces, la hija de Adolfo entró en la habitación, deslizándose con gracia a cada paso. Era como si acabara de llegar una hermosa flor o un ángel. Los ojos del joven Dr. Benson se iluminaron y escuchó música en su alma.

—¿Cómo se llama? —preguntó el Dr. Benson en voz baja.

—Sé que ella calienta tu corazón, joven, así que déjame presentarte —dijo el viejo bailarín—. Esta es mi hija Olivia, y es la mejor bailarina que cualquier teatro tendrá jamás. Ella es lo que es: un ángel. Ella muestra lo hermosa que puede ser la vida.

Olivia sonreía con una hermosa dentadura y un precioso rostro de perfecta salud.

—Muchas gracias, Dr. Benson. Mi padre es mi mayor admirador. ¿Puedo sacar a mi padre del hospital?

—Las normas del hospital establecen que solo el personal médico puede acompañar a los pacientes al exterior —explicó el doctor—. Pero Adolfo es mi paciente, y de alguna manera no puedo decirle que no, señorita Olivia. Sí, puede acompañar a su padre hasta su coche. Pero Adolfo, como médico te digo que ¡no te bajes de la silla de ruedas! Deja que tu hija te empuje —Mientras Olivia se apoderaba de la silla de ruedas, Adolfo deja las entradas de ballet en la mano del Dr. Benson—. Gracias, Adolfo —dijo el Dr. Benson—. Y puedes quedarte con la silla de ruedas —Los ojos de Olivia conectaron con los del Dr. Benson mientras sonreía en señal de gratitud. Se despidió con sus hermosas manos del Dr. Benson mientras salían del consultorio. El Dr. Benson la observó con regocijo hasta que se perdió de vista.

El Dr. Benson no podía dejar de pensar en que Olivia parecía una flor bellísima, o en que su aroma era como el perfume más maravilloso que jamás había olido. Después de conocer a Olivia, la mente, el corazón, el cuerpo y el alma del Dr. Roberto Benson no podían concentrarse en nada más que en llegar al ballet para tener la oportunidad de volver a verla. Sintió que algo se agitaba en su química. Algo se despertó en su interior. Convenció a algunos de sus colegas para que se regalaran un poco de tiempo libre y le acompañaran al ballet, pero en realidad, sabía que simplemente estaba tratando de encontrar una excusa para asistir él mismo.

El ballet comenzó con una orquesta que tocaba una armoniosa música clásica que calmaba el alma. Olivia, como estrella principal del Ballet, lo había solicitado, y obtuvo todo lo que pidió. El director y el productor del espectáculo solo exigían que el espectáculo de ballet continuara, pero el resto dependía de ella. Esta actuación en particular había sido coreografiada por Adolfo y Olivia. Al comenzar la música, se colocó en el escenario un enorme despliegue de hermosas flores, que permitió al público disfrutar de su maravilloso aroma mientras escuchaba una apacible música celestial. Un foco se encendió e iluminó el centro del escenario, enfocando a Olivia e iluminando su hermoso rostro y cuerpo. A los ojos del Dr. Benson, parecía un ángel. Empezó a girar con gracia al ritmo de la música, encantando al público mientras se deslizaba por la pista. La música cambió agradablemente, y entonces más bailarines entraron en el escenario y formaron un muro humano. De repente, Olivia saltó en el aire por encima de los demás artistas. Parecía que podía permanecer en el aire eternamente. El público jadeó ante su extraordinaria capacidad atlética. Olivia aterrizó suavemente sobre la punta de su pie, con una pierna en el aire, y con los brazos abiertos como si quisiera abrazar al público con su exquisito y musculoso cuerpo femenino. Las bailarinas suelen ser delgadas, pero Olivia es una rara bailarina de cuerpo musculoso. Sus magníficos ojos brillaron, haciendo que el público se desmayara en su deseo de abrazarla.

La música volvió a cambiar y Olivia comenzó a bailar un solo de arpa, haciendo que el espíritu del público se elevara mientras observaba su extraordinaria actuación. El arpista era un gran músico llamado Jubal, igual que el músico que se nombra en la Santa Biblia. Olivia saltó lo que parecía ser unos dos metros de altura en el aire, y cuando comenzó a deslizarse hacia la tierra, una mano surgió de la nada para atraparla. Era su padre, Adolfo. La sostuvo sobre su cabeza, y la gente empezó a llorar de alegría y a aplaudir hasta que les dolieron las manos. La sinfonía completa llegó a su punto más alto mientras todos sus instrumentos musicales cantaban en una armonía tan agradable al oído que el público comenzó a abrazarse como si fueran hermanos. Las luces se apagaron y la música se desvaneció. El espectáculo había terminado.

El Dr. Benson se quedó en su asiento, reacio a que la velada llegara a su fin. De repente, una mano suave le tocó el hombro.

—Gracias de nuevo, doctor, por curar a mi padre —dijo Olivia—. Sin él, el espectáculo no existiría.

Adolfo escuchó las palabras de su hija y se rio.

—¡No, no, Olivia! Todos vienen a verte a ti. Sabes que yo también soy uno de tus mayores admiradores, mi bella hija.

La testosterona del Dr. Benson comenzó a subir por sus venas mientras mira a Olivia.

—¿Puedo invitarlos a los dos a una taza de café, o como me gusta llamarla también, una taza de Joe?

—¿Una taza de Joe? —preguntó Olivia.

—Es un honor que me invite, doctor Benson, pero mis viejos huesos deben ir a casa a descansar —dijo Adolfo—. Sin embargo, tiene mi permiso para invitar a mi hija.

El Dr. Benson consideró un posible dilema ético. Adolfo era su paciente, así que ¿era prudente o adecuado que el Dr. Benson saliera con su hija? Pero se sintió abrumado por Olivia. Era como si estuviera en presencia de un ángel de Dios. Dejó que sus ojos se encontraran con los de ella mientras consideraba qué decir.

Antes de que pudiera decir nada, ella le sonrió y le dijo:

—Sí, me encantaría, doctor Benson —Continuaron sonriéndose el uno al otro y luego se despidieron de Adolfo.

El Dr. Benson entrelazó suavemente su brazo con el de Olivia y la acompañó hasta una pequeña cafetería cercana. Abrió la puerta cariñosamente, permitiéndole a ella entrar primero. Le tendió la silla mientras ella se sentaba.

—Dos tazas de café, por favor —le dijo a la camarera. Se tomaron el café en compañía.

—¿Qué lleva en el bolsillo del traje, doctor Benson? —preguntó Olivia.

Él se echó a reír.

—Tienes una gran capacidad de observación. ¿Es porque eres un artista? Y por favor, llámame Roberto.

—Muy bien entonces, Roberto. ¿Qué es lo que veo en el bolsillo de tu traje?

—Es un libro que estoy leyendo. Siempre llevo un libro conmigo.

—¿Puedo verlo?

Él le entregó el libro.

Ella se quedó asombrada.

—Plantas del mundo. A mí también me gusta la botánica —Miraron juntos el libro y se encontraron cogidos de la mano, sorbiendo su café, y sentados como dos tortolitos que disfrutaban estando cerca el uno del otro.

La camarera se acercó y dijo:

—¿Otra taza de café para el caballero y la dama?

Se miraron a los ojos. Ambos querían seguir disfrutando de su compañía. Dijeron al mismo tiempo:

—¡Sí, por favor!

Entonces Olivia preguntó:

—Roberto, ¿por qué llamas también al café "una taza de Joe"?

—Es jerga militar. Mi padre, Arnold, me enseñó la frase; todavía está en el ejército. Era la jerga favorita de mi madre. La usaba para hacernos reír a todos.

—Tu madre parece una dama elegante y carismática —Una mirada triste apareció en el rostro del doctor—. Lo siento, Roberto. ¿Ha fallecido?

Resultó que la madre de ambos había muerto de cáncer. El Dr. Benson explicó que esta pérdida le impulsó a convertirse en biólogo además de médico y que su principal objetivo era encontrar una cura para el cáncer. Olivia dijo que ya había alcanzado su primer objetivo en la vida: dominar el ballet y convertirse en una bailarina de éxito. Su siguiente objetivo era cuidar un espléndido jardín y crear una hermosa familia. Siguieron disfrutando de su café y de su mutua compañía durante horas.

Al final de la noche, el Dr. Benson soltó:

—Olivia, ¿puedo volver a verte?

Su rostro brillaba de felicidad. Ella le miró profundamente a los ojos y dijo:

—Sería un honor y un placer volver a verte, Roberto.

2

El Dr. Benson se lamentó de que los días no fueran lo suficientemente largos, no lo suficiente como para permitirle encontrar una cura para el cáncer, al menos.

—¡Debo encontrar una cura para el cáncer! *Encontraré* una cura para el cáncer —gritó. Para encontrar sujetos para sus ensayos no convencionales, había recurrido a la adopción de gatos y perros de varios refugios de animales. Le gustaba especialmente adoptar animales enfermos, pues creía que era más humano intentar curar a un animal enfermo que dejar que el refugio lo matara. También buscaba en los periódicos ofertas para adoptar animales gratis, cuando los dueños no podían seguir cuidando de sus mascotas por diversas razones. Algunos de los animales tenían crecimientos cancerosos en la piel, lo que le complacía. Esperaba que sus experimentos humanitarios pudieran curarlos. El Dr. Benson trabajaba muchas horas solo, y a veces hablaba en voz alta consigo mismo.

—Sé que no debo experimentar con los humanos como lo hago con los animales —reflexionaba—. Pero, ¿cómo voy a saber si mis curas funcionan en las personas? —No había un segundo, un minuto o una hora en que el Dr. Benson no se concentrara en su ardiente deseo de curar el cáncer. Recordaba los últimos momentos de su madre, cuando había llorado con ella y le había prometido que encontraría una cura.

Un día, ocurrió algo sorprendente. El Dr. Benson recibió un paquete que decía:

"Con ilusión de un viejo rico llamado John Hughes"

¿Será un paciente del Dr. Benson? Dentro encontró materiales no identificados y un manuscrito secreto bien guardado de Sir Isaac Newton, un brillante científico, y alquimista que era conocido por creer que había descifrado un código de la Santa Biblia. Había calculado que el mundo se acabaría en el año 2060. El paquete tenía una carta para el Dr. Benson:

Señor, este paquete fue obtenido por mi investigador principal de un monje en un monasterio no identificado en una región aislada del mundo. El monje fue interrogado con tacto por mi investigador, y ya sea verdadera o falsa, esta fue la información recuperada. El monje desafortunadamente fallecido. El monje Fritz registró lo siguiente:

En los últimos días de Isaac Newton, vio a Dios como el creador magistral cuya existencia no podía ser negada ante la grandeza de toda la creación. Newton había buscado, según me confesaron más tarde sus colegas, la prueba científica de que Dios existía. La había descubierto. Desgraciadamente, antes de que Newton lo hiciera público, el jesuita Samhain descubrió a Sir Isaac Newton muerto en su laboratorio. El jesuita también descubrió manuscritos recientes quemados hasta las cenizas en la chimenea de Newton, cerca de su cadáver. Más tarde, las autoridades tomaron muestras de cabello de Sir Isaac Newton para una autopsia, que reveló que Newton murió por una combinación de envenenamiento por arsénico y mercurio. En conclusión, el jesuita Samhain creyó que Newton murió habiendo ingerido el veneno por propia voluntad.

—Me pregunto... —dijo el Dr. Benson. Afortunadamente para la humanidad, el Dr. Benson, un brillante biólogo y bioquímico, no se detendría ante nada para encontrar una cura para el cáncer y preparar al mundo para las próximas pandemias. Buscó sistemáticamente pistas en el paquete—. ¡Sí! ¡Este podría ser mi eslabón perdido! —Reflexionó sobre la vida de Newton mientras leía metódicamente el manuscrito de este, preguntándose si mencionaban alguna planta que Newton utilizara de forma innovadora. Sin embargo, el insomne y cansado Dr. Benson solo había encontrado en este paquete fórmulas matemáticas de varios experimentos con metales, entre los que se encontraban el arsénico y el mercurio, junto con materiales religiosos personales—. Enviaré estas fórmulas matemáticas a una empresa de reciente creación, a las Industrias Saman. Tal vez puedan descifrar las inusuales fórmulas matemáticas —Al igual que Newton, el Dr. Benson creía que podía haber una conexión entre Dios y la ciencia. Dado que Dios creó el mundo, razonó el Dr. Benson, también podría utilizar la ciencia para manipular el mundo y crear terremotos, inundaciones, tsunamis y erupciones volcánicas. El Dr. Benson creía que esos acontecimientos eran una forma en que Dios limpiaba el mundo y hacía saber a la humanidad que existía.

A las nueve de la mañana del sábado siguiente, el Dr. Benson se preparaba para salir de su casa en las afueras de Beverly Hills para empezar a hacer visitas a domicilio. Se subió a su supercoche Mercedes-Benz SLS AMG y encendió el contacto mientras la luz roja de la inteligencia artificial brillaba en el capó de color rojo intenso.

—Me encanta cómo suena este motor —se dijo. Aunque podía cambiar su vehículo con una sola palabra a su inteligencia artificial, ordenándole para que funcionara con baterías solares, en lugar del motor de gasolina. Sintiéndose en un estado de ánimo jubiloso, puso su música favorita en el estéreo del coche y se dirigió a la finca de John Hughes que estaba cerca. El cáncer del Sr. Hughes había entrado en remisión gracias a la última medicación del Dr. Benson y a la terapia de la mente subconsciente. Hoy, Benson le administraría la medicina al Sr. Hughes y le haría un examen físico. El Dr. Benson condujo por el camino privado hasta la mansión y llegó a las diez menos cuarto al control de seguridad.

Un hombre corpulento con gafas de pasta oscura y traje tenía una expresión facial de asombro ante el coche que estaba viendo y le hizo un gesto al Dr. Benson para que saliera de su vehículo. El Dr. Benson acató las instrucciones y levantó las manos, extendiéndolas horizontalmente, mientras los guardias de seguridad armados lo revisaban para comprobar si llevaba armas. A continuación, los guardias de seguridad utilizaron una varita electrónica para registrar al Dr. Benson en busca de cualquier arma oculta. Los guardias se limitaron a dar un visto bueno, parecían tener miedo de entrar en el coche del Dr. Benson, ante los zumbidos que emitíala inteligencia artificial. El Sr. Hughes era demasiado precavido y estaba ansioso por vivir una vida extremadamente larga, por lo que esto era solo una rutina. El Dr. Benson recibió el visto bueno y se le indicó que siguiera adelante para reunirse con su paciente, el Sr. Hughes.

La evaluación médica comenzó finalmente con la palpación por parte del Dr. Benson de los ganglios linfáticos de su paciente para comprobar si había alguna deformidad.

—Déjame ver tu sonrisa, John —dijo—. No olvides la terapia mental constructiva del subconsciente.

—¡Sí, Dr. Benson, lo sé! No paro de repetirme a mí mismo: "¡Me siento muy bien! ¡No tengo cáncer! ¡Estoy curado!" —Entonces formuló la pregunta que el Dr. Benson temía que llegara—. ¿Está ya cerca de encontrar una cura para el cáncer?

—Sí, estoy cerca. He descubierto cómo alargar la vida de los animales con cáncer, igual que la de los humanos, pero siguen muriendo al final. Creo que un extracto de planta que aún no se ha descubierto ayudará, posiblemente sea de una especie que vive en un lugar extremo, como en el cráter de un volcán o en las profundidades del océano.

—Mira dentro de mi invernadero las plantas que acaban de traer mis equipos científicos y arqueológicos —dijo el Sr. Hughes—. Si no encuentras lo que necesitas, ten por seguro que te enviaré en otra expedición.

El Dr. Benson visitó el invernadero, pero no encontró nada que no hubiera utilizado antes. Volvió con el Sr. Hughes y le preguntó:

—¿Cuándo llegará tu próximo envío de plantas? Y cuando venga la próxima vez, ¿puedo traer a una amiga?

—Claro, joven, trae a tu novia. Pronto llegará un nuevo cargamento de plantas.

A continuación, el Dr. Benson se despidió en silencio. Como su cerebro se sumía en procesos de pensamiento intuitivos, no vio la sonrisa maligna que se dibujó en la cara del Sr. Hughes mientras sacaba un cigarro, mordía el extremo, se lo metía en la boca y lo encendía. Dio una calada y una nube de humo lo rodeó mientras se reía.

En el patio trasero de la casa de su padre, Olivia había montado un gimnasio de ejercicios de ballet personalizado. Todas las mañanas, Olivia comenzaba su riguroso régimen de entrenamiento de flexibilidad, fuerza, fortalecimiento de los pies, saltos, equilibrio con técnicas de Taichi y control de la mente en el escenario. Empezaba su régimen con la flexibilidad. Se tumbaba en el suelo de la colchoneta del gimnasio para encontrar un lugar cómodo mientras abría las piernas en posición de splits.

—Sí, así está bien —dijo Olivia. Luego colocó un pie hacia delante y el otro hacia atrás mientras cambiaba de pie para conseguir un estiramiento uniforme. Pasó a realizar potentes ejercicios de Pilates para el tronco. Esto era para mantener sus poderosos abdominales de bailarina esenciales para su preparación—. ¡Tiempo de descansar! —dijo Olivia. Comió una pieza de fruta, bebió un poco de agua y se limpió la cara con la toalla que estaba junto a su puesto de trabajo. Hizo unas cuantas respiraciones energéticas relajantes y se puso a fortalecer los pies. Se colocó en la primera posición y se enfrentó a la barra. A continuación, subió lentamente sobre la punta de los pies hasta la punta completa, luego bajó hasta la punta tres cuartos y volvió a subir hasta la punta. A continuación, rodó hasta el plano, se puso en primera y enderezó las piernas.

Hizo una pausa y luego pasó a su régimen de equilibrio mientras se mantenía en un pie durante media hora. Luego cambió al otro pie para hacer lo mismo. También utilizaba un pie a la vez para estar de pie sobre los dedos delanteros durante un buen periodo de tiempo. Se tomó un descanso para beber un poco de agua. A continuación, se preparó mentalmente para el control mental del escenario. Encendió el sistema de ruido y música de su patio trasero. Tenía una combinación de frases abusivas, abucheos y aplausos de los fans, pero por otro lado estaba la música. Puso la música más baja que el ruido de la gente mientras sonreía frente a un gran espejo haciendo movimientos de bailarina. Olivia sonrió con alegría porque su momento favorito era el régimen de saltos. Olivia corría rápido y luego hacía un salto sobre el trampolín. Mientras se lanzaba hacia arriba con cada salto, utilizaba su mente mientras intentaba tocar las nubes, y cada vez llegaba más alto.

Adolfo pasó por la sala de estar adyacente al patio trasero. Observó a Olivia saltando alto en el trampolín, agitando las piernas. Gritó con orgullo:

—¡Esa es mi niña!

3

Aunque el Dr. Benson estaba muy ocupado, hablaba con Olivia por teléfono siempre que podía. Si pasaban varios días sin verla, a él le parecía que habían pasado semanas. Pero entonces llegó un día emocionante. Su hermosa bailarina regresaba después de una gira, y él iba al invernadero de John Hughes para inspeccionar varias plantas que acababan de llegar. Era un cálido domingo, y el Dr. Benson puso en marcha su Mercedes de color azul marino y dijo:

—Pon música, por favor —El ordenador activado por voz empezó a reproducir una misteriosa canción. Arrancó tan rápido que quemó la goma de los cauchos, pero no le importó; tenía dinero para comprar neumáticos nuevos. Además, la inteligencia artificial del coche evitaba que volcara. Voló por carreteras rectas, cantando al ritmo de la música, y frenó solo un poco, ya que el supercoche tiene una cola de velocidad en la parte trasera que se mueve con la física manteniendo el coche en la carretera lo suficiente como para tomar las curvas con seguridad. Repentinamente, sin causa evidente, el Dr. Benson, sintiéndose melancólico, permitió que la inteligencia artificial tomara el control total del supercoche. Lentamente, dejó que su mente se trasladara al pasado mientras recordaba que tenía once años de nuevo.

Recordaba estar con su madre y su padre dentro de un cómodo coche que se movía rápidamente. Su padre, Arnold, estaba entonces viviendo en Alemania, y su madre, Mary, era alemana de nacimiento. Su padre se hacía con varios coches alemanes para los fines de semana, de modo que podían recorrer diferentes y desafiantes autopistas y explorar distintas ciudades. A veces conducía su padre y otras veces lo hacía su madre. En algún momento, ella siempre decía de sopetón:

—¡Una taza de café! —Salían de la autopista y buscaban un café. Al Dr. Benson le gustaba tomar café incluso de niño, pero su madre le hacía tomar un delicioso chocolate caliente alemán en su lugar si era tarde para que no estuviera despierto toda la noche. Eran tiempos maravillosos.

La mente del Dr. Benson se remontó a cuando su madre enfermó de cáncer de mama y estuvo postrada en el hospital. Su abuelo, el Dr. Hans, era un buen médico alemán, pero no pudo curar a su única hija. Cuando Mary estaba a punto de morir, le besó la frente y le dijo con lágrimas en los ojos:

— Mi niña ... mi encantadora hija María ... Adiós, mi amor. ¡Te querré siempre! —Luego dejó al pequeño Roberto y a su padre solos para que se despidieran de Mary.

Las lágrimas rodaron por la cara de Roberto mientras decía:

—Seré el mejor médico del mundo, mamá, como el abuelo Hans, y curaré a la gente del cáncer. Entonces también podré curarte a ti. Por favor, no nos dejes, mami.

—Tu abuelo siempre estará contigo en espíritu para ayudarte con tus sueños, mi hermoso hijo —dijo ella—. Yo también estaré siempre contigo cuando pienses en mí. Mi pequeño Roberto, ¡cómo te quiero! Mamá estará siempre contigo —Luego sonrió a su hijo y murió en los brazos de su marido.

Lloraron juntos con fuerza su pérdida, sumidos en una dolorosa tristeza. Roberto besó a su madre y le dijo:

—Siempre pensaré en ti, mami.

Después de eso, Arnold Benson se dedicó enteramente a su carrera militar; ascender a rangos superiores se convirtió en su único objetivo. Envió a su hijo a las mejores escuelas a estudiar medicina y biología. No importaba dónde estuvieran viviendo, Roberto siempre recibía la mejor educación. El Dr. Benson apreciaba mucho el sacrificio de su padre, y se dedicó a sus estudios. Nunca vaciló en su objetivo de encontrar una cura para el cáncer.

El Dr. Benson dijo categóricamente:

—Tomo el control —La inteligencia artificial soltó el control del supercoche mientras ponía el Mercedes en marcha. Aceleró hasta la casa de Olivia mientras la cola de velocidad delsupercoche de Industrias Saman reducía la resistencia y mejoraba la velocidad al moverse con la inteligencia artificial. Cuando llegó, ya era de tarde. La vio observarle desde la ventana mientras salía de su supercoche, con su abrigo deportivo de verano inglés.

El Dr. Benson gritó a su coche:

—¡Seguro! —Mientras los ojos de Olivia hacían contacto instantáneo con él por un momento agradable. Se acercó a la puerta principal y tocó el timbre solo una vez; era un caballero y sabía que el zumbido incesante podía ser molesto.

Olivia abrió la puerta.

—¡Roberto! Te estaba esperando. Pasa, por favor.

Le entregó un ramo de flores, le besó la mano y la miró a los ojos. En ese momento, no era necesario que le dijera que era hermosa y que la amaba inmensamente. Ella sabía lo que sentía. La amaba y quería estar con ella. Olivia, una joven fina y correcta, sintió la acalorada química entre ellos.

El Dr. Benson entró. Sabía, por su conversación de la primera cita, que a ella le gustaban las flores y las plantas tanto como a él.

—Srta. Olivia —le dijo—, sería un honor que me acompañara a ver una exposición de plantas y flores raras y exóticas.

—Sería un honor, Roberto, y me encantaría. Pero primero, ¿podrías hablar con mi padre? —Le acompañó al salón, donde Adolfo le esperaba sentado.

—Por favor, siéntese, doctor Benson —dijo. El Dr. Benson se sentó en uno de los finos sillones europeos de la sala.

—¿Puedo traer algo para que beban los dos caballeros? —preguntó Olivia—. ¿Quizás limonada, café, té o algo un poco más fuerte? —Era una dama y una anfitriona muy atenta.

—¿Qué tal una taza de Joe? —preguntó el Dr. Benson.

Adolfo se echó a reír.

—Yo también quiero una taza de Joe, por favor, cariño.

Varios minutos después, Olivia les trajo el café en tazas de porcelana fina.

—Les dejaré solos a los dos caballeros para que hablen unos momentos —Mientras se alejaba, el Dr. Benson vio desaparecer a la bella dama.

Cuando ella se alejó, Adolfo dijo:

—He tenido muchas migrañas. ¿Cómo están los resultados de mis análisis de sangre y orina?

El Dr. Benson quería ser sensible a los sentimientos de su paciente, pero la ética médica le obligaba a informar a Adolfo de la verdad.

—Bueno, señor, la buena noticia es que, en su mayor parte, sus músculos y órganos son como los de un veinteañero sano, y la medicación que le di ha rejuvenecido su movilidad. Sin embargo, me temo que los resultados de su laboratorio muestran cáncer en su sangre. Lo siento, Adolfo. Tengo una medicación que aún no está aprobada para el consumo por el Centro de Control de Enfermedades, pero podría alargar tu vida un poco más. Podría administrarte esta medicación con su permiso, aunque va en contra de las prácticas éticas. Tomo esta medida cuando quiero ganar más tiempo para mis pacientes y sus seres queridos. Es su decisión, pero se lo recomiendo. Mis pacientes con cáncer han tenido vidas más largas después de tomar esta medicación. Retrasa el cáncer. Sé que esto no es suficiente para el éxito.

Es solo un remedio temporal. No descansaré hasta encontrar una cura completa para todos los cánceres.

—Hmm —dijo Adolfo—. Dr. Benson, ¿qué piensa de mi hija, Olivia?

Hizo una pausa, sumido en sus pensamientos.

—Señor, sé que esto puede ser repentino, pero ... le pido respetuosamente permiso para casarme con ella. La amo.

—Tiene mi permiso, joven. Sería un honor tener un doctor tan inteligente en nuestra familia. Pero, por supuesto, al final es la decisión de mi hija, y la respetaré.

—Sí, lo entiendo.

—¡Ya me he decidido, Dr. Benson! Por favor, administre su nueva medicina contra el cáncer. Tengo muchas buenas razones para vivir más tiempo, hijo mío. Sé que usted encontrará una cura para el cáncer eventualmente. Además, doctor, le pido su solemne juramento como médico de que no le contará a mi hija lo de mi cáncer.

—Tiene mi palabra, señor —Se estrecharon las manos y luego Olivia regresó. El Dr. Benson sintió que iluminaba toda la habitación.

—Estoy lista cuando tú lo estés —dijo.

—Ustedes, jóvenes, salgan a divertirse —dijo Adolfo—. Por favor, no se apresuren a volver.

Tengo un buen libro que leer, y tal vez me eche una buena y tranquila siesta.

—Disfrute de su día, padre.

—No se preocupe, Sr. Adolfo. Mantendré a Olivia a salvo, tiene mi palabra. Se lo aseguro —Intercambiaron sonrisas. El Dr. Benson y Olivia partieron con sentimientos optimistas el uno por el otro.

—Abre —dice el Dr. Benson mientras acompaña a Olivia y la ayuda a entrar en el lado del pasajero de su supercoche. Se sube al asiento del conductor—: ¡Arranca! —Mientras el supercoche Mercedes del Dr. Benson rugía en la apartada carretera abierta. Olivia se aferraba al asiento del copiloto, pero parecía estar disfrutando del viaje. De vez en cuando llamaba la atención de Roberto, y el resto del tiempo no perdía de vista la carretera.

—Me gusta el sonido de un automóvil bien afinado —dijo mientras ponía una música celestial con una combinación de piano, violín y arpa a bajo volumen.

—Fíjate cómo se mezclan las notas musicales, Roberto.

La miró, admirándola no solo por su belleza sino también por sus conocimientos musicales.

—¿Tocas algún instrumento, Olivia?

—Sí. Mi padre y mi madre me exigieron que aprendiera a tocar el piano cuando era pequeña. Dijeron que formaría parte de mi desarrollo social y me ayudaría a ser mejor persona.

El corazón del Dr. Benson se hinchó.

—Me gusta escuchar buena música clásica. Me alegraría mucho si pudiera oírte tocar el piano alguna vez.

—Por supuesto —Sonrió, mostrando sus dientes perfectamente rectos—. La música me ayuda enormemente, sobre todo cuando bailo. Soy capaz de poner mi corazón en el ballet porque conozco la música, y puedo saltar y girar mejor por entender el significado que hay detrás de todas las notas. La música tiene historia, teoría, técnica e interpretación. La clave de fa significa sonidos graves. La clave de sol significa sonidos agudos. La música tiene elementos de afinación que rigen la melodía, la armonía y el ritmo con sus conceptos de tempo y métrica. La música tiene articulación y dinámica, por su sonoridad y suavidad. La música tiene cualidades sonoras de timbre y textura. La música es como un lenguaje propio. La música aprendida a una edad temprana abre la mente para la educación superior, e infunde paz en tu carácter para resolver los obstáculos de tu vida.

—Me impresiona mucho tu forma de pensar, Olivia.

Finalmente llegaron a la finca del millonario John Hughes. La puerta de entrada tenía una cámara y un altavoz externo. Una voz llegó a través de ella.

—Entre, Dr. Benson. Lo estábamos esperando —Los guardias se dijeron entre sí: Ahí está de nuevo ese coche de gran aspecto, pero un poco espeluznante. El portón se abrió y llegaron al control de seguridad, donde les pidieron que salieran del vehículo.

—No te preocupes, Olivia, esto es solo rutina —dijo el Dr. Benson—. El personal de seguridad nos inspeccionará en busca de armas, y tal vez esta vez revisen el coche.

Ella le cogió la mano.

—Cuando estoy contigo, Roberto, me siento segura.

Una guardia de seguridad femenina inspeccionó a Olivia, y un guardia de seguridad masculino inspeccionó al Dr. Benson, mientras que otro equipo de guardias inspeccionaba el Mercedes con mucha cautela. Una vez terminadas las inspecciones, uno de los guardias miró en dirección a Olivia, que estaba de pie junto al coche que zumbaba con inteligencia artificial, mientras le dirigía al guardia una luz roja brillante.

—¡Vaya! —dijo—. ¡Eso sí que es bonito! — El resto de los guardias de seguridad miraron hacia abajo, deseando no estar allí. El coche con inteligencia artificial del Dr. Benson parecía reírse a carcajadas mientras el Dr. Benson miraba al guardia. Estaba seguro de que el hombre hablaba de Olivia y no del coche.

—Si tiene usted honor, señor, le convendría disculparse —dijo, aunque le dieron ganas de romperle algunos huesos. Al fin y al cabo, era médico, por lo que sus conocimientos de anatomía le permitían imaginar exactamente qué huesos se romperían.

—Disculpe, señor. No sé a qué se refiere, sin embargo, lo siento mucho señor y señora. Por favor, perdónenme los dos —dice el guardia de seguridad.

—Me gustaría ver a mi paciente ahora, por favor —dijo el Dr. Benson mientras acompañaba a Olivia lejos del supuesto individuo ignorante. Sabía que podía controlarse, pero también sabía que no podía controlar a otras personas. Su táctica habitual era evitar la confrontación si era posible. La gente que no estaba contenta con su vida era imprevisible. Y, además, no quería perder su precioso tiempo con ellos.

El Dr. Benson acompañó a Olivia al enorme invernadero. Allí la esperaba John Hughes.

—Roberto, mira —dijo Olivia mientras contemplaba todas las hermosas flores al caminar por el exquisito paseo, muchas de las cuales no había visto nunca. Caminaron juntos entre las raras y exóticas plantas.

El Dr. Benson le explicó las tarjetas informativas que había junto a cada flor.

—Estas nos dicen dónde se descubrió la planta y el nombre científico que se le dio.

Olivia cogió una tarjeta al lado de una flor que le gustaba.

—Roberto, esto dice que la planta fue descubierta a miles de kilómetros bajo el nivel del mar en la selva tropical. Hubo un terremoto que formó una grieta en la tierra. Allí yacía la única planta en las profundidades, junto a un pozo de agua natural, que costó muchas vidas recuperar para el Sr. Hughes. Esta planta cambia de color y parece adaptarse al cambio climático. Increíble —Olivia pensó por un momento—. Roberto, ¿por qué alguien se tomaría tantas molestias y posibles peligros para encontrar una planta así?

De repente, el rico y viejo señor Hughes se acercó a ellos, aparentemente de la nada.

—Puedo responder a esa pregunta, jovencita. Mi científico creía que la planta que usted estaba mirando provenía de la antigua época de Noé, por los anillos de marcas en la tierra, donde se descubrió la planta. Soy viejo y tengo más dinero del que jamás necesitaré, y lamentablemente mi esposa ya no vive para viajar conmigo —Una expresión de tristeza apareció en su rostro—. Ahora tengo viajeros expertos que van a los lugares por mí. Quiero quedarme cerca de casa para ver crecer a mis nietos. También soy paciente del Dr. Benson. Con su permiso, solicito respetuosamente unos momentos a solas con mi médico. Hay zumo de fruta recién exprimido en la mesa. Por favor, sírvase usted misma.

—Tengo sed —dijo Olivia—. Por favor, Roberto, ayuda a tu paciente. Parece un caballero agradable y cortés. Volveré enseguida.

—¡Estaré siempre cerca de ti! —Contestó el Dr. Benson. Olivia se alejó para servirse un poco de zumo, pero seguía en su línea de visión.

—Siento lo que ha pasado antes con respecto a los comentarios de mi guardia de seguridad. Le aseguro, doctor, que ya no existe —Dijo el Sr. Hughes. Luego, el señor Hughes se frotó la cabeza, pues parecía tener una migraña por su cáncer.

El Dr. Benson sabía que no podía controlar las acciones del hombre rico, pero temblaba al pensar que el Sr. Hughes podría haber hecho matar al guardia por su culpa. En cambio, se concentró en la gran variedad de plantas, oliéndolas y palpándolas con los dedos. *Quizá una de ellas contenga la enzima que necesito para curar el cáncer*, pensó.

En ese momento, otro hombre entró en la sala. El Dr. Benson se dio cuenta de que llevaba el mismo anillo que John Hughes; creía que era un anillo de Masón del Agua. El hombre también parecía adinerado. Saludó con la cabeza al Dr. Benson y dijo:

—Sr. Hughes, ¿podemos hablar, por favor? —El Sr. Hughes se alejó.

Pasaron unos momentos mientras el Dr. Benson estudiaba algunas plantas. Olivia volvió con sus suaves y sigilosos pies, y su mano tocó cálidamente su brazo.

—Roberto, ¿puedo quedarme con esta planta? —le preguntó. Él miró la planta que ella señalaba. Era una hermosa flor con colores exóticos que parecían cambiar cuando la luz o la sombra caía sobre ella. Era la planta encontrada a kilómetros de profundidad en la tierra de la selva tropical de la época de Noé y del barco llamado "el ARCA" que navegó en el gran diluvio causado por Dios para limpiar el mundo de los humanos malvados, sucediendo aproximadamente en el año 1656 después de la creación de la tierra o en el año bíblico 2348 antes de Cristo.

—Interesante planta —dijo—. Seguro que tienes buenos ojos —Mientras ella no miraba, deslizó un pequeño sobre bajo la flor—. La planta es tuya —dijo—. ¡Pero mira! Hay un sobre dentro de la planta que lleva tu nombre.

Olivia le miró profundamente a los ojos como si intentara leer sus pensamientos. Entonces cogió el sobre. Lo abrió y sacó la nota de su interior. La leyó en voz alta, suavemente.

—Te amo, Olivia. Por favor, cásate conmigo —Las lágrimas corrieron por su rostro. Ella sonrió y le miró a los ojos de nuevo, pareciendo más un ángel que humana.

—Sí, Roberto —respondió—. Te amo profundamente. Por supuesto, me casaré contigo, Roberto.

Le cogió la mano y le colocó suavemente en el dedo un precioso e impagable anillo de compromiso de diamantes, con forma de pirámide de cristal.

—¡Te amo! Gracias por aceptar ser mi esposa. Haré todo lo que esté en mi mano para hacerte feliz cada minuto, cada hora, cada día —Se abrazaron y se besaron con gran emoción. El Dr. Benson besó los dulces y carnosos labios de Olivia mientras acariciaba con firmeza su atlético y musculoso cuerpo. Olivia también rodeó con sus brazos el cuerpo fino, cincelado y delgado del

Dr. Benson mientras controlaba su equilibrio, sin dejarlo escapar. Le devolvió el beso con los labios llenos mientras movía su lengua en movimientos circulares en la parte interna de sus labios.Ambos respiraban y se besaban con acalorada pasión. En ese momento, no les importaba dónde estuvieran o quién los estuviera mirando. Para el biólogo Dr. Roberto Benson solo existía su prometida, la gran y principal bailarina de ballet, Olivia Newton.

4

La pareja de recién comprometidos siguió paseando por el invernadero. El Dr. Benson anotó una lista de plantas que creía que tenían potencial farmacéutico. El tiempo era esencial, y sabía que iba a ser otra noche entera en el laboratorio. Necesitaba algo de energía. Miró su reloj: ¡era hora de irse!

—Olivia, ¿podemos irnos a tomar una taza de café? —preguntó.

—Sí, por favor, mi apuesto prometido.

Pidieron al jardinero que colocara las plantas y flores que el Dr. Benson había anotado en el Mercedes, y luego Roberto pasó unos momentos más con el Sr. Hughes.

—He recibido una buena variedad de plantas para mis experimentos de extracción —dijo—. Gracias, señor Hughes. Pero ahora debo irme.

El Sr. Hughes asintió.

—Puedo ver en sus ojos un deseo ardiente de encontrar una cura para el cáncer. No le robaré más de su valioso tiempo. Adiós, Sra. Olivia. Dr.

Benson, sé que tendrá éxito —Se estrecharon las manos y luego el Dr. Benson y Olivia se dirigieron al Mercedes.

—¿Puedo conducir, Roberto? Realmente quiero hacerlo.

—Tu placer es el mío, mi hermoso ángel —Le entregó las llaves y dijo a su coche—: Autorizo —Luego mantuvo la puerta del conductor abierta. Se miraron a los ojos durante un momento de amor ardiente en sus corazones. Entonces el Dr. Benson corrió rápidamente alrededor del coche y se subió al asiento del copiloto—. Vamos a quemar esos neumáticos, mi amor. Puedo ver los árboles a través del bosque.

Mientras, ella sonreía con pasión ante su comentario.

—Y puedo escuchar los árboles a través del bosque, que es tu corazón latiendo con amor por mí.

Olivia los condujo lejos de la finca de John Hughes. Luego puso música clásica romántica en volumen bajo y empezó a revolucionar el motor con fuerza, acelerando pero manteniendo fácilmente el control del Mercedes, aparentemente con ayuda de la inteligencia artificial del coche. El Dr. Benson se inclinó hacia ella mientras olía su agradable aroma y luego le besó suavemente la mejilla. Se sentía como si el propio Dios hubiera enviado a Olivia para que fuera su esposa; eran tan compatibles. Miró al cielo y dijo:

—¡Gracias, Dios!

Metió el vehículo en el aparcamiento de una pequeña cafetería con vistas a un lago. Muchas parejas venían aquí a tomar café o chocolate caliente mientras mantenían conversaciones románticas. Olivia y el Dr. Benson se cogieron de la mano, se besaron y hablaron de su futuro mientras bebían sus tazas de café y disfrutaban de la vista del lago viendo revolotear a los cisnes. Pasaron unas cuantas horas allí, pero les pareció solo minutos.

Una de las camareras se fijó en el bolso de Olivia y le preguntó de dónde lo había sacado. Olivia sonrió.

—Compré este bolso en París cuando viajé allí, gracias.

El Dr. Benson intervino.

—Mi prometida es bailarina y viaja a muchos lugares.

—Vaya, sabía que había algo especial en ti —dijo la camarera—. Les he traído a ambos dos postres especiales diferentes para acompañar su café. La casa invita, tortolitos.

—¡Gracias! —respondieron.

Después de compartir ambos postres utilizando un solo tenedor, tomaron otra taza de café cada uno. Olivia dijo preocupada:

—Es hora de que nos vayamos. Estoy preocupada por papá. ¿Hay algo que puedas decirme sobre su salud?

El Dr. Benson sabía que ella intentaba exprimir su cerebro en busca de información médica sobre Adolfo. Rápidamente dijo:

—Tu padre tiene un corazón valiente y honorable. Por favor, no te preocupes. Confía en mí, soy médico —Hizo una señal a la camarera, que no les había molestado para que pudieran pasar un rato romántico de calidad. Sin embargo, antes de que ella pudiera darle la cuenta, le entregó un billete de cien dólares y le dijo:

—Esto es por el excelente café y su agradable servicio. Que Dios te bendiga.

Los ojos de la simpática camarera se iluminaron.

—¡Gracias, señor, y que Dios los bendiga a ambos también!

El Dr. Benson acompañó a Olivia al coche.

—¡Voy a conducir, Roberto! Quiero volver a hacerlo —dijo ella.

Él miró su encantadora sonrisa y supo que era muy feliz. El Dr. Benson dijo a su supercoche:

—¡Autorizo! —Luego miró a Olivia— ¡Prueba lo que hay bajo el capó y disfruta! —Cuando se subieron, encendió el equipo de música y lo programó para que tocara música clásica, su favorita. Cuando escuchaba música clásica, siempre sentía que nada era imposible. Y a veces soltaba una carcajada mozartiana— ¡Ja, ja, ja! —Olivia se divertía enormemente con el Dr. Benson... mientras volaba por la carretera... la cola de velocidad del coche permitía a Olivia conducir sin esfuerzo. Condujo tan rápido que el Dr. Benson comprobó su cinturón de seguridad un par de veces para asegurarse de que estaba abrochado. Sabía que no podría encontrar una cura para el cáncer si no seguía vivo.

El sol se ponía cuando llegaron a la entrada de la casa de Adolfo. El Dr. Benson intentó salir del coche, pero no pudo. Hasta que... Olivia le dijo al supercoche:

—¡Autorizo! —Clic, entonces el Dr. Benson con asombro abrió su puerta rápidamente mientras corría rápidamente alrededor del coche para abrir la puerta del asiento del conductor como un caballero.

—¿Puedo acompañarla a la puerta principal, mi elegante dama?

—¡Sí, por favor! —Olivia le devolvió las llaves del coche y él la acompañó hasta la puerta.

—¿Puedo verte en un par de días? —preguntó—. Mi padre, viene de visita a casa. Sería un honor que lo conocieras, por favor, Olivia, mi amor.

—¡Sí, por supuesto! —dijo ella mientras se besaban profundamente. Luego se despidieron mutuamente.

Cuando Olivia entró en la casa de su padre, se metió la mano en el bolsillo, para que su padre no pudiera ver el anillo de diamantes que llevaba en el dedo.

—Por favor, siéntate, padre —dijo con calma—. ¿Podrías decirme cómo conociste a mamá?

—Nos conocimos durante una gira de ballet —respondió Adolfo—. Ella bailaba en su Inglaterra natal, y yo estaba de gira allí. Recuerdo que bailaba con tanta gracia, aunque no era tan atlética como tú, mi preciosa Olivia —Entonces le mostró a Adolfo su mano. Él saltó de su silla. Se abrazaron, con las lágrimas de alegría de ella cayendo sobre él—. ¡Felicidades, querida! —dijo él—. Espera aquí. Tengo algo para ti de parte de tu hermosa madre, que en paz descanse —Subió al desván y volvió con una caja de vestidos.

Olivia la abrió y encontró un exquisito vestido de novia blanco. Lloró mientras decía:

—Madre, gracias. Es el vestido más bonito que he visto nunca —Volvió a abrazar a su padre Adolfo... mientras lloraban juntos. Ambos deseaban que su madre siguiera con ellos, pero no era así, pues había muerto terriblemente y repentinamente de cáncer.

5

En una representación de ballet que tuvo lugar por la tarde varios días después, el Dr. Benson y su padre, el general Arnold Benson, estaban sentados en la primera fila de este teatro de ballet. El ballet es una forma de arte creada por el movimiento del cuerpo humano. Es una obra teatral... representada en un escenario ante un público que utiliza vestuario, diseño escénico e iluminación. Puede contar una historia o expresar un pensamiento, un concepto o una emoción. La danza de ballet puede ser mágica, emocionante e increíblemente asombrosa mientras se observan hazañas atléticas sobrehumanas. De repente, las luces se encendieron en el escenario mientras un gran grupo de bailarines, tanto hombres como mujeres, entraban en escena saltando y dando vueltas. Luego, al cabo de unos segundos, las luces brillantes se encendieron con otro fulgor cuando la bailarina estrella, y la más excepcional de su generación, llamada Olivia, entró en el escenario. Mientras se ponía de puntillas en el escenario con los brazos abiertos para saludar al público; tenía una sonrisa combinada con una mirada seria y carismática. El Dr. Benson grita:

—¡Mire, padre! Esa es mi prometida, Olivia.

El general observó con asombro cómo la elegante y musculosa joven comenzó con un arabesco, con el cuerpo apoyado en una pierna y la otra extendida por detrás. Luego ejecutó grandes pasos que demostraban por qué era la bailarina principal. Trotó con rapidez y luego saltó muy alto por encima de las demás bailarinas, realizando un gran salto con una extraordinaria habilidad. Combinó sus movimientos con los sonidos de la hermosa música. Saltó, giró en una pirueta y sonrió al público sin siquiera jadear, pero respirando con fluidez en cada movimiento. Mientras el general la observaba, dijo:

—¡Guau! ¡Increíble! *¡Erstaunlich!* Nunca deja de respirar aire. Hace una respiración continua con cada movimiento fluido en espiral. No sigo el ballet, pero ¿es famosa, hijo?

—Sí, es la mejor del mundo. Padre, ¿todavía dices algunas palabras en alemán cuando estás conversando? Yo también echo de menos a mamá.

El general recordaba a su difunta y querida esposa alemana, y periódicamente hablaba en alemán para recordarla.

—No hay nada malo en recordar el pasado, hijo. Pero esa bailarina estrella a la que llamas Olivia podría ser una súper soldado si quisiera. Es tan atlética y a la vez tan elegante. Oh, lo que el ejército de los Estados Unidos podría hacer con sus habilidades —El general miró a la bailarina con un asombro complacido.

El Dr. Benson dijo:

—Padre, su talento estaba destinado a traer bondad y belleza al mundo, no destrucción.

De repente, Olivia se deslizó y giró hacia el Dr. Benson. Se detuvo justo delante de él e hizo una reverencia de cortesía al público mientras le miraba a los ojos. La armoniosa música clásica seguía sonando de fondo. El Dr. Benson sentía deseos de abrazarla. Incluso el público parecía sentir su química. Le entregó una sola rosa grande y sonrió.

—Te amo, Olivia —le dijo. Ella cogió la rosa mientras se tocaban las manos con cariño. Entonces, una gran lágrima se deslizó por su cara. Se la limpió suavemente con la rosa. El público se asombró por el momento, algunos silbaron, otros lloraron, mientras ella sonreía al público y realizaba varias piruetas finales lentas para mostrar su atletismo. Se detuvo lentamente y abrió los brazos. Las demás bailarinas se deslizaron hacia Olivia de rodillas y se detuvieron para formar un círculo alrededor de ella, la bailarina principal, para honrarla. Hizo su última reverencia, indicando que el espectáculo había terminado. El público la ovacionó de pie, silbando y gritando en señal de agradecimiento, y aplaudiendo hasta que les dolieron las manos.

6

Los meses pasaron con una velocidad vertiginosa para el Dr. Benson. Y, en consecuencia, rememoraba mientras bebía su taza de café paseando por su jardín. Sumido en sus pensamientos, tropezó ligeramente y derramó el café sobre una planta accidentalmente. De repente, descubrió que esa planta que había recuperado del invernadero de John Hughes reaccionaba de forma extraña... cuando derramaba accidentalmente el café caliente sobre ella.

—¡Oh no! Es la planta de Olivia —Dijo preocupado mientras la planta cambiaba de color, se arrugaba, luego hacía una metamorfosis y volvía a abrirse con salud y belleza—. Hmm— se preguntaba... ¿Podría extraer las enzimas de la planta para añadirlas a la medicación destinada para la remisión del cáncer? Era la planta que el Sr. Hughes dijo que llegó en el año 2348 antes de la era común o antes de Cristo. El momento se acercaba, ya que el Dr. Roberto Benson y

Olivia Newton tenían previsto casarse el sábado siguiente en una iglesia católica de Beverly Hills. Las invitaciones de la boda se habían enviado hace meses. Habían invitado a actores y actrices famosos de Estados Unidos, México, Inglaterra, Francia, Italia, Canadá, Alemania, China y Japón. También habría deportistas famosos de Estados Unidos, Francia, España, Filipinas, México, Canadá y varios países europeos. También asistirían invitados reales de todo el mundo, como Oriente Medio, Inglaterra, Francia, España, Grecia e Italia. Sin embargo, para el Dr. Benson, los invitados más importantes serán su adorado padre y sus compañeros médicos, bioquímicos y biólogos. Los invitados que Olivia más desea ver son su padre y su familia de ballet y ópera. Una famosa cantante de ópera, y amiga de Olivia, cantaría como regalo de bodas para ella. El número de asistentes era grande porque la gente quería homenajear al Dr. Roberto Benson, ganador del Premio Nobel, por sus investigaciones sobre el síndrome respiratorio agudo severo, las proteínas de punta y las hierbas medicinales que limpian los pulmones de toxinas, que habían ayudado a muchos a conseguir una mejor salud. Era un poco joven, pero había logrado un éxito increíble con su visión futurista de la medicina.

El día de la boda, el Dr. Roberto Benson entró solo en la iglesia, con un esmoquin exquisitamente confeccionado. Deseó que su madre pudiera estar allí con él, sin embargo... no estaba destinado a ello. De pie, solo en el altar, antes de que comenzara la ceremonia, miró hacia arriba a través de la ventana abierta del techo. Vio el cielo lleno de palomas blancas y dijo:

—Dios, por favor, que mi Olivia sea mi salvadora, ahora que mi madre se ha ido —No pudo evitar las lágrimas. Se sintió muy nervioso mientras esperaba que su novia entrara en la iglesia.

El Dr. Benson pensó en sus próximos planes. Él y Olivia habían acordado que, inmediatamente después de la ceremonia, volarían a Hawai para su luna de miel. Decidieron no hacer una recepción de inmediato, sino celebrar un gran baile en algún momento después de su regreso. Estos planes le permitirían centrarse en la búsqueda de la cura del cáncer durante más tiempo, cumpliendo la promesa que le había hecho a su madre. El Dr. Benson se sintió enormemente agradecido de que su padre estuviera allí, actuando como padrino y supervisando la seguridad, vestido con su uniforme militar de gala. El general Arnold Benson era un hombre correcto que difundía buenos valores, pero el Dr. Benson esperaba que su padre se quedara con él y se retirara del ejército.

El matrimonio iba a ser celebrado por el propio Papa Petrus Romanus, otro paciente del Dr. Benson. Era un hecho conocido que el Dr. Benson había curado la artritis, el Parkinson y el Alzheimer del Papa Romanus. El Papa Romanus había estado en la zona para ver al doctor, y cuando se enteró de su próximo matrimonio, se ofreció a presidir la boda. El Papa Romanus creía que el Dr. Benson había sido enviado por Dios para ayudar a curar a la gente, y por eso quería bendecir a la pareja personalmente. El Papa Petrus Romanus proclamó que las acciones del Dr. Benson hablaban por sí mismas; como él mismo dijo:

—¡*Res ispa locuitur!*

Por fin comenzó la ceremonia. El Dr. Benson se llenó de asombro y felicidad mientras la famosa cantante de ópera interpretaba el "Ave María". La novia estaba preciosa mientras subía por el pasillo, escoltada por su padre. Cuando llegaron al altar, Adolfo le dijo al Dr. Benson:

—¡Por favor, cuida de mi hija!

—¡Con todo mi corazón, por toda mi vida! — prometió el Dr. Benson. Sonrió para asegurar su honestidad y mostrarles la estima que sentía por ambos.

El Papa Romanus encendió incienso en una pequeña caja de oro y pronunció una bendición sobre ella. Sujetó la caja por una fina cadena de oro y la hizo girar suavemente en todas direcciones antes de dársela a uno de los monaguillos. El penetrante aroma del incienso quemado llenó la iglesia mientras los monaguillos llevaban la caja por los pasillos. Cuando terminó la música, el Papa Romanus empezó a hablar de cómo el hombre y la mujer, empezando por Adán y Eva de la primera creación, y luego Roberto y Olivia, eran creaciones naturales de Dios. Solo cuando se unieron, el hombre y la mujer pudieron crear vida. Entonces, una luz parpadeó muy por encima del Papa, mientras dos pacíficas palomas blancas se posaban en una cornisa cerca de una de las ventanas frontales de la iglesia. El Papa Romanus vio las dos palomas y sonrió como si supiera el significado de su llegada. Su rostro brilló con la paz eterna mientras continuaba la ceremonia.

Angelo, un viajero fotógrafo de noticias de Beverly Hills y amigo de Olivia, estaba allí para cubrir la ceremonia y para filmar al Papa Romanus. Angelo vio al general Benson, alguien a quien recordaba de la guerra, y le chocó la mano.

—El mundo es bastante pequeño, ¿eh, general? —Dijo Angelo.

—Sí, lo es, Angelo. Me sorprende verte aquí. Pensé que te habían matado en la guerra, con todos esos disparos alrededor.

Angelo era un fotógrafo profesional al que se le había concedido la cobertura exclusiva de la ceremonia. También estaba grabando y fotografiando la boda para el Dr. Benson y Olivia. Cuando el Dr. Benson insistió en pagar a Angelo por sus servicios, este se rio.

—¡Claro que sí, y con asientos en primera fila para la próxima función de ballet! Quiero boletos para tres personas: ¡yo, yo mismo y yo! —Angelo, que era homosexual, se rio. Había superado muchas adversidades y recorrido varias guerras como fotógrafo independiente, lo que le había valido el Premio Pulitzer. Pero estaba más agradecido por haber podido salvar a algunos niños de los intensos disparos que llegaban de ambos bandos—. ¡Una bala no tiene amigos, y los niños de todo el mundo deberían estar en primera línea para ser salvados! —se decía Angelo mientras se jugaba la vida para rescatar a muchos niños.

Por desgracia, la vida de Angelo tenía un pasado triste que nunca había superado. Angelo había sufrido un trauma cuando solo tenía ocho años. Había sido testigo de cómo su hermano mayor, David, que entonces tenía trece años, se ahogaba en el río Grande por un reto con otros niños para cruzarlo, algunos de los cuales eran primos hermanos. Recordaba haber gritado:

—¡Alto! ¡Ayuden a mi hermano! —Angelo había llorado de miedo mientras intentaba en vano meterse él mismo en el agua y, de alguna manera, trataba de agarrar a su hermano mayor. Por desgracia, Angelo no sabía nadar. El miedo también lo detuvo al tragar un poco de agua del río mientras oía a los niños reírse de la lucha de su hermano. Su querido hermano chapoteaba impotente mientras las poderosas corrientes subterráneas del río lo hundían hasta la muerte. Angelo nunca superó esto. Incluso de adulto, no había aprendido a nadar y se mantenía alejado de los ríos, las playas y las piscinas. Angelo culpó a sus padres porque ellos querían ir a beber licor y a la fiesta en el casino local, así que lo dejaron a él y a su hermano mayor durante el fin de semana al cuidado de sus ignorantes e irresponsables tíos que vivían junto al Río Grande, y bebían de su licor casero todo el día. Angelo creció con unos padres a los que también les gustaba la fiesta y nunca iban a la iglesia. La única persona que había cuidado de Angelo había sido su hermano mayor, David. Los padres de Angelo nunca vigilaron a sus hijos. Así, perdieron a su primogénito, David, que era querido por todos y que además tenía una novia agradable y cariñosa.

Mientras Angelo recordaba su traumático pasado, se limpió emocionado unas cuantas lágrimas. Luego tomó una fotografía mientras el Dr. Benson sostenía la mano de Olivia. Cuando el Papa Romanus le preguntó si deseaba casarse con ella en lo bueno y en lo malo, hasta que la muerte los separe, dijo:

—¡Acepto!

El Papa Romanus le preguntó a Olivia lo mismo.

—Acepto, con todo mi corazón —respondió ella.

Entonces el Papa Romanus le pidió al general los anillos. Cuando abrió la caja de oro macizo, el Dr. Benson vio en ella la alianza de su madre. Era una joya egipcia de oro puro con grabados de flores y del río Nilo rodeando un gran diamante azul. El general Benson había obtenido el anillo cuando había servido en Oriente Medio. El Dr. Benson lo miró con incredulidad.

—No pasa nada, hijo —le aseguró su padre—. ¡Aquí también está tu madre!

Mientras el Dr. Benson cogía el anillo, el Papa Romanus dijo:

—Si alguien se opone a este santo matrimonio entre este hombre y esta mujer, Roberto Benson y Olivia Newton, que hable ahora o calle para siempre —Los asistentes guardaron silencio.

Entonces el Papa Romanus hizo una bendición cristiana en el nombre de Jesús el Cristo e indicó al Dr. Benson que colocara el anillo en el dedo de Olivia—. Ahora los declaro marido y mujer. Con la bendición de Dios, que su matrimonio sea largo y siempre alegre. Ahora puedes besar a la novia.

El Dr. Benson levantó suavemente el delicado velo que cubría el rostro de Olivia y la miró profundamente a los ojos. La tomó en sus brazos y la besó profundamente mientras las campanas de la iglesia sonaban y la gente vitoreaba. Olivia también abrazó a su marido mientras lo besaba sin jadear con sus poderosos pulmones de atlética bailarina.

Después de que pasaran largos minutos, Angelo mostró las fotografías de los recién casados, abrazó a su amiga Olivia y le dijo con lágrimas en los ojos:

—¡Por favor, cuida de tus hijos! Vigílalos y no los dejes con cualquiera, aunque ese alguien sea de la familia. Los niños solo deben dejarse con personas responsables.

Olivia sabía que el Dr. Benson tenía la misma opinión al haber sufrido una tragedia infantil traumática. Alguien -quizá un ser querido- había muerto ante sus ojos, lo que cambió el rumbo de sus vidas. El Dr. Benson se sintió beneficiado por tener al menos a su padre para guiarlo y cuidarlo. Desgraciadamente, Angelo no; sus padres nunca estaban cerca. Y cuando lo estaban, ridiculizaban a Angelo diciéndole que debería haber sido él quien se ahogara, en lugar de su otro hijo, David. Con lágrimas en el rostro, Olivia abrazó a Angelo. Luego el Dr. Benson los abrazó a los dos, pues no le importaba que Angelo fuera homosexual, sabía que Angelo era una buena persona y un héroe de guerra. Los recién casados dijeron simultáneamente a su amigo:

—Gracias, Angelo. Que el Señor te cuide ahora. Angelo, nuestro buen amigo.

Al salir de la iglesia, los invitados les lanzaron arroz. El Dr. Benson vio a John Hughes entre la multitud.

—¡Diviértase en Hawai, Dr. Benson! —Llamó Hughes—. ¡Todo está arreglado!

Angelo tomó una foto memorable de los recién casados y se despidió con la mano.

El Dr. Benson vio a su padre mirándole, y haciendo un saludo militar. Devolvió el saludo al general. Olivia solo tenía ojos para su marido, el Dr. Roberto Benson. Siguieron bajando los hermosos escalones de mármol romano. La limusina estaba esperando. El chófer abrió la puerta diciendo:

—¡Felicidades, doctor y señora Benson! —Le sonrieron, sin saber qué decir, y subieron.

La limusina estaba llena de pétalos de flores y su exterior estaba decorado con campanas y flores. El Dr. Benson tomó la mano de Olivia y besó su llamativo y hermoso anillo de bodas, pensando en su difunta madre, pero sabiendo que ahora tenía una dama que lo cuidaba. Observaron una botella envuelta con un lazo. Una nota decía que era del general Benson. El Dr. Benson se preguntó qué había escrito su padre, así que la leyó en voz alta.

—Roberto, hijo mío, por favor, disfruta de este vino tinto de Domaine de la Romanee-Conti. Lo recogí para ti en Vosne-Romanée, Francia. *¡Geniesen!* Disfruta cada momento con tu esposa. Ella es un ángel. Recuerda, hijo, que todo lo que tendrás al final de tu vida serán recuerdos, así que llena tus días de recuerdos de tu familia. Yo he vivido cada día como si pudiera ser el último, y tu madre sigue viviendo dentro de mí gracias a esos recuerdos. Aunque seas un médico y un científico muy ocupado, pon siempre a tu familia en primer lugar. Tu padre, el general Arnold Benson. P.D., ¡quiero descendientes!

El Dr. Benson pensó en empezar a acumular recuerdos justo en ese momento. Así que descorchó la botella al tiempo que el corcho chocaba con el sombrero del chófer. Luego sirvió a Olivia y a él una copa de vino e hizo un brindis.

—Sabes, el vino tinto tiene resveratrol, que es bueno para tener una larga vida. Quiero vivir mucho tiempo para estar contigo, Olivia. Vamos, bebe —Se besaron y disfrutaron del viaje al aeropuerto.

El viaje en avión pareció no durar nada. Mientras el avión comercial descendía de las nubes como un enorme pájaro, el Dr. Benson y Olivia miraron por la ventana. Podían ver palmeras, flores, playas de arena con aguas azules y profundas, cabañas privadas en la playa y vistas al mar. Ella dijo:

—¡Hawaii parece el Jardín del Edén!

Era el final de la tarde cuando se registraron en su villa en la playa, un regalo de luna de miel de John Hughes. Tenían hambre, así que cenaron fuera, justo a tiempo para participar en un luau hawaiano. El Dr. Benson se puso rápidamente crema solar en la cara, los brazos y las piernas para prevenir el cáncer de piel.

Olivia dijo:

—¡Mira, Roberto! —Llegaron a un bello escenario isleño donde los musculosos hombres hawaianos bailaban con antorchas y las hermosas mujeres hawaianas agitaban sus curvilíneos cuerpos al ritmo de los tambores. Un enorme cerdo envuelto en hojas se estaba asando sobre un pozo de carbón al rojo vivo. Olía delicioso. El Dr. Benson miró a su mujer, que estaba espléndida con un vestido blanco de playa que había comprado en Madrid. Mostraba su figura atlética y su hermoso perfil, que hacía juego con su bello rostro.

La anfitriona, una preciosa hawaiana de veintitantos años, se acercó a ellos y les dijo:

—¡Bienvenidos a Hawai! Me llamo Hu"elani —Les colocó collares de flores en el cuello y luego los abrazó y besó. El Dr. Benson se dio cuenta de que cuando Hu"elani le besaba en la mejilla, parecía oler su cuello. Luego le miró a los ojos y le pareció ver el deseo en ellos.

Olivia y el Dr. Benson se sentaron en unas esteras de bambú, tal y como les había indicado la camarera. Se deleitaron con la comida hawaiana dispuesta delante de ellos como un bufé: cerdo kalua, pollo moa, filetes de pescado blanco, salmón lomi-lomi, gambas a la barbacoa y patas de cangrejo. El Dr. Benson prefería personalmente el sushi y los mariscos, pero como no estaban disponibles, empezó con el poke, que consistía en un pescado crudo marinado en zumo de limón y crema de coco, y servido con algas y cebollas. Le pareció delicioso. Olivia empezó con salmón lomi-lomi y poi.

—Toma un poco —dijo—. Está hecho de raíz de taro y es bueno para la salud. Está delicioso.

—Si te gusta, ¡tengo que probar una porción grande!

—¡Tú te lo has buscado! —Ella le metió un gran bocado en la boca y evitó que lo escupiera besándolo. Había muchas más frutas y ensaladas de verduras verdes para probar. El Dr. Benson examinó la selección de mangos, plátanos, piñas y cocos. Todos eran dulces, pensó, pero no tanto como los apasionados besos de su esposa.

Cayó la noche y el luau llegó a su fin. El Dr. Benson y Olivia caminaron de la mano por la playa, admirando el reflejo de la luna llena en el precioso océano.

—Te amo —dijo él—. Ojalá pudiéramos vivir para siempre.

—Nuestro amor vivirá para siempre, Roberto, a través de nuestros hijos —dijo Olivia. Se besaron apasionadamente con el sonido de las olas al caer sobre la suave arena. Mientras estaban tumbados en la playa, el agua azul del océano se acercaba. Continuaron besándose y acariciándose bajo la luna llena mientras Olivia utilizaba su lengua para hacer círculos en el interior de la boca de Roberto, y su boca se apretaba cálidamente contra la de él. El Dr. Benson sintió un momento muy viril mientras su corazón palpitaba con fuerza: ¡podía oírlo!

Luego volvieron en breve a su villa respirando con fuerza, apasionadamente enamorados el uno del otro.

—Nada de alcohol en nuestra noche de luna de miel, Roberto, por favor —dijo ella.

Al Dr. Benson le gustó cómo sonaba eso. De todos modos, no le gustaba beber alcohol.

—¡Por supuesto! Tu moderación y tus valores son una de las muchas razones por las que te amo.

—Nuestro amor es verdadero. Quiero sentir tu corazón, puro y claro, toda la noche —Entonces el Dr. Benson se rio:

—¡Yo también podía oír mi corazón, mi amor! —Fuera de una enorme ventana que daba a la playa, podían ver la luz de la luna reflejada en el océano y oír el agua golpeando la orilla, lo que despertó su pasión. Comenzaron a abrazarse y a besarse mientras se quitaban la ropa. Pronto se encontraron en una enorme cama de colchón orgánico de tamaño *king size*, hecha de goma de un árbol real. Un ídolo de la isla se encontraba junto a ella, aparentemente bendiciéndoles con el poder y la belleza de Hawai. Una mesa de bambú situada a un lado de la cama contenía un enorme cuenco lleno de fruta fresca variada, varias jarras de agua y vasos. Hicieron el amor apasionadamente durante toda la noche, parando solo para comer algo de fruta y beber agua para tener energía.

Era la tarde cuando se despertaron abrazados. La abundante fruta se había acabado y solo quedaba una jarra de agua. El Dr. Benson sirvió un poco para cada uno y dijo:

—¡Salud por nuestro matrimonio, mi hermosa Olivia! Que vivamos por siempre y para siempre.

—¡Y que seamos bendecidos con hijos amorosos y sanos! —El acento inglés de ella lo calentó sexualmente. Brindaron e hicieron el amor de forma apasionada e íntima una y otra vez. Después, se tumbaron en la cama mientras se acariciaban mutuamente, hablando y estudiando los ojos, la nariz y la boca del otro, sintiéndose muy íntimos el uno con el otro. Debido a la falta de sueño, el Dr. Benson quería sacudirse la somnolencia, para que pudieran hacer más recuerdos juntos ese día.

Fueron a tomar un poco de aire fresco mientras se montaban en un bicitaxi. El gran hawaiano que manejaba el vehículo dijo:

—Me llamo Rock. Súbanse —Olivia y el Dr. Benson sonrieron al enorme y musculoso hombre y se subieron a su *rickshaw*. El Dr. Benson le dijo a Rock:

—¡Estás tan fuerte como una montaña! —El musculoso guía turístico hawaiano sonrió y luego levantó los dos largos enganches delante del bicitaxi. Gruñó mientras tiraba fácilmente de ellos por la isla mientras estaban en un cómodo asiento hecho a medida. Mientras Rock tiraba del bicitaxi por hermosos senderos tropicales, vieron pasar jabalíes, ovejas y ciervos, y oyeron el canto de los pájaros a lo lejos. Olivia y el Dr. Benson se besaron apasionadamente mientras el sol brillaba y algunas gotas de lluvia caían sobre ellos. Cuando el guía turístico redujo la velocidad al trote, vieron hermosas flores tropicales que desprendían un agradable aroma y el agua caía en un estanque mientras los peces de colores chapoteaban. Olivia y el Dr. Benson se sintieron como en el Jardín del Edén. Mientras se alejaban del paraíso tropical, contemplaron el potente volcán retumbando mientras se abrazaban. Tras un momento de tranquilidad, el poderoso guía turístico hawaiano tiró y llevó el bicitaxi de vuelta a la villa.

El Dr. Benson ayudó a su bella esposa, Olivia, a bajar del bicitaxi. Agradeció a Rock su recorrido y le pagó. Rock sonrió y dijo:

—Sean felices.

El Dr. Benson tomó la mano de Olivia y la acompañó.

—¿Quieres salir a tomar un té o una taza de Joe? —preguntó.

—Una taza de Joe, por supuesto.

En el restaurante de la villa, Olivia estaba radiante. Las camareras y los camareros estaban claramente asombrados por su belleza. La pareja se sentó y pidió un café hawaiano.

—¡Qué buena taza de café! —declaró ella.

Una vocecita desde la rama de un árbol cercano repitió:

—¡Qué buena taza de café! —Miraron para ver un loro que subía y bajaba de la rama.

Olivia dijo:

—¡Qué pájaro tan listo! Me encantaría tener un pájaro así.

Un camarero les escuchó.

—El señor Hughes, el propietario de esta villa, trajo el loro aquí con su esposa hace unos años, cuando era solo un bebé —explicó—. Pero cuando la señora Hughes murió de cáncer, dejó al loro aquí en la villa.

—¡El Sr. Hughes es mi amigo y paciente! Soy el Dr. Benson. ¿Está seguro de que nadie aquí es dueño del pájaro?

—No, el Sr. Hughes simplemente abandonó a Herbie allí. Ese pájaro no tiene más dueño que usted, doctor Benson.

—¡Ahora sí lo tiene! —dice el Dr. Benson. Sacó su teléfono móvil y marcó—. Sr. Hughes, habla el Dr. Benson. Tengo una pregunta, señor.

—Está bien, doctor —respondió Hughes al otro lado de la línea—. ¿Quién le ha dicho que no he hecho ejercicio en toda la semana? ¿Y que me he puesto a comer chocolate?

El Dr. Benson se rio.

—No, señor Hughes, no es por eso por lo que le llamo. Pero tendremos que abordar lo que acaba de decir cuando regrese de mi luna de miel.

—Estaba bromeando, doctor. Simplemente quería bromear un poco con usted. Ahora, ¿cuál es su pregunta?

—Hay un loro llamado Herbie que vive aquí en su villa. Me preguntaba si podría comprárselo.

—Dr. Benson, el pájaro es suyo totalmente gratis. Le diré al administrador de la villa que le entregue los papeles y registros de propiedad de Herbie. Y, por cierto, tengo plena confianza en que cuando vuelva a casa, encontrará la cura del cáncer en poco tiempo.

—Agradezco su confianza, Sr. Hughes. No hay nada que desee más en esta vida que encontrar esa cura. Y usted será sin duda una de las primeras personas en recibir mi tratamiento.

—Gracias, doctor. Disfrute el resto de su luna de miel, y lo veré pronto. Adiós.

—¡Adiós, Sr. Hughes, y gracias por Herbie!

Olivia y el Dr. Benson aún estaban terminando su sabroso café hawaiano cuando se acercó el gerente.

—Dr. Benson, el Sr. Hughes me acaba de ordenar que le entregue toda la documentación de Herbie. Tenga por seguro que el pájaro le será llevado para que viaje seguro.

—¡Gracias, señor! —dijo el Dr. Benson. Terminaron el café y se levantaron de la mesa.

Mientras caminaban cerca de la gran piscina, la anfitriona de la noche anterior, Hu"elani, se acercó a ellos. Llegó con Herbie en una jaula de viaje y dijo:

—Tengo entendido que se irán de Hawai en unas horas. Aquí está su nueva mascota y un beso, guapo doctor —La hermosa Hu"elani frunció sus carnosos y adorables labios mientras concentraba su deseo en el Dr. Benson. Se acercó a él y dijo:

—Adiós. Por favor, vuelve.

—¡No vas a besar a mi Roberto, así que aléjate, Hoe"elani! —exclamó Olivia en un ataque de celos.

—¡Mi nombre es Hu"elani! ¡Por favor, dilo correctamente! Y, por favor, no te preocupes. Esta es solo la forma tradicional hawaiana de despedirse para que vuelvan. Ahora, ¡prepárese, guapo doctor! He deseado darle un enorme y delicioso beso en los labios desde el luau. Es una tradición hawaiana y un placer para mí.

Cuando se acercó para besarle en los labios, Olivia la agarró fuertemente. Aunque Hu"elani estaba en buena condición física y podía oponer una pequeña resistencia, no era rival para los atléticos músculos de Olivia. Utilizando la misma concentración de mente, músculos y equilibrio que utilizaba en el escenario, Olivia arrojó a Hu"elani a la piscina con gran facilidad provocando un gran chapuzón.

—Vaya —dijo el Dr. Benson, sujetando la jaula de Herbie.

—¡Vaya! ¡Qué pelea de gatas! —Herbie graznó mientras el pájaro silbaba agradecido por la pelea de gatas entre las dos hermosas y atléticas mujeres.

—Oh, Roberto, ¿qué he hecho? —se preocupó Olivia.

El Dr. Benson se rio mientras sostenía la jaula del pájaro.

—Es solo la naturaleza humana, mi amor. Vamos, salgamos de aquí.

Poco después, partieron de Hawai en un vuelo de primera clase de vuelta a Los Ángeles.

7

Varios meses después, el Dr. Benson y Olivia celebraron el baile de bodas que habían planeado. Solo había unos pocos invitados en su mansión. No se sirvió licor, únicamente zumo de fruta recién exprimido. Actores y actrices famosos, médicos y amigos del ballet asistieron a la recepción celebrada en el salón de baile principal de la casa.

—¿Dónde está el licor? —preguntó uno de los actores.

—Soy un herborista, ¿recuerdas? —Dijo el Dr. Benson—. Creo en la buena salud.

Otro actor y una actriz salieron en su defensa.

—Nosotros también somos herboristas y creemos en la salud, en la música y en mucho baile.

Todo el mundo disfrutó de la deliciosa comida del catering. Un famoso cantante cristiano abrió la celebración con una canción. Era una de las favoritas del Dr. Benson.

—¿Podemos bailar? —le preguntó a su esposa.

—¡Por supuesto, mi amor! —Le cantó suavemente al oído mientras bailaban. Ella lo besó y luego puso la nariz en su cuello, oliendo su colonia orgánica hecha de plantas del jardín—. Mmm —Susurró. El siguiente número lo cantó un famoso cantante de country, y todo el mundo bailó con un paso a dos, incluido el loro Herbie en lo alto de la escalera del segundo piso, en el entresuelo. Le siguió un famoso rapero. Luego, con un poco de sabor a México, un grupo de mariachis tocó una canción sobre la vida, la familia y la felicidad.

Por último, actuaron las bailarinas de ballet. Olivia se unió a ellas, girando y saltando en el aire como solo una bailarina puede hacerlo. Hubo un gran aplauso. Al final de la velada, Olivia y el Dr. Benson agradecieron a todos su asistencia y se despidieron. Sin embargo, Olivia sintió muchas náuseas y vomitó en el baño. El Dr. Benson creía que tal vez uno de los alimentos y sus saltos de bailarina afectaban a su sistema digestivo, y le recomendó que se fuera a dormir.

Unos días después, Olivia descubrió que estaba embarazada. Se apresuró a buscar a su marido, y lo encontró tomando notas y bebiendo una taza de Joe en el estudio.

—Roberto, tengo una noticia que nos afecta a los dos —le dijo ella.

Puso sus importantes notas de investigación en un maletín impermeable y lo cerró para asegurar sus documentos. Lo dejó sobre su escritorio y se puso de pie.

—Esto parece importante —Salieron al jardín, cogidos de la mano. El Dr. Benson sabía que Olivia había tenido náuseas últimamente y se había preocupado por ella. Se admiró de que su malestar no le hubiera impedido crear un hermoso jardín en su amplio patio trasero. El Dr. Benson arrancó una manzana de un árbol, la frotó en su camisa y le dio un mordisco. Olivia olió la manzana.

—¡Mmm, Roberto! —dijo. El Dr. Benson acercó la manzana a los labios de Olivia. Ella mordió una pequeña porción y luego le apretó la mano.

—Estoy embarazada, Roberto. Mi examen ha confirmado que es un niño.

Dejó caer la manzana, que rodó por el suelo hasta un estanque cercano produciendo un chapoteo.

—¡Olivia! —gritó mientras se abrazaban y se besaban—. ¿Cuánto tiempo tienes?

—Llevo meses embarazada, pero no lo sabía. Mi ginecóloga dice que muchas mujeres son diferentes, y cree que fue debido a mi buena condición física que no me di cuenta de que estaba embarazada. Creo que vamos a tener un angelito enviado por Dios.

—Tú también eres un ángel, cariño, y ahora Dios nos ha enviado a un angelito más pequeño. Confía en mí, soy médico.

Olivia tenía instrucciones de su médico de no esforzarse haciendo ballet, pero también le dijeron que caminar o usar una bicicleta fija sería una buena preparación para el parto.

Cuando se acercaba la fecha del parto, el Dr. Benson le dio un localizador para que lo llevara siempre encima. Creía que los teléfonos móviles no son tan buenos como un localizador de emergencia.

—Gracias por preocuparte —le dijo ella—. Cancelaré todas mis actuaciones de ballet y me quedaré en casa trabajando en mi jardín... Huele tan bien.

—Desde luego que sí. Puedo olerlo desde el balcón de nuestro dormitorio —Miró su reloj—. Cariño, tengo una cita. ¿Volverás a entrar conmigo?

—Déjame ver algo en mi jardín primero. Estaré dentro en breve —El Dr. Benson sabía cuánto amaba su esposa el jardín. Lo había llenado de flores, plantas raras, árboles frutales y verduras diversas. Olivia no utilizaba pesticidas, solo técnicas de jardinería orgánica. Le había costado mucho trabajo crearlo, pero su padre Adolfo la ayudaba. Lo único que el Dr. Benson aportó al jardín fue un pozo de agua para que tuvieran agua potable. Un amigo había inspeccionado el terreno y había descubierto una fuente de agua natural muy profunda en el terreno. Fue muy costoso hacer que un profesional autorizado perforara el pozo de agua, pero valió la pena para que su padre, el general del ejército, pudiera sobrevivir. El Dr. Benson también mandó construir una cubierta y la llenó de paneles solares para obtener energía del sol, pero no se detuvo ahí. Hizo construir una torre con un molino de viento para extraer energía del aire. Estaba muy satisfecho de que una fuente de energía natural y autosuficiente alimentara sus experimentos de laboratorio. El Dr. Benson recibió un generador de regalo de su padre e hizo instalar el potente generador diésel militar en su garaje, y lo conectó a toda la finca para asegurarse de que la casa y el laboratorio tuvieran siempre energía en caso de que los paneles solares o el molino de viento fallaran de alguna manera. Contempló el patio trasero y se sintió seguro de poder estar fuera de la red eléctrica de la ciudad, y ser autosuficiente con la energía y los alimentos. Luego volvió a entrar y se dirigió a su dormitorio cuando vio a Herbie con cara de estar dándole al Dr. Benson un pulgar arriba con sus alas. El loro

Herbie salió volando al balcón, recorrió el terreno y volvió a entrar. A veces le gustaba esconderse y escuchar las conversaciones. Siempre sorprendía al Dr. Benson con su sigilo y le divertía repitiendo las palabras que había escuchado.

El Dr. Benson entró en su vestidor. Estaba a punto de vestirse para dar una conferencia sobre los tratamientos del cáncer y sus posibles curas en un seminario en Beverly Hills. Allí estarían científicos, médicos, biólogos y políticos de todo el mundo.

—¿Puedo ayudarte, querida? —Olivia se había acercado sigilosamente con sus suaves pasos.

—¡Por supuesto! —dijo ella. Olivia acarició a su marido y movió sus manos por todo su cuerpo con pasión.

Hojeó su único esmoquin, y sus treinta trajes combinados, que consistían en abrigos deportivos, chaquetas para la cena, trajes para reuniones formales y trajes de golf. Ella eligió un traje inglés azul, una camisa azul y una corbata azul.

—Ahora, ve a tu seminario, mi amor. Estás muy bien vestido —Se besaron apasionadamente mientras el Dr. Benson besaba la boca de labios carnosos y el sensual cuello de su esposa.

—Volveré pronto —prometió el Dr. Benson. Se besaron un poco más y luego él se fue al seminario mientras Olivia le daba una palmada en el trasero.

Llegó temprano al auditorio con su supercoche. Aparcó en la parte delantera en una plaza de aparcamiento reservada para él.

—¡Abre! —dice el Dr. Benson mientras sale de su vehículo. El coche aseguró automáticamente la puerta del conductor cuando él se bajó. La luz roja de la inteligencia artificial brilla mientras va de un lado a otro del capó del coche. El Dr. Benson sube las escaleras y entra en el auditorio. Ve muchas caras conocidas y desconocidas que pasan por los detectores de metales de la entrada. Todos los asistentes y sus bolsos fueron inspeccionados minuciosamente en busca de cualquier arma. Se dio cuenta de que la gente parecía hablar de él y señalarle. Sin embargo, no le molestó.

Pronto llegó el momento de comenzar su presentación. Había muchas personalidades importantes presentes: el primer ministro británico, el presidente de los Estados Unidos y líderes de Japón, China, Rusia, Oriente Medio, Alemania, Francia, Italia, Israel, México, España, Canadá y Sudáfrica. Sin embargo, para el Dr. Benson, las personas más importantes del público eran sus pacientes de cáncer y sus colegas: médicos, científicos y bioquímicos.

—Señoras, señores, compatriotas y colegas, gracias por venir —comenzó—. Me llamo Roberto Benson. Soy un médico y biólogo que lleva a cabo investigaciones científicas en busca de la cura del cáncer. Todos los presentes sentirán mi entusiasmo y mi ardiente deseo de encontrar esta cura. Quiero que cada uno de ustedes sepa lo honrado que me siento de estar aquí ante ustedes, ante tanta gente buena. También quiero que sepan que se acerca el momento en que nadie tendrá que temer ya a la mala salud o a la pérdida de un ser querido a causa del cáncer. Estoy cerca de encontrar una cura. Les demostraré a todos ustedes algunos de mis descubrimientos médicos.

El Dr. Benson eligió a varios voluntarios al azar para que subieran al escenario. Padecían diferentes dolencias, ninguna de las cuales le había sido revelada. Los examinó delante de todos, utilizando su pulgar para abrir sus ojos. Simplemente observando la coloración y las manchas en el blanco de los ojos o el tamaño y coloración de las pupilas, pudo elaborar un primer pronóstico. Anunció la enfermedad de cada individuo. "Gastritis" "Asma" "Debilidad del hígado, posiblemente cáncer" "Debilidad del corazón, con el posible riesgo de una apoplejía en el futuro" "Fallo del sistema inmunológico, posible VIH".

Un hombre saltó del público y gritó:

—¡Esto es obra del diablo! Tienes que dejar de hacer lo que estás haciendo, ¡o alguien te detendrá definitivamente! No perteneces a este mundo. Debes morir —Apuntó su arma y disparó una bala en dirección al Dr. Benson, matando a un guardia de seguridad que estaba cerca. Y antes de que pudiera disparar otra bala, la policía de Beverly Hills y los agentes federales agarraron rápidamente al hombre y lo escoltaron esposado fuera del auditorio. Más tarde, el Dr. Benson se enteró de que los agentes habían descubierto en el hombre una pistola de fibra de vidrio, ilegalmente oculta y cargada con balas de fibra de vidrio. El hombre tenía un pasaporte vigente de Roma, Italia, y las autoridades le confiscaron el arma de fuego. Fue acusado de violar tres códigos penales de California, y de asesinato.

Mientras tanto, después de que el guardia de seguridad muerto fuera retirado, y el orden fuera restaurado. El Dr. Benson respiró profundamente y continuó respirando como le habían enseñado en su curso de salud respiratoria. El Dr. Benson sabía que su conferencia era extremadamente importante, y por eso continuó.

—La concentración y la visión creativa me mantienen centrado en mi búsqueda de la cura de todos los cánceres. Creo que todos podemos ver los árboles en el bosque. Quisiera aumentar la longevidad de los seres humanos. Quisiera que todos viviéramos doscientos años y disfrutáramos de nuestros padres, hijos y de los hijos de sus hijos. Pienso que una persona normal no debería morir de forma prematura. Considero que una persona debería tener tiempo para sí misma después de haber trabajado toda su vida, y que debería tener tiempo para disfrutar más de la familia, viajar más y estar en paz. Si los individuos de todo el mundo están en armonía y paz, habrá menos desconfianza entre nosotros. Podríamos ver el fin de la guerra porque las guerras no serían necesarias —El Dr. Benson hizo una pausa para beber agua y tomar una profunda bocanada de aire.

—En primer lugar, el cáncer, conocido médicamente como neoplasia maligna, es un amplio grupo de enfermedades que implican un crecimiento celular no regulado. Las células cancerosas son células anormales que se dividen y crecen sin control, formando tumores malignos llenos de células tumorales circulantes. Si las personas alteran su equilibrio celular normal y saludable, corren el riesgo de contraer cáncer. Todos los seres humanos deberían llevar un estilo de vida saludable para impedir que se produzca un cáncer. Ello significa consumir muchas frutas frescas y crudas, verduras frescas y crudas, menos o nada de carnes, nada de alimentos procesados o envasados, nada de alimentos enlatados, y beber mucha agua para mantener limpio el sistema digestivo. El ejercicio es muy importante, y demasiada gente come en las cadenas de comida rápida, en lugar de ir a su tienda local de comestibles para comprar alimentos frescos. No importa si tienes una discapacidad. Hay que ser creativos, siempre existe alguna forma de ejercicio que puedes hacer con esfuerzo. Descansa tu cuerpo y tu mente con una buena noche de sueño —El Dr. Benson hace una pausa para beber un vaso de agua y tomar una profunda bocanada de aire.

—Es crucial empezar bien la mañana. A mí me gusta comer por la mañana un buen cereal de siete cereales, o bayas de centeno integrales orgánicas, y almendras crudas o nueces de macadamia, que son una buena fuente de lignanos. Por supuesto, una persona no debe participar en ningún vicio como los medicamentos sin receta, el consumo de alcohol o la inhalación de productos de humo de cualquier tipo. Estos vicios no naturales y no regulados alterarán el equilibrio saludable de las células normales. Además, el estrés y la infelicidad también pueden alterar el equilibrio saludable de las células normales —El Dr. Benson hace una pausa para beber un poco de agua y escudriña la sala.

—Amables damas y honorables caballeros, por favor, escúchenme con atención. Voy a desglosar el sistema humano en su batalla por sobrevivir contra peligrosos patógenos. Debo informarles de que aproximadamente el 16 por ciento de todos los cánceres pueden estar causados por un germen o un virus, y esto va en aumento. Esto significa que algo subcelular en el cuerpo humano puede permanecer latente, pero, por desgracia, puede desencadenarse repentinamente de diversas maneras para convertirse en cancerígeno de forma exponencial. Pienso en el cáncer como un mal peligroso que entra en tu cuerpo y te mata lentamente.

—A continuación, quiero exponer mis ideas sobre la cura del cáncer. Las células tumorales circulantes suelen desprenderse del lugar del tumor primario en el que una persona tiene cáncer. En otras palabras, si podemos contener el sitio inicial del cáncer en el pecho, el hígado, el pulmón, el cerebro, el páncreas, el colon, la próstata, la piel, los huesos o la sangre, las células cancerosas anormales no se extenderán por todo el cuerpo como semillas para hacer metástasis y matarte. El Imiquimod, un fármaco que ya está en el mercado, en combinación con la Metformina, un medicamento para la diabetes derivado de una fuente natural que se consume a diario, y combinado junto con mi nuevo medicamento para la remisión del cáncer, frenará su cáncer — El Dr. Benson respondió a algunas preguntas y luego continuó su presentación.

—En primer lugar, hay 5 patógenos principales que son los virus, las bacterias, los hongos, los protozoos y los gusanos. Ahora bien, ¿cómo purga nuestro sistema inmunitario humano los patógenos peligrosos de nuestro cuerpo? Los humanos tenemos un conjunto de proteínas llamadas "complemento" que circula por la sangre en estado inactivo. Al reconocer las bacterias o los virus, una cascada de reacciones ensambla un complejo ataque a la membrana, haciendo literalmente un agujero en el patógeno invasor, matándolo en consecuencia. Sin embargo, a medida que los virus o bacterias invasores no deseados entran en nuestro cuerpo, se liberan las proteínas quimioatrayentes de nuestra primera respuesta, por lo que las células fagocíticas engullen y matan rápidamente tantos patógenos peligrosos invasores como sea posible. En la actualidad estoy trabajando en un medicamento que destruye el cáncer y que creo que puede curar completamente el cáncer en todas sus formas. Se basa en células inmunitarias granulocíticas sobrecargadas. Estas células inmunes están específicamente diseñadas para matar las células cancerosas sin matar las células normales. Las células cancerosas que reciben oxigenación en los tumores hipóxicos provocan la destrucción del cáncer. Cuanto más oxígeno haya en el torrente sanguíneo, más se impedirá el desarrollo del cáncer, al igual que un pez puede vivir en agua con oxígeno y no sin él. Nuestros pulmones humanos también deberían tener aire limpio para respirar y el mundo debería limpiar el aire de sus toxinas para la longevidad de la raza humana. Estoy trabajando en la mejora de nuestras células dendríticas para que sean células adaptadas a la imitación para reconocer los patógenos invasores y puedan capturar el virus o las bacterias invasoras y luego transportarlas a nuestros ganglios linfáticos para su análisis, entonces el proceso de presentación de antígenos puede instruir a las células T multitarea para atacar y destruir el virus o las bacterias.

El Dr. Benson hace una pausa y toma una profunda bocanada de aire y luego bebe un vaso de agua alcalina.

—También he extraído enzimas de la cucaracha para ayudar a las células humanas a fortalecerse. La cucaracha tiene una proteína llamada P450 que neutraliza las toxinas y puede responder a una gran variedad de amenazas químicas. Su genoma tiene un proceso de defensa de desintoxicación contra los patógenos. Creo en el fortalecimiento de nuestros sistemas inmunológicos para poder tener nuestra propia defensa de desintoxicación mejorada contra los patógenos para controlar y eliminar los virus o bacterias no deseados. Los seres humanos tienen enzimas del citocromo P450, que son un grupo de enzimas codificadas por genes P450 y se expresan como proteínas unidas a la membrana que se encuentran principalmente en el retículo endoplásmico del hígado. Sin embargo, hasta ahora solo he curado a roedores y otros animales. Todavía falta un eslabón con el sistema inmunológico de los humanos, y sus órganos para poder mantener a una persona sana, y en consecuencia detener el proceso de envejecimiento. Solo puedo conseguir que las células cancerosas humanas entren en remisión... hasta ahora; sin embargo, el cáncer siempre vuelve eventualmente.

Una arrogante e infeliz médica que estaba llorando se levantó y gritó:

—¡Perdí a mi madre por el cáncer! —Inmediatamente, un grupo de compañeros médicos y científicos la abrazaron con compasión. Al Dr. Benson se le humedecieron los ojos al recordar a su propia madre, Mary, que murió de cáncer. Hizo una pausa para beber agua mientras la gente empezaba a levantar la mano y a gritar preguntas.

—Hay más de doscientos tipos de cáncer, y las diferentes formas de cáncer están aumentando en la población humana. Muchos cánceres se basan en un virus, como el virus de la inmunodeficiencia humana o el síndrome de inmunodeficiencia adquirida, que se propaga en el cuerpo humano casi sin control. Utilizan a las personas como huéspedes y pueden esconderse en los reservorios del cuerpo. He estudiado a monos y gatos que viven con el VIH para averiguar cómo curar el cáncer.

Una mirada triste aparece en el rostro del Dr. Benson.

—En el pasado, hice una promesa a mi querida madre de que erradicaría el cáncer. Además, ahora sé que es muy saludable comer semillas de frutas como manzanas, cerezas, ciruelas pasas, nectarinas o melocotones. Contienen vitamina B-12, o amigdalina, que ayuda a impedir que el cáncer se instale en el cuerpo. ¡Las semillas son la vida! La vida son las semillas.

Una bombilla se encendió en las mentes de los presentes, y todos hablaron entre sí de sus experiencias, buenas y malas.

Finalmente, el presidente de los Estados Unidos levantó la mano para hacer una pregunta.

—Creo en el cambio, y curar y prevenir el cáncer seguramente cambiará el mundo. Pero, ¿cómo comunicamos esta noticia a las masas?

—Una pregunta brillante, Sr. Presidente —respondió el Dr. Benson—. Sí, los seres humanos deberíamos cambiar nuestro estilo de vida para reducir enormemente el riesgo de contraer cáncer. Sin embargo, tengo una noticia desafortunada para todos. Hay un virus respiratorio que aparecerá pronto y que se transformará en una variante que será aún más mortal. También hay laboratorios químicos que tienen patógenos mortales, y agentes nerviosos que podrían caer en manos de terroristas, o simplemente podría haber una guerra mundial biológica pronto —El Dr. Benson hace una pausa para ver la conmoción en los rostros de la gente. Luego continúa—: Señoras y señores, podemos superar estas pandemias mejorando enormemente nuestra salud, ya que estoy trabajando en una vacuna para ayudar a los humanos a impedir la acción de los patógenos mortales. Viviremos para superar estas crisis al igual que la cucaracha, y viviremos más allá de los ciento veinte años. Finalmente, y para concluir mi presentación, no consuman azúcares, sales y grasas. Beban mucha agua que tenga oxígeno, y hagan ejercicio. Además, los alimentos demasiado cocinados son malos para todos. Coman frutas y verduras crudas a diario. Acuérdense de preguntarse "¿tiene esto azúcar, sal o grasa?" antes de comerlo o beberlo, y serán seres humanos sanos. La mayoría de los lugares de comida rápida tienen demasiada grasa, azúcar o sal para que las papilas gustativas creen una memoria adictiva para esos alimentos. En un futuro próximo, la raza humana debería tener un lenguaje universal, que debería enseñarse en todas las escuelas del mundo. ¿Recuerdan la historia de la Torre de Babel? Antes, todos los pueblos hablaban una sola lengua. Su comunicación era tan buena que pudieron trabajar juntos hasta casi alcanzar los cielos. Considero que, utilizando la mente, todo es posible. Y tal vez seamos capaces de comunicarnos de mente a mente sin pronunciar una palabra. Con una buena comunicación e imaginación, podríamos volver a alcanzar los cielos.

El Dr. Benson recibió una fuerte ovación.

8

En el periódico de la mañana siguiente, el Dr. Benson vio un artículo sobre su discurso:

"La conferencia sobre el cáncer, pronunciada por el médico y biólogo local Dr. Roberto Benson, fue sorprendentemente informativa. Benson está muy bien considerado por sus investigaciones sobre la curación de enfermedades, y ganó el premio Nobel por la curación de la artritis, el Parkinson y el Alzheimer. Sus investigaciones actuales se centran en todas las formas de cáncer, así como en el virus del SIDA. La esposa de Benson, Olivia, es la famosa bailarina inglesa de categoría mundial".

Una vez que el Dr. Benson terminó de leer el documento, se sentó en un estado de ensoñación. Luego, mientras se tomaba una taza de Joe, se dijo a sí mismo con una sonrisa:

—¡Vaya! Mi mujer ni siquiera estaba en el seminario, y consiguió que su nombre apareciera en la prensa. ¡Los seres humanos son increíbles! Voy a seguir en mi ordenador para aportar más cosas a mi investigación.

Olivia aún no había bajado. Había estado durmiendo más debido a su embarazo, y el Dr. Benson no deseaba despertarla. Podría ponerse de parto cualquier día. Él se había quedado en casa más a menudo para estar cerca de ella, pero continuaba con su investigación. Había estado leyendo todas las revistas médicas sobre los últimos avances en la investigación del cáncer. Fue a su estudio a leer un poco, ya que era un lector y un pensador prolífico. Sabía que cuando Olivia se despertara, probablemente visitaría su jardín antes de desayunar. Le encantaba observar el arroyo que corría, los peces, las flores y los diversos árboles frutales. Si tenía hambre, podía simplemente coger una fruta de su elección directamente de la rama. El olor del jardín tenía un efecto calmante en ella.

El Dr. Benson estaba tomando notas en su estudio cuando sonó su localizador. Corrió al dormitorio, pero Olivia no estaba allí. Corrió al jardín, donde la encontró tumbada en la yerbabuena junto a la fragante madreselva. Estaba gimiendo. Habló a su moderno teléfono:

—¡911 por favor!

Los paramédicos llegaron casi de inmediato, evaluaron la situación de su esposa y dijeron:

—¡Tenemos que llevarla al hospital de inmediato! —El Dr. Benson subió a la ambulancia con Olivia. De camino al hospital, uno de los paramédicos de la parte trasera le preguntó—: ¿Quiere una taza de Joe, Dr. Benson?

—Sí, por favor —dijo y cogió la taza para luego dar un sorbo—. ¡Vaya, es una gran taza de café!

—Me gusta el olor de tu taza de Joe, cariño. Me hace sentir cómoda —murmuró Olivia—. ¿Puedo beber un poco?

—No creo que deba hacerlo. ¿Qué opina, Dr. Benson? —dijo el paramédico.

—Claro, cariño, pero solo un sorbito —dijo—. Y no se preocupen, señores. El café es alcalino, lo que es bueno para la sangre.

El paramédico asintió.

—Sí, así es. El café viene del grano de café. Sabemos que usted sabe mucho de plantas medicinales, doctor. He leído su libro sobre plantas medicinales para la salud —El paramédico que conducía puso una emisora de radio clásica para escuchar un poco de música. Casualmente sonaba una canción sobre el nacimiento de un ángel. Parecía insólito que no hubiera tráfico en la carretera, pensaron los paramédicos.

Mientras Olivia respiraba entre sus contracciones, el Dr. Benson tuvo de repente la fuerte sensación de que había ángeles del cielo dentro de la ambulancia con ellos. Entonces Olivia gritó:

—¡Ya viene el bebé! —Momentos después, empujó y un niño vino al mundo sin problemas gracias a su físico atlético. El paramédico limpió al bebé mientras Olivia sonreía y decía: una taza de Joe, por favor, Roberto, y este le dio más café. Luego, el paramédico le colocó el bebé en brazos y ella se lo puso al pecho.

—Felicidades —dijo el paramédico. Luego tomó un sorbo de su taza de Joe.

—¿Qué nombre le van a poner ustedes, queridos padres?

Olivia miró con cariño y júbilo a su marido.

—Míralo, cariño. Es un angelito. ¿Qué tal suena Joe?

El Dr. Benson se rio mientras él también bebía su taza de Joe.

—¡Joe es perfecto!

Pronto llegaron al hospital. El bebé no había llorado mucho; más bien parecía disfrutar del viaje. Casi parecía que esbozaba una sonrisa y sus ojos brillaban de felicidad. Fue un momento de gran orgullo. En el hospital, un pediatra que resultó ser amigo del Dr. Benson evaluó al pequeño Joe mientras el obstetra de Olivia la evaluaba a ella. Madre e hijo recibieron un informe de buena salud.

—Roberto, ¿dónde está mi cigarro? Tienes un niño muy sano —preguntó el pediatra.

—Le debo un buen puro —aceptó el Dr. Benson—. Tengo una buena conexión para conseguir algunos gracias a mi padre —Y ambos profesionales de la medicina se limitaron a reírse porque los dos no fumaban. Saben que se conforman con una taza de Joe. Pasaron un día y una noche en el hospital en observación. El Dr. Benson acercó una silla a la cama de Olivia en su habitación privada. La silla podía reclinarse para tumbarse, pero sabía que no pegaría ojo. Pensó que lo más probable es que bebiera taza tras taza de café durante toda la noche. Estaba muy contento por Olivia, por él mismo y por su nuevo hijo, Joe.

Entonces se oyó un fuerte golpe en la puerta de la habitación. Se abrió y el Dr. Benson, mientras estaba sentado, vio a un hombre grande con rasgos faciales de cerdo gruñir palabras con sonidos de cerdo:

—¡*Oink*, lleva a tu hijo a la máquina de identificación, para Industrias Saman, ¡*ark*! ¡Por favor!

—¡Vete! No hay máquina de marcado o identificación para mi hijo —dijo el Dr. Benson mientras Olivia sostenía al pequeño Joe con la protección de una madre. Entonces, de repente... el general Benson entra en la habitación, levanta los puños y dice:

—Ya ha oído a mi hijo, señor. ¡Ahora muévase! Es una orden —El médico con rasgos faciales de cerdo observa el anillo de masón del agua en el dedo del general Benson que tiene los puños cerrados, entonces se asusta y sale de la habitación.

El Dr. Benson dice:

—¿Otra vez amenazando a la gente, eh, padre? Bueno, mira a tu nuevo nieto, Joe —El general Benson sonríe a su nuera Olivia y recoge con orgullo a Joe de sus brazos.

9

Pasaron varios años. El Dr. Benson siguió investigando. Realizaba pruebas rutinarias a sus pacientes con cáncer para ver cuántas células tumorales circulaban por su sangre. Solo había podido curar el cáncer en roedores y otros animales, pero no en humanos. Adolfo, su suegro, tenía peor aspecto y se sentía mal cada día. Olivia aún no sabía de su cáncer porque él seguía ocultándoselo con una medicación que le permitía funcionar. El Dr. Benson quería contarle la verdad, pero Adolfo le había hecho prometer que no lo haría. Le dolía saber que la muerte de Adolfo estaba cerca, sobre todo cuando parecía que la cura era inminente. El Dr. Benson había descubierto que ciertas plantas de las profundidades del océano, que habían estado ocultas bajo los arrecifes de coral durante miles de años, contenían una enzima especial y energética. Cuando se administraba a roedores y animales en combinación con granulocitos sobrealimentados, la enzima destruía el cáncer rápidamente. Pensó que, si conseguía la combinación de enzimas y granulocitos adecuada, sería el secreto para curar el cáncer. Supuso que tenía sentido que una planta del océano pudiera ser la clave, porque el cuerpo humano era más o menos tan salado como el agua del océano. El Dr. Benson estaba desesperado por curar a su suegro, así que decidió que era el momento de probar con él su nuevo medicamento experimental. Puso un frasco en su maletín. Sin embargo, antes de salir de casa, pasó un buen rato con Olivia y Joe. Como su padre, el general, siempre decía: "Al final del día, todo lo que tienes son recuerdos, así que consigue todos los de calidad que puedas, especialmente con tu familia".

El loro, Herbie, estaba jugando al escondite con el pequeño Joe. Olivia estaba leyendo un libro, pero lo dejó cuando se acercó el Dr. Benson. Le dio una buena noticia: estaba embarazada de nuevo, pero esta vez de una niña. Él la besó y luego dijo que lo sentía, pero que el deber le llamaba; tenía que irse. Su familia lo entendió.

La vida de médico y biólogo requería de mucho tiempo. El Dr. Benson dormía muy poco o nada. Su ardiente deseo de curar el cáncer le ocupaba todo el tiempo; todo lo demás era trivial. Estaba tan decidido como Thomas Edison, Albert Einstein, Nikola Tesla, Isaac Newton y

Jonas Salk. Estaba seguro de que estaba a punto de encontrar las respuestas que buscaba. El Dr. Benson dijo a su supercoche:

—¡Abre! —Luego, al entrar en su vehículo, probó algo nuevo, sin poner la llave en el contacto, dijo:

—¡Arranca! —Y su hermoso Mercedes Benz azul océano especialmente diseñado para él, con todos los añadidos extra, arrancó—. Vaya, la inteligencia artificial de este vehículo avanza sola —Luego se marchó en su supercoche Mercedes AMG, haciendo chirriar los neumáticos al salir de la entrada. Su misión esa mañana consistía en buscar a personas que vivían en las barriadas, los barrios y los guetos y que padecían cáncer. Buscaba a personas que dormían en la calle... personas que estaban desesperadas y no tenían ningún lugar al que acudir para recibir tratamiento. Por lo general, el Dr. Benson realizaba estos viajes por la noche, para tener menos posibilidades de ser reconocido. Necesitaba voluntarios para la investigación médica. Aparcó en una zona segura cerca de una parte mala de la ciudad y empezó a caminar hacia el terrible barrio. Se sintió fuera de lugar mientras hacía su respiración especial para calmarse. Pensó irónicamente para sí mismo que se parecía un poco a Jack el Destripador, que también era un médico que iba a los barrios pobres del gueto. Sin embargo, el propósito del Dr. Benson era curar a la gente, no matarla.

Oyó que alguien tosía detrás de unos cubos de basura. Miró hacia allí y vio a un hombre grande acurrucado, comiendo comida para perros de una lata con una cuchara. De repente, otro hombre apareció de entre las sombras. Llevaba una chaqueta verde del ejército y sostenía un gran y afilado cuchillo militar.

—Por favor, guarde ese cuchillo, señor —dijo apresuradamente el Dr. Benson—. ¡No quiero hacerles ningún daño!

—¿Es usted militar?

Sonrió para tranquilizarlos mientras respiraba para calmarse.

—No, pero mi padre sí.

El hombre guardó el cuchillo.

—¿Qué quieres por aquí, niño rico?

—Necesito un voluntario de investigación médica. Puedo ofrecerles a los dos lugares para alojarse, dinero, comida, café caliente y pasteles para los dos. Y medicinas para la tos.

—¡No puede ayudarnos! —dijo el hombre de la chaqueta verde—. ¡Mi amigo Pete tiene cáncer de hígado, y yo tengo leucemia por la guerra en Oriente Medio!

—Para —dijo el hombre de la tos—, deja que el hombre hable.

—Tengo una medicina que puede curar el cáncer —dijo el Dr. Benson—. ¿Qué tal si tomamos un café y algo de comida y hablamos? —ellos estuvieron de acuerdo.

Fueron a un pequeño y mugriento restaurante cercano. Roger le contó al Dr. Benson que, después de que el ejército le negara la indemnización por su enfermedad, no completó el proceso de solicitud correctamente, y que su familia ya no quería apoyarlo. La gente del hospital de veteranos le dijo que se duchara antes de volver porque apestaba. Dijo que, aunque supiera de un lugar donde pudiera ducharse, su orgullo no le permitiría volver a ese hospital. Se puso a llorar porque no sabía cómo rellenar las solicitudes.

El Dr. Benson hizo un trato con los dos hombres. Dijo que si aceptaban probar este nuevo medicamento como voluntarios de investigación médica, les compensaría y pagaría una habitación de motel durante el tiempo que necesitaran un lugar para dormir. Así tendrían un sitio seguro y él podría visitarlos y observar cómo funcionaba el medicamento. Aceptaron las condiciones. Firmaron su autorización de voluntario de investigación médica e incluyeron en ella a sus parientes más cercanos y sus direcciones. Como premio, el Dr. Benson le dijo a Roger que le pediría a su padre que le ayudara con la apelación de la indemnización por discapacidad y que su poderoso abogado griego le ayudaría a rellenar correctamente las solicitudes de los veteranos. Roger se mostró agradecido mientras sus ojos se desbordaban de lágrimas.

10

Pasaron varios meses mientras el Dr. Benson continuaba con sus experimentos. Un día, al llegar a casa después de trabajar en el hospital, encontró a Olivia en el jardín. Joe estaba jugando con Herbie cerca. Joe se detuvo ante un arbusto en flor e inhaló profundamente.

—¡Vaya, mamá, esta flor huele bien! —exclamó.

—Huele muy bien y se ve muy bien —coincidió ella—. Se llama rosa.

—¡Rosa! —dijo Joe.

—¡Rosa! ¡Rosa! ¡Rosa! —Repitió Herbie. Fue un hermoso momento familiar.

El Dr. Benson cogió a Joe en brazos. Luego besó a Olivia y paseó con ella por el jardín. Pasaron por un estanque lleno de peces de colores y por un banco junto al agua. Un pequeño puente japonés servía de pasarela.

—Este es un buen momento de aprendizaje, Joe —dijo el Dr. Benson. Quería explicarle a Joe la búsqueda de la paz eterna en su interior y cómo ser una persona feliz consigo misma. Algunas personas lo llamaban encontrar la propia vocación, que no era un trabajo sino algo que beneficiaba a millones de personas en el mundo. Esto es la paz eterna.

—Joe, hijo mío, escucha con atención, por favor.

—¡Sí, papá! —dijo Joe.

—Ves y hueles todas estas hermosas flores en este jardín. Puedes sentir la energía de la paz eterna aquí. La mente humana, junto con el cuerpo, debe tener una energía de paz eterna para tener longevidad —dijo el Dr. Benson—. Debes comer alimentos buenos y crudos, como la lechuga verde fresca, las espinacas, la col rizada y el brócoli crudos. Esta forma de comer ayuda a tu cuerpo a ser fuerte y a curar cualquier herida, pequeño Joe —El Dr. Benson se agachó y arrancó un trozo de col rizada de color verde oscuro de un huerto, se llevó un poco a la boca para comerlo y le dio un poco a Joe. Ambos comieron la col rizada mientras el Dr. Benson miraba a Joe, y el niño asintió; había entendido.

El Dr. Benson continuó:

—¡Bien, Joe! Sigue escuchando. Tu mente tiene algo bueno, no malo... que quiere o desea realizar y lograr. Esta idea en tu mente debe ayudarte, pero es importante que también beneficie a la gente —El Dr. Benson miró profundamente a Joe—. ¡Escucha y recuerda, Joe! Toda la medicina del mundo no te curará ni evitará que te enfermes si no tienes la paz eterna. Joe, ¡debes buscar tu paz eterna! Espero que algún día me entiendas, Joe.

—¡Sí, papá! ¡Buscaré mi paz eterna! —Dijo Joe.

El Dr. Benson vio la rara planta que había descubierto con Olivia en el invernadero de John Hughes varios años antes, la que había reaccionado de forma extraña cuando había derramado café sobre ella. Parecía resistir al agua caliente y a las temperaturas frías, y cambiaba de color. Pensó que por fin lo incorporaría a sus experimentos de investigación sobre el cáncer, con el permiso de Olivia, por supuesto, así que le pidió un trozo.

—Por supuesto, cariño, pero con una condición —dijo ella—. ¡El embarazo me da hambre! ¿Podemos ir a comer a algún sitio?

El Dr. Benson se lo pensó un segundo debido a los patógenos mortales que hay en el mundo, pero consideró que tampoco se puede vivir en una cueva. También hay que vivir, y felizmente aceptó, así que los tres se dirigieron a un restaurante llamado La France en Beverly Hills. Él pidió caracoles, Olivia pidió una Blanquette de ternera y Joe pidió ratatouille. Los demás comensales felicitaron a Joe por sus excelentes modales en la mesa. La música comenzó a sonar y pronto la voz de una cantante de ópera resonó en todo el restaurante. La piel del Dr. Benson hormigueaba de emoción mientras disfrutaba de la deliciosa comida francesa.

—Señora Olivia Benson —dijo de repente—, ¿me honraría con un baile al ritmo de esta exquisita música, por favor?

—¡Será un placer, Roberto, mi amor! —Bailaron juntos a un ritmo perfecto sin perder de vista a Joe. Cuando la canción terminó, volvieron a su mesa.

Olivia bebió un sorbo de agua y dijo:

—No me siento muy bien. Nuestra niña se mueve mucho. Creo que podría tener contracciones —El Dr. Benson le tomó el pulso y cronometró dos de las contracciones.

—Lo sabía —dijo ella—. Estoy de parto. Vámonos —El Dr. Benson arrojó trescientos dólares en efectivo sobre la mesa y llamó al camarero—: ¡Quédate con el cambio! —Tuvo el tiempo justo para dejar un billete de cincuenta dólares en el tarro de propinas de porcelana antes de salir corriendo hacia el hospital. Llamó de camino para organizar el triaje y el parto, y para que le esperara un equipo de partos.

En el hospital, la enfermera que les recibió en la entrada les dijo:

—Todo está listo, Dr. Benson, pero el médico de guardia no está disponible. Tenemos aquí una enfermera-partera experimentada y certificada para ayudar a dar a luz a su hija.

—Está bien, soy médico y miembro de la junta directiva de este hospital. Lo haré yo mismo con la ayuda de la comadrona.

—Gracias por su ayuda, Dr. Benson. Alguien lo acompañará a la sala de partos.

Llamó al padre de Olivia, Adolfo, para que viniera a buscar a Joe.

—No te preocupes. Estoy en la librería a la vuelta de la esquina —dijo Adolfo—. Estaré allí en cinco minutos —Adolfo llegó rápidamente. Besó a su hija Olivia en la frente y le dijo:

—Ángel mío, tienes aquí al mejor médico del mundo entero, mi yerno. No te preocupes.

—Sí, lo sé. ¡Gracias, Padre!

—¡Te quiero, mamá! —dijo Joe, besándola—. Ahora me voy con el abuelo. Padre, cuida de mamá, por favor.

—Lo haré, Joe. No te preocupes —le aseguró el Dr. Benson—. Ve con el abuelo ahora, ¿de acuerdo?

Adolfo tomó a Joe de la mano y lo sacó de la habitación. El personal médico acompañó al Dr.

Benson y a Olivia a la sala de partos. Y de camino a la sala de partos, vio cómo el personal médico colocaba la mano derecha de un recién nacido en una máquina de identificación de Industrias Saman. Entonces la máquina inyectó la mano con algo que hizo que la mano y el brazo del bebé brillaran en rojo durante un breve instante. El Dr. Benson se quedó asombrado... y dijo que no le harían eso a su bebé recién nacido, como tampoco se lo hicieron a su hijo Joe cuando nació. ¿Qué está pasando? Cuando por fin llegaron a la zona designada, se preparó para el parto lavándose y poniéndose guantes de látex, una mascarilla y una bata quirúrgica de médico. La enfermera-partera hizo lo mismo. Dijo:

—Me llamo Maganda —El Dr. Benson reconoció su acento como filipino.

Y añadió:

—¡Es para mí un placer ayudar a un médico tan prestigioso como usted, Dr. Benson! —Maganda era una mujer muy atractiva, voluptuosa y de gran figura, de unos treinta años. Había sido Miss Filipinas y era una enfermera del ejército de los Estados Unidos que trabajaba en una unidad MASH. Demostró seguridad en cada uno de sus movimientos, y también era ciudadana estadounidense con doble nacionalidad, ya que su difunto padre era un jefe de la Marina de los Estados Unidos.

—¡No pareces tan mayor como para tener tanta experiencia! —dijo el Dr. Benson—. Aprecio su confianza y le agradezco su ayuda.

—He trabajado como enfermera y comadrona durante muchos años. Solía atender partos en zonas de guerra americanas, y antes de eso trabajé para la Cruz Roja, atendiendo partos en muchos países con otras mujeres experimentadas.

—¡Muy impresionante, Maganda! Siento que tenemos mucho en común, y me siento muy honrado de tenerte conmigo —Maganda se sonrojó, y sonrió con confianza. Cuando el Dr. Benson le devolvió la sonrisa, vio alrededor de su cuello una hermosa cadena de oro decorativa, de la que colgaba en la parte inferior una exquisita cruz de oro hecha a mano, entre su pecho. Ella se dio cuenta de que él miraba con alegría la cadena de oro y la cruz de oro. Respiró profundamente y señaló ambas cosas lentamente con los dedos mientras el Dr. Benson la observaba.

—Este collar de oro procede de Manila, y esta cruz de oro perteneció a mi bisabuelo. Era un soldado japonés destinado en Filipinas durante la Segunda Guerra Mundial. ¿No son ambos hermosos? ¿Estas dos creaciones? Las hice bendecir a ambas.

—¡Esos dos son espectaculares en verdad! Veo que tiene dos creaciones muy hermosas de Filipinas, ¡que están extremadamente bendecidas!

De repente, una luz roja parpadeó en la habitación. Junto a Olivia había una máquina de sensores de la Corporación Saman. Les alertó con un destello de luz roja brillante de que había llegado el momento. El Dr.Benson y Maganda estaban preparados, y los pies de Olivia estaban en los estribos mientras sus musculosas piernas de bailarina estaban abiertas. Siguiendo las instrucciones de su marido, empezó a empujar y a respirar. Gracias a su capacidad atlética y a las suaves y cariñosas indicaciones de su marido, el bebé no tardó en venir al mundo llorando. Olivia se llevó inmediatamente a su hija al pecho. El Dr. Benson besó a su mujer y luego a su hija. La enfermeraMaganda dijo:

—¡Felicidades, señora Benson y doctor Benson, qué bella niña! —Luego Maganda salió de la habitación para darles un poco de intimidad.

Esa noche, Olivia y el bebé durmieron plácidamente en su habitación privada con un gran ventanal con vistas a la hermosa Beverly Hills. El Dr. Benson le dio a Maganda cien dólares y le pidió que comprara unas rosas frescas de color rosa y chocolates oscuros. Volvió con ellos por la mañana, antes de que Olivia se despertara.

—Gracias, Maganda —dijo el Dr. Benson—. Por favor, quédese con el cambio.

—Es usted muy amable, Dr. Benson —Maganda susurró y continuó— Su esposa aún está dormida, pero pronto se despertará. El personal médico vendrá en breve para pedir que pongan a su hija en la máquina de identificación, pero le recomiendo que no lo haga. Por favor, no le diga a nadie que le he dicho eso, Dr. Benson— Dijo preocupada y luego continuó— Espero que vaya a Manila algún día y comparta allí algunos de sus conocimientos médicos. Tengo un hermoso condominio en Manila. Lo hice construir con el dinero de mis horas extras trabajando aquí en el hospital. Estaría encantada de servirle de guía turístico en Filipinas si alguna vez viaja allí para realizar investigaciones médicas.

—¡Vaya, gracias, Maganda! Tu invitación es tan tentadora como halagadora. Pero creo que me quedaré en los Estados Unidos. Tengo una misión propia que cumplir —Salió de la habitación, sonriendo con deseo y tentación.

El Dr. Benson también sonreía. Se sentía alegremente feliz de estar formando su propia familia. En el primer día de vida de su hija, estaba más seguro que nunca de que la cura del cáncer estaba a su alcance. Contempló a su preciosa esposa y a su encantadora hija, pues estaba abrumado por la felicidad y rompió a llorar. No había pegado ojo en toda la noche, pero aún se sentía muy despierto tomando una taza de Joe. Los ojos de Olivia finalmente se abrieron. El Dr. Benson le entregó unas rosas y chocolates.

—Gracias, me encantan los chocolates, y estas rosas huelen divinamente.

—Te quiero, Olivia. Mira a nuestra hermosa hija.

—Gracias, mi amor. Es preciosa —dijo con su encantador acento inglés.

El personal médico entró junto con un pediatra para revisar al bebé, según el procedimiento del hospital. Y preguntó al Dr. Benson si el personal médico podía llevar al bebé a la máquina de identificación después de su examen médico. Y el Dr. Benson utilizó sus poderes ejecutivos como miembro del consejo de administración de este hospital para negarse a someter a su hija a esta nueva norma. Después de un breve debate, el pediatra dijo:

—Gracias de todos modos, Dr. Benson, por intervenir y ayudarnos en este momento de necesidad. Volvemos a estar faltos de personal. Desgraciadamente, estamos escasos de personal debido a la mala economía y a que el personal médico está enfermando de un virus desconocido.

—Fue un placer. Y, por cierto, su enfermera-partera Maganda es una excelente profesional. Será mejor que le den un aumento de sueldo, ¡o tendré la tentación de contratarla para formar un nuevo hospital de investigación en Filipinas!

Tras una última revisión del obstetra de Olivia, la madre y el niño recibieron el visto bueno para ser dados de alta. Maganda volvió con algunos documentos finales para que los Benson los firmaran.

—¿Y qué nombre le pondremos a su preciosa hija en el certificado de nacimiento? —preguntó.

Olivia aspiró el aroma de sus rosas y besó a su hija. Luego miró al Dr. Benson y dijo:

—Nuestra hija es tan hermosa y huele tan bien. ¿Qué tal si la llamamos Rose?

Él besó a su pequeña.

—Rose es perfecto —Compartió algunos de los chocolates de su esposa con el personal médico, recordándoles en broma que el cacao era una buena fuente de antioxidantes. Algunos miembros del personal médico le preguntaron tímidamente si podían pedirle un autógrafo.

—¡Claro! —dijo el Dr. Benson—. ¿Me prestas un bolígrafo?

—Oh, no, señor, gracias. Nos referimos al autógrafo de su esposa. Es la famosa bailarina.

Olivia se rio.

—¡Hagan fila entonces! —el Dr. Benson le sacó fotos a su esposa firmando autógrafos. Luego dieron las gracias a todo el mundo, empaquetaron sus pertenencias y salieron del hospital con el bebé Rose.

Olivia llamó a casa por el camino. Puso el móvil en el altavoz, para que el Dr. Benson pudiera oírla.

—Padre, tienes una nieta preciosa y sana. Ya estamos llegando a casa. ¿Cómo está Joe?

—Todo está bien. Aquí está Joe.

La vocecita de Joe llegó a través del teléfono.

—Mami, te extraño. El abuelo y yo estamos bien. ¿Vienes a casa?

—¡Sí, cariño! Mami llegará pronto a casa y tenemos una sorpresa para ti —Oyeron las risas de Joe mientras viajaban de vuelta a su mansión en Beverly Hills.

11

—Se siente tan bien estar en casa —dijo Olivia cuando llegaron a la entrada de su casa para aparcar. Sus ojos se iluminaron—. ¡Mira! Rose, ¡ahí está el jardín de mamá!

Adolfo y Joe les saludaron en la puerta. Olivia llevó a la bebé al dormitorio para amamantarla mientras el Dr. Benson iba a la cocina a preparar el almuerzo para la familia. Pronto, Olivia bajó las escaleras.

—Rose está profundamente dormida en su cuna —dijo, uniéndose a Joe, Adolfo y a su marido en la mesa del comedor.

Adolfo no tocó su desayuno, diciendo:

—No, gracias. Ya he tomado mi bebida matutina —A continuación, se marchó a hacer ejercicio en la sala del gimnasio. Joe mordisqueó un poco sus huevos y perritos calientes, los escupió y dijo:

—¡No más huevos! No más perritos calientes —En su lugar, comió una pieza de fruta de un cuenco que había en el centro de la mesa y las tragó con grandes sorbos de agua.

—Roberto, ¿cuántas veces has cocinado huevos o perritos calientes en tu vida? —preguntó ella..

—Muy posiblemente nunca. Me gusta comer frutas y verduras crudas —admitió—.Lo siento, cariño. Pero he buscado las recetas en un libro de cocina. ¿No funcionaron?

—Oh, cariño, ¿no te das cuenta? Se han quemado hasta la saciedad.

—El tiempo es precioso para mí —dijo a la defensiva—. Siempre me ha cocinado alguien, pero principalmente he comido fruta y verdura cruda. Eso me permite tener más tiempo para investigar. Supongo que ahora que soy padre y marido, debería aprender más sobre las tareas del hogar.

—Mi amor, sabes que gané mucho dinero como bailarina de ballet, y que recibes muchas donaciones de pacientes ricos, actores de Hollywood, artistas famosos y líderes políticos. Seguro que podemos permitirnos un chef y un ama de llaves. ¡Pero no un jardinero, por favor! Prefiero hacerlo yo misma. Y, además, mi padre quiere quedarse aquí y ayudarme con la jardinería.

Adolfo, mi inteligente suegro, pensó el Dr. Benson. *Ha ideado una manera de estar cerca no solo de su hija y sus nietos, sino también de su médico.*

—Creo que es una gran idea —dijo—. Y tu padre también puede ayudar a proteger a la familia mientras yo estoy ocupado con la investigación.

Un día, Joe estaba balanceando su espada de juguete a unos metros del piano de cola mientras Olivia sostenía a Rose con un brazo y al tiempo tocaba el piano con la otra mano. Entonces, Rose empezó a tocar las teclas del piano, emitiendo bonitos sonidos.

—¡Guau! Rose mi pequeña... eres una música natural. Y yo te enseñaré a tocar el piano, ya que también soy pianista. También te enseñaré ballet cuando seas un poco mayor. Veamos cuál prefieres mi angelito —dice Olivia y besa a Rose en la frente mientras esta sigue tocando diferentes teclas del piano. Joe blandía su espada al ritmo que tocaba Roses para inspirarse en la lucha contra un dragón imaginario.

Con el paso del tiempo, varios chefs fueron entrevistados para el trabajo de chef de la cocina familiar. Este trabajo de chef requería que el chef viviera en la mansión y estuviera de guardia las 24 horas del día. Sin embargo, por una decisión unánime, se decidieron por un chef francés llamado Napoleón, que tenía una personalidad agradable y un currículum impresionante. Podía preparar comida de todo el mundo: Francia, Inglaterra, Italia, España, Arabia Saudí, China, Japón y América. Era especialmente hábil en la preparación de frutos del mar, que era un plato de marisco, el favorito del Dr. Benson. Napoleón había asistido a escuelas de cocina en Europa y Estados Unidos. Su padre, embajador de Francia e instructor de esgrima de categoría mundial, también enseñó esgrima a su hijo Napoleón, que llegó a ganar una medalla de plata en los Juegos Olímpicos antes de dedicarse a la cocina. La madre de Napoleón era maestra de escuela en Francia y le enseñó desde muy pequeño los buenos modales a la hora de comer. Muchos franceses creen que los niños pequeños nacen en un estado de ignorancia, no de inocencia, y por ello hay que inculcarles valores correctos y disciplina desde la primera infancia.

Napoleón, como hijo único, pudo recorrer muchos países diferentes durante su crecimiento. Esto le ayudó a familiarizarse con muchos tipos de cocina diferentes. Decía que siempre había sentido un vacío en su vida, al no tener un hermano o hermana con quien jugar, y por eso volcaba su soledad y concentración en la cocina y la esgrima.

El Dr. Benson y Olivia optaron por Napoleón como chef, pero también querían que recibiera la aprobación del pequeño Joe. Napoleón preparó unos crepes rellenos de huevos esponjosos y queso cremoso. Entonces Napoleón le guiñó un ojo a Joe, y luego frunció la boca y dio una rápida palmada en sus labios con los dedos, ¡haciendo un fuerte pop! Joe soltó una risita mientras Napoleón colocaba la comida delante de él.

—¡Huevos, Joe, huevos! —graznó Herbie. El pequeño Joe arrugó la nariz. El Dr. Benson sabía que estaba recordando los huevos que su padre había quemado. Joe probó un poco y luego empezó a comer cada vez más rápido, como si no pudiera saciarse.

—¡Cariño, más despacio! —dijo Olivia, riendo. Joe dejó el tenedor y bebió un poco de agua.

—¡Supongo que eso lo resuelve! —dijo el Dr. Benson mientras firmaba el contrato de Napoleón—. Mi inteligente esposa mantiene un jardín lleno de verduras y frutas, y hay un pozo de agua dulce. Por favor, utiliza lo que quieras.

Los ojos de Napoleón parpadearon de emoción.

—¡El sueño de un chef! Y puedo vivir aquí en una habitación junto a mi cocina —¡Volvió a hacer el sonido de estallido golpeando su mano contra su boca fruncida!

La siguiente tarea era contratar a un ama de llaves. Entrevistaron a muchas candidatas interesantes. La última mujer entrevistada fue una hermosa joven llamada Lumbra. Los Benson estaban un poco cansados cuando la entrevistaron, pero decidieron reunirse con ella porque estaban ansiosos por contratar a una buena trabajadora que les beneficiara a todos. Lumbra tenía una sonrisa brillante, una cara preciosa y un cuerpo con curvas.

—¡Hola! ¿Cómo se encuentran hoy? —dijo.

—Por favor, siéntate, Lumbra —dijo Olivia. Lumbra se sentó y cruzó sus largas y flexibles piernas. Habló con un atractivo acento mexicano y explicó que hablaba con fluidez español e inglés. Había nacido y crecido en Ciudad de México cuando su padre, arqueólogo, aceptó un trabajo allí. Como su padre había nacido en Corpus Christi, Texas, Lumbra pudo reclamar la ciudadanía estadounidense cuando era menor de edad a través de él, con la ayuda de un abogado de inmigración amigo de su padre. Ahora tenía doble nacionalidad. Les contó que su padre les había comprado una gran hacienda en México para vivir en ella mientras viajaba para realizar expediciones arqueológicas por todo el mundo. En el pueblo mexicano se celebraba mucho el Día de los Muertos, que es similar a Halloween.

Sin embargo, la gente, los adultos y los niños desaparecían misteriosamente en esos días de Halloween. La mayoría de las veces, ella y su madre iban con su padre para estar juntos en familia y no estar solos en ese pueblo mexicano, aunque el viaje fuera peligroso. Lumbra disfrutaba de la emoción de la arqueología y de estar con su padre, aprendiendo de su mano lo que hace un arqueólogo.

—Señorita Lumbra, parece que su padre era muy bueno para mantener a la familia unida la mayor parte del tiempo —dijo el Dr. Benson—. Díganos, ¿qué es exactamente una hacienda?

—Es como una gran mansión que está fuera de la ciudad. Es como un rancho donde puedes tener caballos y cabras.

—Oh, ahora nos hacemos una idea. Debe ser una buena forma de vivir.

—Bueno, agradable en cierto modo, pero mantener una hacienda limpia es mucho trabajo cuando no tienes sirvientes.

Olivia levantó una ceja.

—¡Entonces ya sabes cómo me siento manteniendo toda esta mansión sin apenas tener ayuda! —El Dr. Benson se rio porque sabía que el comentario iba dirigido a él.

—Mamá y yo decidimos no tener sirvientes, y así aprendimos a limpiar un lugar enorme de manera eficiente. Así, papá podía tener más dinero para ampliar sus expediciones arqueológicas.

—Te gusta viajar mucho —dijo el Dr. Benson—. ¿Por qué deseas ser ama de llaves?

—Quiero vivir en un lugar grande como esta mansión, a la que estoy acostumbrada, y quiero asistir a la universidad más cercana para estudiar arqueología, para poder ser arqueóloga como mi padre. También necesito el dinero para los estudios. Me encantaba que mi padre nos llevara a tantas expediciones, pero no tenía una buena cobertura médica. Murió en un accidente en una expedición arqueológica en la isla de Patmos. Recuerdo el incidente en el que mi padre estaba cerca de una cueva en la que supuestamente vivía el apóstol Juan, y las rocas le cayeron encima misteriosamente.

Entonces Olivia preguntó:

—¿Cuáles son tus planes para el futuro?

—Quiero terminar algún día la expedición arqueológica de mi padre en Patmos, para que mi padre no haya muerto en vano. Recuerdo que mi madre viuda estaba tan triste por haber perdido a su marido, que enfermó y murió poco después; sobre todo porque no había cobertura médica para ayudarla. Después de agotar la cuenta bancaria de la familia para pagar los gastos médicos, no quedaba dinero, y nadie tenía dinero para pagar un precio justo por la enorme hacienda. Así que cerré la hacienda y me fui a Los Ángeles a vivir con mi tía, que se había trasladado allí desde Corpus Christi. Todavía vivo con ella, pero no quiero ser una carga.

—Señorita Lumbra, un viejo amigo científico, se puso en contacto conmigo para hablar de usted, para darle una buena referencia para trabajar aquí. Dice que la conoce, y que conoció a su padre —dijo el Dr.Benson.

—Qué bien. Mi padre me dejó muy poco dinero, pero tenía muchos amigos cultos en todo el mundo.

—¿Cómo sabemos que eres buena con los niños? —preguntó Olivia—. Eres muy atractiva. ¿No tienes ningún novio?

—Mi padre me dijo que eligiera una meta y la convirtiera en lo más importante de mi vida. Mi meta, señora Benson, es convertirme en arqueóloga. Una vez que me convierta en arqueóloga, perseguiré dos misiones. Primero, completaré la búsqueda del sitio de la última expedición arqueológica de mi padre en la isla de Patmos. En segundo lugar, buscaré en las pirámides mayas y aztecas dos libros sobre los que mi padre escribió, el Libro de Kukulcán y el Libro de Itzamná. Las notas de mi padre dicen que un ser posiblemente celestial llamado Saman tenía acceso exclusivo a estos dos libros, o que el Vaticano los tiene, pero negaron tenerlos a mi padre. Si algún día me enamoro y me caso, será con alguien que me ame profundamente, y que esté dispuesto a viajar conmigo por todo el mundo en expediciones arqueológicas con nuestros hijos, como una vez hice con mi padre y mi madre.

En ese momento, Joe entró y se sentó al lado de Lumbra, sonriéndole como un cachorro encaprichado. Olivia y el Dr. Benson se miraron y dijeron:

—¡Vale, parece que a Joe le agrada mucho! Sra. Lumbra, ¿nos disculpa un momento, por favor? Volveremos con nuestra decisión —Lumbra asintió y entabló conversación con Joe. Olivia pidió a Napoleón que la vigilara a ella y a Joe mientras hablaban.

—¡Sí, señora! —dijo, e hizo su sonido de estallido golpeando su boca con la mano. Entonces Olivia y el Dr. Benson se alejaron a la habitación contigua.

—Es muy hermosa —dijo Olivia—. ¿Cómo puedo confiar en ella a solas contigo?

—¡Te amo, Olivia! Lumbra estará bien. Su padre era un hombre muy inteligente, uno de los amigos de mi colega. Además, estará concentrada en cuidar nuestra casa y en sus estudios universitarios. La ventaja es que a Joe le agrada. Ya sabes que no se fía de todo el mundo. En cuanto a mí, estoy demasiado ocupado con mi investigación como para prestarle atención a Lumbra. Todo mi tiempo lo paso en el laboratorio o contigo.

—Bien, Roberto. Contratémosla primero como prueba, para observar cómo funciona todo —Acordaron una prueba de cuatro meses.

De vuelta en el salón, Lumbra, Joe y Napoleón estaban comiendo entremeses y riendo. Los Benson le dijeron a Lumbra que la habían contratado como ama de llaves, pero que también haría de niñera cuando Olivia estuviera fuera ensayando o actuando.

—¡Oh, gracias! —dijo ella—. Les agradaré, lo sé. Me siento honrada de estar en esta casa con ustedes.

En ese momento, Herbie entró volando en la habitación, buscando a Joe, y graznó:

—¡Honrada... awk! —Luego silbó como hacen los loros. Napoleón acompañó a Lumbra fuera de la mansión, para que pudiera recuperar sus pertenencias de la casa de su tía, y volver rápidamente a vivir con la influyente y profesionalmente feliz familia Benson.

12

Con el paso del tiempo, todo parecía ir bien con el chef y la ama de llaves a tiempo completo. El Dr. Benson tenía más tiempo para concentrarse en su objetivo de investigación, y su entusiasmo nunca había sido mayor. Estaba experimentando con un trozo de la planta camaleónica de Olivia. Tomó un extracto de ella, con el permiso de Olivia, por supuesto, y le añadió la fórmula que utilizaba en sus pacientes voluntarios de investigación residentes del barrio. Se centró en sujetos humanos para poder ir al grano y ver cómo los cánceres humanos respondían a su medicación. Llegó el momento de visitar a Roger, el veterano, y a Pete, el vagabundo con cáncer de hígado.

—¡Abre! —Se subió y puso en marcha su potente Mercedes-Benz AMG ssupercoche, y salió de la calzada como un *dragster*, haciendo chirriar los neumáticos hasta echar humo. Se dirigió a su sórdido hotel con dinero, comida y algo de ropa.

—¡Me preguntaba cuándo ibas a aparecer! —dijo Roger.

—No te preocupes, soy tu médico —dijo el Dr. Benson mientras le administraba la nueva medicación. Pete se durmió nada más recibir su dosis, pero Roger no. El Dr. Benson prometió volver a verlos en una semana.

El día antes de que los volviera a ver, Roger le dejó un mensaje en su teléfono móvil, diciendo que su amigo Pete parecía estar curado, pero que luego sus ojos ictéricos volvieron a aparecer como si tuviera cáncer de nuevo. El Dr. Benson decidió terminar algunos asuntos familiares y luego volver a visitar a Roger y Pete. Se sintió agradecido una vez más por la bendición de tener un chef y un ama de llaves a tiempo completo para que él y Olivia pudieran perseguir sus objetivos profesionales.

El general Arnold Benson también llegó de permiso ese día para quedarse un tiempo con los Benson. Lumbra le preparó la habitación de invitados con sábanas limpias, toallas de baño, champú y jabón. Toda la familia comió en el comedor formal.

—¡Hoy van a comer soufflés franceses! —dijo Napoleón. También había preparado varias verduras, frutas frescas, ensaladas, cereales y soja fermentada. Las bebidas que se ofrecían eran agua de pozo, zumos de fruta recién exprimidos y café caliente recién molido. Mientras comían, cada adulto se esforzaba por enseñar a Joe y Rose buenos modales en la mesa. Corregían sus técnicas para comer, les enseñaban a conversar y les animaban a ser buenos oyentes. Sin embargo, Joe trajo su espada de juguete y Rose su piano de juguete. A Joe le gustaba hacer de espadachín como en su película favorita, Robin Hood, o fingir que luchaba como un gran artista marcial contra un malvado dragón imaginario. Aunque era bastante joven, a Rose le encantaba tocar y cantar en el piano de su madre, o en su piano de juguete. Los Benson disfrutaban de la creatividad de sus hijos y animaban a cada uno a sentirse libre de hablar de lo que tuviera en mente, mientras estaban en la mesa.

Después de cenar, el general Benson y su hijo iban al estudio para hablar en privado. El general dio una calada a un buen puro cubano mientras hablaban.

—Padre, ¿es necesario que fumes? —dijo el Dr. Benson mientras abría una ventana de la habitación y le mostraba un modelo de fideicomiso en vida que había preparado el abogado de la familia, Basil Hermes. En él se establecía que, en caso de que les ocurriera algo a Olivia y al Dr. Benson, el general se convertiría en fideicomisario sucesor, tutor pleno de los niños, con autoridad también sobre su cuenta bancaria fiduciaria. También incluía un documento que describía lo que querían para su crianza. El Dr. Benson siempre había creído que la mente de una persona daba el fruto de su espíritu y que había que educar la mente de los jóvenes a una edad temprana para que se abriera a ideas creativas y, en consecuencia, ayudara a la humanidad. El documento incluía sus preferencias en cuanto a la religión de sus hijos y especificaba que Rose debía estudiar piano, composición musical y canto y que Joe debía ser instruido en esgrima y artes marciales por un gran maestro.

El Sr. Hermes llegó poco después con los documentos oficiales finales. Era un abogado inteligente y temido, un griego de aspecto poderoso de unos cincuenta años. Sin embargo, cuando estaba presentando los documentos para que el Dr. Benson y el general los firmaran, llamaron a la puerta.

—Señores, ¿puedo entrar? —preguntó Olivia.

—Por supuesto, cariño. Por favor, entra y toma asiento —dijo el Dr. Benson. Olivia se sentó en una fina silla de roble para escuchar al abogado.

—Sra. Olivia Benson y Dr. Roberto Benson, ambos están haciendo bien al tener este fideicomiso en vida planeado —dijo el Sr. Hermes y continuó—. Además, un fideicomiso en vida evita que el estado lleve a cabo una sucesión formal y costosa, que beneficiaría a los intereses del estado y no a sus hijos o familiares. Por favor, revisen todos los documentos cuidadosamente, y por favor, háganme saber si ambos tienen alguna pregunta —en ese momento, un profesional notarial del abogado Hermes entró en la sala con su sello.

Olivia, el Dr. Benson y el general Benson comprobaron los documentos. Luego los tres firmaron alegremente los papeles, colocando la huella de sus pulgares. A continuación, el abogado firmó y el notario estampó su firma y su sello en los documentos. Poco después de una rápida revisión por parte de todos, el notario salió de la mansión. Olivia besó a su suegro en la mejilla mientras decía:

—Gracias por honrarnos al aceptar ser el tutor de nuestros hijos y al estar de acuerdo con nuestras condiciones. Nos vamos a la cama. Buenas noches, mi honorable general favorito.

—Buenas noches, mi ángel de nuera. *Guten abend*, Roberto, ¡hijo mío!

—*Guten nacht*, padre —dijo Roberto. Entonces el Dr. Benson se volvió hacia su invitado—. ¡Buenas noches, Basil, viejo amigo!

Basil Hermes se limitó a devolver la sonrisa; nunca había sido muy dado a las palabras. El Dr. Benson no pudo evitar fijarse en que el abogado llevaba un anillo de masón del agua como el de su padre. El general Benson dio una calada a su puro cubano mientras él y el señor Hermes permanecían en el estudio para repasar algunos detalles finales relativos al fideicomiso en vida. El Dr. Benson pudo oler el puro cubano de su padre cuando él y Olivia salieron rápidamente y se dirigieron a su dormitorio en el piso superior.

El Dr. Benson se despertó en medio de la noche por el timbre selecto de su teléfono móvil. El teléfono del Dr. Benson solo suena para personas previamente seleccionadas. Era Roger, que decía que algo no iba bien. El Dr. Benson corrió hacia su supercoche.

—¡Abre! ¡Enciende! —el coche arrancó con inteligencia artificial y salió automáticamente de la mansión—. ¡Control manual! —El Dr. Benson tomó el control de la conducción, pues se sentía más cómodo al mando de su potente supercoche, y se dirigió a toda velocidad al motel del gueto donde se alojaban Roger y Pete. Cuando llegó, encontró un montón de envoltorios de caramelos en la puerta. Nadie respondió a su llamada, por lo que rápidamente utilizó su llave en forma de tarjeta para entrar. Dentro había más envoltorios de caramelos en el suelo, junto con botellas de licor vacías y varias cajas de donuts. El Dr. Benson se puso las gafas que protegen sus ojos de los agentes infecciosos del aire.

—¿Roger? ¿Pete? ¿Están aquí? Soy el Dr. Roberto Benson, su médico —El Dr. Benson notó un hedor en el aire y se cubrió la boca y la nariz con la mano, luego se puso rápidamente una mascarilla de siete capas que llevaba en el bolsillo para emergencias. Entonces vio a Roger y a Pete tumbados en el suelo. Ambos olían mal por la falta de higiene y no se movían. Roger estaba cubierto de envoltorios de caramelos y Pete de botellas de licor. El Dr. Benson se puso guantes de látex y comprobó sus constantes vitales, pero era lo que se temía: ambos estaban muertos.

Sospechaba que todo el azúcar que habían consumido había paralizado la mayoría de sus glóbulos blancos. Su terrible dieta y la falta de ejercicio eran demasiado para que su medicación especial pudiera superarlo. Se preguntó por qué no habían seguido el régimen. ¿Por qué se habían preocupado por cosas como la comida cuando él se ocupaba de ellos? ¿Acaso sus mentes tenían una paz eterna? El cáncer no era una enfermedad contagiosa, pero para que se curara, él sabía que la mente debía estar en paz y no abusar del consumo de malas toxinas. Salió de la habitación de incógnito hacia el aparcamiento, aliviado de que el motel barato no tuviera cámaras de seguridad.

—Adiós, Roger. Adiós, Pete —murmuró—. Siento mucho no haber podido ayudarlos. Gracias por sus esfuerzos —El Dr. Benson sintió remordimientos mientras gritaba en voz alta—: Enviaré dinero a sus familiares y pagaré sus entierros.

El Dr. Benson se subió rápidamente a su vehículo y utilizó su teléfono móvil de manos libres para ponerse en contacto con un amigo funerario. Le pidió que recogiera los cuerpos, ya que los había declarado muertos, y firmará sus certificados de defunción. Mientras regresaba por la carretera al ritmo de la canción de Beethoven, *Sonata Claro de Luna*, vio en el cielo nocturno una luna llena y brillante y pensó en su madre, Mary. Le había prometido que encontraría la cura del cáncer y de todas las enfermedades que asolaban a la humanidad. A partir de ese momento, tendría que encontrar más sujetos voluntarios para la investigación médica. Sabía que había un riesgo, pero tenía en cuenta que beneficiar a muchos superaba el riesgo de herir a unos pocos.

De la nada, un coche de policía apareció detrás de él y parecía estar siguiendo al Mercedes.

—¡Maldita sea! —dijo el Dr. Benson—. Cuando necesitas a esos tipos, no los encuentras, y cuando no quieres verlos, ¡ahí están! —Se preguntó si alguien había encontrado los cadáveres de Roger y Pete o si le habían visto salir del hotel. Todavía no había salido el sol, pero las farolas seguían encendidas. Eran las tres y media de la mañana, y el Dr. Benson estaba cansado. No había nadie caminando por las calles, y no había nadie en las carreteras, excepto el Dr. Benson y el policía. El Dr. Benson había estado demasiado ocupado con sus investigaciones médicas estos días y, en consecuencia, no había lavado la caca de paloma que cubría por completo las letras y números de la matrícula de su coche. ¿Podría ser esta la razón por la que apareció un coche de policía detrás de él? Estaba preocupado.

Las luces del coche de policía comienzan a parpadear. Entonces el policía gritó por su altavoz:

—¡Aparque su coche y detenga su vehículo!

El Dr. Benson se preguntó: *¿Será prudente parar a estas horas de la noche?* Además, con su supercoche, podría dejar atrás al policía. No había nadie más en la carretera que se interpusiera en su camino. ¿O debería detenerse allí, dejarse arrestar y poner fin a su fastidiosa búsqueda de una cura para el cáncer? Roger y Pete habían firmado un formulario de liberación de responsabilidades para voluntarios de investigación médica, pero si este policía lo estaba deteniendo en relación con sus muertes, no iba a estar interesado en escuchar eso a las 3:30 de la mañana.

Volvió a mirar la brillante luna llena y se preguntó sobre la ironía de la misma. Hipnóticamente dijo:

—¡Sube el volumen de la música! —La inteligencia artificial subió el volumen de la canción *Sonata Claro de Luna* lo bastante alto como para ahogar la sirena de la policía. A continuación, el Dr. Benson pulsó el interruptor metálico del interior de su vehículo para activar su alerón trasero personalizado mientras la inteligencia artificial se hacía cargo de él. Estaba fabricado por la Corporación Saman y contaba con un avanzado cerebro de chip informático que le permitía moverse, dando al vehículo una mayor movilidad aerodinámica en las curvas y reduciendo la elevación del coche cuando viajaba rápido. El Dr. Benson tenía un pie pesado y puso su supercoche alemán en marcha.

Una sonrisa de tolerancia apareció en el rostro del Dr. Benson. Sabía que si eludía a este policía que intentaba noblemente cumplir con su deber, aún tendría una oportunidad de encontrar la cura del cáncer. Mientras escuchaba la canción

Claro de Luna en sus altavoces de sonido nítido, sabía que eso era lo más importante. Aceleró por la carretera mientras la aleta del alerón trasero se ajustaba al tomar las curvas, que el coche abrazaba con suavidad y firmeza. Se sentía agradecido por su supercoche.

Mientras conducía, recordó la época en la que algunos de los parientes alemanes de su madre, con los que se mantuvo en contacto tras el fallecimiento de esta, le habían enseñado a conducir rápido en Alemania, permitiéndole practicar con sus coches de carreras en circuitos reales. Después de eso, las autopistas alemanas parecían un juego de niños. *Quizá algún día tenga mi coche de carreras*, pensó. Pero lo primero es lo primero: aún debe cumplir la promesa hecha a su madre.

El oficial de policía se esforzó infructuosamente por mantener el ritmo, y era el mejor conductor del cuerpo de policía. Los dos coches rugieron por la carretera y volaron por las curvas y las esquinas. El Dr. Benson oyó un helicóptero y supo que probablemente también le perseguía. El helicóptero de la policía hizo un ruido y empezó a echar humo, probablemente un fallo del motor. Sin embargo, entre el potente motor del supercoche y su hábil conducción, pudo eludirlos a ambos. Respiró aliviado al llegar a casa sano y salvo.

—Creo que todo sucede por una razón —se dijo a sí mismo mientras hacía sus ejercicios de respiración.

13

Pasaron varios años más mientras Joe y Rose seguían creciendo. El Dr. Benson llevó a cabo sus investigaciones de laboratorio en su búsqueda de la cura del cáncer, y para encontrar una vacuna para impedir un virus pandémico mortal que mutara en variantes más peligrosas. Además de todo esto, el Dr. Benson sabe que se avecina una guerra química biológica que puede acabar con la humanidad. Aunque todavía no ha conseguido encontrar una vacuna, ni una cura para el cáncer, reconoce sus derrotas como oportunidades de aprendizaje, no como fracasos completos. Sabe que no tiene toda la vida para inventar creativamente estos remedios. Sin embargo, sabe que no solo debe intentarlo, sino que debe tener éxito.

Un día, la mente del Dr. Benson se sintió cansada, por lo que se acostó sobre su vientre, en la cama, e inclinó su frente hacia abajo, de manera que colgaba del borde, con la cara verticalmente hacia abajo. Esto permitió el máximo flujo de sangre a su cerebro, ayudando a nutrir su mente.

Joe entró por casualidad y preguntó:

—¿Qué haces, papá?

—Bueno, hijo, estoy dando energía y salud a mi cerebro. Ven con papá, Joe.

—¡Sí, papá! Mamá está tratando de enseñar a Rose a bailar ballet, pero Rose se sigue cayendo. Es una pésima bailarina, papá. No creo que a Rose le guste el ballet.

El Dr. Benson se rio mientras Joe imitaba a su padre, mientras intentaba tumbarse de la misma manera.

—Joe, hay dos maneras de hacer esto —dijo el Dr. Benson—. La forma en que lo estamos haciendo es la forma fácil. Y la manera difícil es mirando al techo mientras tu frente está fuera del borde de la cama. Tienes que ser un atleta como tu madre para hacerlo de la manera difícil —Una vez que Joe escuchó eso, rodó sobre su espalda, para mirar al techo mientras su frente permanecía inclinada hacia el suelo—. ¡Increíble Joe! Pienso que tenemos otro atleta en la familia —El Dr. Benson sonrió con orgullo.

Un día, un paciente del Dr. Benson, llamado Sr. Musashi, acudió a la casa de los Benson para someterse a un examen privado, y para agradecer personalmente al doctor el haberle salvado de su masivo ataque al corazón. Además, el Dr. Benson también curó al Sr. Musashi de la temida enfermedad de Parkinson. El Sr. Musashi está muy contento pues puede caminar mejor, y moverse mejor sin que el Parkinson interfiera en sus actividades diarias.

—Bien, Sr. Musashi. Tengo que examinarle, amigo mío. Por favor, quítese la camisa y acuéstese en esta cama articulada, que tiene una nueva máquina que recibí gratis de la Corporación Saman.

—Sí, lo haré —contestó el Sr. Musashi.

El Dr. Benson se rio mientras conectaba el ecocardiograma rojo brillante para registrar su ritmo cardíaco y el electroencefalograma para registrar las ondas cerebrales del Sr. Musashi, o para capturar su alma, según la Corporación Saman.

—Sr. Musashi, por favor, hable para que su voz también sea grabada para ver cualquier patrón de habla, para que todas sus características sean grabadas en un chip de la Corporación Saman para posibles propósitos de clonación en el futuro. La Corporación Saman podría usar esto más tarde por razones de salud de la raza humana o no humana.

El Sr. Musashi empezó a hablar con Joe, que estaba admirado por el ordenador que brillaba en rojo mientras grababa la voz, las características, la función cardíaca y las ondas cerebrales del Sr. Musashi.

El Dr. Benson dijo:

—El Sr. Musashi es un gran Samurái, y no solo es mi paciente, sino que es un amigo mío Joe —Joe observó que el Sr. Musashi estaba en buena forma muscular para ser un hombre muy viejo. El Sr. Musashi sonrió y volvió a ponerse la camisa mientras el Dr. Benson terminaba su examen. El Dr. Benson sonrió y dijo:

—Tiene buen aspecto, Sr. Musashi. Siga comiendo las frutas y verduras crudas que le recomendé para fortalecer sus arterias y dé ligeros paseos por un hermoso lugar pintoresco mientras respira buen aire para hacer circular su sangre y enjuagar sus pulmones para estar sano. También, y muy importante, consuma mucha agua alcalina. Su salud se ve muy bien, ¡siga así!

—Es usted muy amable Dr. Benson, pero sé que el corazón de este viejo Samurái es viejo —Dice el Sr. Musashi. Aunque está agradecido, sigue preocupado por su corazón.

Joe, que ahora tenía siete años, entabló una amistad con el Sr. Musashi.

Entonces el Sr. Musashi le hizo un regalo al Dr. Benson.

—¡Por favor, acepte estos billetes de avión para Japón, Dr. Benson, para usted y toda su familia! —dijo el Sr. Musashi mientras sonreía a Joe.

El Dr. Benson declinó respetuosamente su oferta de billetes de avión gratuitos, pero, en realidad, si hubiera aceptado los billetes, podría visitar fácilmente al Sr. Musashi en Japón, que es lo que el anciano hubiera deseado. Sin embargo, el Dr. Benson pensó en otra razón para mantener a su paciente cerca para observarlo.

—Sr. Musashi, ¿podría enseñarle a Joe el arte de ser un guerrero samurái? —El Dr. Benson conocía al Sr. Musashi, el único verdadero samurái que quedaba y que conocía sus secretos, las técnicas invisibles no conocidas por todo el mundo, y que podría impartir sus omnipotentes filosofías de supervivencia a Joe. El Dr. Benson sabía que el ídolo de Joe era Robin Hood, y que le gustaba ver películas de artes marciales. Creía que sería una buena idea que Joe aprendiera esta disciplina y la concentración al manejar una espada. Aprender el camino del caballero guerrero, ayudaría a Joe a superar muchas de las adversidades de la vida.

—No puedo agradecerle lo suficiente que me haya curado doctor, y siento empatía con sus palabras —dijo el Sr. Musashi—. Estaré encantado de devolver este honor con una buena acción propia. Le enseñaré a Joe todo lo que sé sobre este arte, para que su linaje tenga una gran longevidad. Joe será un día un gran y benévolo samurái.

El Dr. Benson pasaba tiempo de calidad con Joe cuando podía, pero se dio cuenta de que también pasaba una enorme cantidad de tiempo en el laboratorio. Se sentía feliz sabiendo que había encontrado un buen entrenador en el Sr. Musashi. Él ayudaría a Joe en su búsqueda personal de su paz eterna. El Dr. Benson sonrió.

—¿Qué te parece la oferta del Sr. Musashi, Joe?

—¡Vaya, papá! ¡Podría ser Robin Hood y un samurái! Gracias, padre.

El Sr. Musashi les informó de que a menudo volaba de ida y vuelta de Japón a Los Ángeles en viajes de negocios, y así podría venir a Beverly Hills para enseñar a Joe dos veces por semana. Esto le venía bien al Dr. Benson, porque también podía aprovechar las visitas para comprobar la salud de su paciente.

El maestro Musashi le dio a Joe una espada de madera y le enseñó a empuñarla correctamente.

—Joe, algún día serás un verdadero samurái y aprenderás todo sobre esta disciplina. Aprenderás que la vida y la muerte son una sola cosa. No temerás a la muerte, y tampoco temerás a la vida. La etiqueta será tu lección inicial, y es muy importante porque la gente juzgará tu carácter. También comenzarás tu viaje para adquirir tu verdadera paz mental, llamada en japonés *Heijōshin*.

—Joe, como eres diestro, coloca tu mano derecha a un dedo de distancia de la guarda de la espada. Agarra la espada con una o dos manos, pero con la palma apoyando la espada. Agarra siempre la espada por la parte superior, no por los lados, y nunca coloques los pulgares en la parte superior —el maestro Musashi introdujo la espada envainada de Joe en su cinturón—. ¿Cómo se siente, Joe?

—Se siente bien, maestro. Gracias —dijo Joe.

—Párate derecho, no te jorobes. Llénate de orgullo y recuerda que un samurái tiene la espalda verticalmente recta y fuerte. Así que cuando un Samurái se pone de pie, se sienta o camina... lo hace con orgullo, se pone de pie con orgullo, se sienta con orgullo y no se apresura a hablar. ¡Muestra honor! ¡Está orgulloso! Aprenderás a honrar a tu maestro, a honrarte a ti mismo y a honrar tu espada. Joe, aprenderás el arte del *rei* —dijo el maestro Musashi con orgullo.

Las lecciones para Joe eran muy importantes, y eran básicas para el éxito de los antiguos samuráis. Antes de que el maestro Musashi se fuera, le enseñó a Joe la etiqueta de inclinarse ante su maestro y de inclinarse ante la espada.

Le enseñó cómo caminar, pararse y sentarse con un lenguaje corporal relevante mientras usaba el contacto visual con la visión periférica. También dijo que cuando volviera a enseñar la segunda lección, Joe sería instruido sobre cómo llevar la vestimenta tradicional de los samuráis.

—También aprenderás el idioma japonés, con fluidez, ¡así serás un verdadero samurái! —proclamó el maestro Musashi.

Joe se inclinó formalmente.

—*Sayonara*. ¡Adiós, maestro!

—*Sayonara*, Joe —dijo el señor Musashi—. Volveré pronto.

Todo sucede por una razón, pensó el Dr. Benson. Él y Joe fueron a ver cómo Olivia daba una clase de piano a Rose, de cinco años. Era una pena que a Rose no le gustara aprender ballet; tampoco era atlética. Sin embargo, sí disfrutaba de las clases de piano que le daba su madre, y Rose parecía tener una buena voz para cantar, una voz de pájaro cantor. Olivia le dijo a su hija:

—Rose, concéntrate con encanto. Recuerda que todos vendrán a escucharte y a verte tocar. Tú, Rose, eres la estrella. Así que siéntate erguida con orgullo, atráelos con tu forma de sonreír, tu forma de tocar las teclas del piano y tu forma de cantar. Conecta tu corazón con el de ellos. Siente a tu público. Además, cariño, recuerda estas teclas de la A a la G. Otras cosas fuera de tu control pueden decepcionarte, pero las teclas de tu piano siempre serán tus amigas y nunca te decepcionarán.

Rose pensó que necesitaba amigos, especialmente amigos que nunca la abandonaran. Olivia continuó enseñando a Rose todo lo que sabía sobre cómo ser una artista y una estrella.

—¡Sí, mamá, usa mi corazón! —dijo Rose. Empezaron a cantar, y el Dr. Benson pensó que su hija Rose sonaba como un pequeño pájaro cantor.

En ese momento, Herbie realizó uno de sus característicos vuelos a la habitación y se posó suavemente sobre el piano, cerca de Rose. Mientras Rose tocaba, el loro bailaba a derecha e izquierda, siguiendo el ritmo. El agradable olor a flores entró por una ventana abierta. El Dr. Benson miró por la ventana hacia el jardín y vio a Adolfo trabajando en él. El jardín de Olivia era un placer para los ojos, y aportaba una agradable calma y felicidad a todos los sentidos humanos. La casa estaba reluciente gracias a Lumbra, y había comida sana a todas horas gracias a Napoleón. El Dr. Benson reconoció que era un momento de calidad para recordar. El Dr. Benson miró al cielo y dijo:

—¡Gracias, Dios!

Pasaron varios meses, durante los cuales Joe recibió muchas lecciones constructivas y divertidas con su espada, incluyendo el arte de cortar esteras de tatami. El maestro Musashi disfrutaba enseñando esta habilidad a su alumno. Se enrollaron dos esteras de paja de arroz húmeda y se colocaron en vertical en soportes separados a dos pies de distancia. Joe se concentró y utilizó la técnica llamada *kime*. En su mente, simulaban dos oponentes. Joe utilizó ambas manos para tener más control mientras blandía su afilada espada katana hacia ellos varias veces, utilizando los músculos de la cadera, la espalda y los omóplatos para generar energía y potencia.

—*¡Kia!*—Joe gritó mientras su espada rompía el viento en el aire, y cortó las dos esteras de arroz en siete pedazos mientras caían suavemente al suelo. Joe había realizado una hazaña increíble para su corta edad.

Sin embargo, el maestro Musashi siempre buscaba más mejoras.

—¡Bien, Joe, pero para llegar a ser samurái algún día, lograrás esta hazaña usando solo la mano derecha o la izquierda! —proclamó.

Joe dijo a su familia que estaba empezando a aprender a usar la espada correctamente. Según el maestro Musashi, también estaba aprendiendo muchas filosofías sabias que enseñaban a los guerreros el significado de la vida.

Un día, la familia se reunió en el gimnasio, donde Olivia había colocado recientemente un pequeño piano vertical y una guitarra. Ella había pensado animar a Joe en el mundo de la música, pero Joe parecía estar interesado solo en la esgrima. Sin embargo, se las arregló para enseñarle a su marido unas cuantas melodías ligeras de piano, con las que disfrutó.

La muy observadora Olivia se había mantenido al tanto de los asuntos y notó que el general Benson había retado a Joe a un duelo de esgrima. El hermoso jardín de Olivia era visible a través de la enorme ventana del gimnasio. Daba a la habitación una sensación de comodidad y apertura, aunque nadie en la familia Benson era claustrofóbico. El Dr. Benson había traído un cuenco con una mezcla de frutos secos para que los picaran: semillas de girasol, semillas de lino, cacahuetes, almendras, anacardos, pistachos y nueces. Todos eran una gran fuente de lignanos, compuestos químicos estrogénicos. Los lignanos eran un gran grupo de polifenoles que se encontraban en las plantas. Algunos ejemplos de lignanos eran los enterolignanos, el enterodiol y la enterolactona. En los seres humanos, el Dr. Benson sabía que los altos niveles de lignanos se correlacionaban con menores niveles de estrés y tranquilidad. Las personas que tenían altos niveles eran menos propensas a sucumbir al cáncer. El Dr. Benson intentaba enseñar a sus hijos que era mejor picar frutos secos y semillas que comer dulces.

La familia se sentó pacientemente, esperando que comenzara el evento. Joe y el abuelo Benson se vistieron con trajes y equipos de protección.

—¡Padre, pon algo de música, por favor! —llamó Joe.

El Dr. Benson cogió un mando a distancia; tenían altavoces conectados en red en todas las habitaciones de la casa.

—¿Qué tipo de música, hijo?

—¡Nuestra música favorita!

El Dr. Benson activó la música. Adolfo entró para unirse a ellos.

—¡Arráncale los malditos pantalones, pequeño Joe!

El general se encogió de hombros.

—¡*Inglander dummkopf!* Supongo que mi nieto tiene la ventaja de jugar en casa.

Enfadado, Adolfo replicó:

—¡Oye, ten cuidado! Yo también sé un poco de este juego.

—¡En guardia, abuelo! —gritó Joe—. ¡Bienvenido a Sherwood!

—¡Ja, ja! —dijo el general Benson, siguiéndole el juego—. ¡Soy el sheriff de Nottingham! Dame todo tu dinero y también esos bonitos zapatos.

Joe se miró los pies.

—¿Cuáles zapatos?

En ese momento, el general Benson se abalanzó y le marcó un punto a Joe.

—¡Eso fue deshonesto, abuelo! —se quejó Joe.

—Sí, lo fue. Pero debes aprender el arte de la concentración total, como hice yo en West Point. Recuerda esto: la gente es deshonesta y te engañará y mentirá. Tratarán de hacerte fracasar. No debes permitírselo.

Joe escuchó con respeto, y recordó algo parecido que había dicho el maestro Musashi:

—Cuando cometas un error, pregúntate qué lección puedes aprender. Este es el camino —Joe cerró los ojos y sintió la música con su espíritu. Luego volvió a abrir los ojos lentamente, utilizando una habilidad de los samuráis japoneses llamada *metsuke*: hacer contacto visual con la energía espiritual. La música era una buena ayuda para el entrenamiento que el maestro Musashi había enseñado a Joe a la hora de emplear y mejorar el *metsuke*. Joe esquivó con elegancia los ataques de su abuelo percibiendo su energía, y contraatacó rápidamente, anotando numerosos puntos.

Siguió moviéndose, dando toques y empujando cuando se presentaban aperturas. El Dr. Benson, Olivia y Rose comieron frutos secos mientras observaban el espectáculo.

En un momento dado, el Dr. Benson metió la mano en el bol al mismo tiempo que Olivia.

—Están buenos, Roberto —dijo ella.

—Están buenos, Roberto —dijo otra voz más aguda. El Dr. Benson vio de repente a Herbie con su pico en el cuenco.

—¡Ooh! ¡Ooh! —graznó el pájaro antes de volar a los brazos de Rose para protegerse. El Dr. Benson volvió a centrar su atención en el duelo. Utilizó la inteligencia infinita mientras se acercaba al piano y se sentaba. Dejó que su mente se sumiera en procesos de pensamiento intuitivo mientras rasgueaba las teclas del piano con ligeras melodías musicales, mientras el duelo continuaba.

—Me duele el brazo, Joe —dijo el general Benson—. ¡Por favor, ven aquí y ayúdame! —Joe dudó, pero finalmente, bajó la guardia y se acercó a ayudar a su abuelo. El general Benson lo agarró inmediatamente—. Has caído en una táctica militar, pequeño Joe. Muchas guerras se han ganado atrayendo al enemigo desde sus almenas y luego lanzando un ataque total —proclamó el general Benson.

En ese momento, el Dr. Benson se levantó del piano, diciendo:

—¡Ya está, ahora lo tengo!

Joe estaba un poco confundido por lo que había pasado; pensaba que el juego de espadas era un juego limpio.

—¡Pensé que me estabas engañando, abuelo! —dijo Joe.

—Sí, así es. Tu instinto te dijo que era un truco, ¡pero te negaste a creerlo!

—¿Pero cómo se sabe cuándo el instinto tiene razón? —preguntó Joe, confundido.

—Tu instinto visceral siempre tiene razón, pero debes practicar a escucharlo para que aprendas a confiar en él. Entonces nunca dudarás de él. Tengo una última cosa que decirte hoy. Todo el mundo tiene un propósito y una misión en la vida. Cuando aprendas a usar tu mente y a confiar en tu instinto, tú también encontrarás tu propósito y tu misión en la vida.

—Tu abuelo tiene razón —dijo el Dr. Benson—. Y gracias, padre, por enseñar a nuestro hijo sobre la honestidad y el propósito. Tu lección sobre tácticas militares me ha dado una idea sobre la posible estrategia clave que falta para remediar las enfermedades. Pondré en práctica tu estrategia militar para encontrar una cura. Debo hacerlo —

El Dr. Benson miró al cielo—. Te quiero, mamá. Ya casi lo logro.

Joe y su abuelo se dieron la mano. El Dr. Benson también estrechó jubilosamente la mano de su padre. Joe admiró a su abuelo.

—Espero ir a West Point algún día para aprender todas las grandes cosas que los líderes benévolos como tú deben saber abuelo —dijo.

—Ya veremos qué camino es el tuyo, pequeño Joe. Si vas a ser un líder, entonces tu futuro está definitivamente en West Point. Si vas a ser un inventor, entonces debes ir a un instituto de ingeniería. Si decides dedicarte a la medicina como tu padre, entonces debes encontrar la mejor escuela de medicina. Y no olvidemos que los hombres de la calle también dan honor al mundo. Algún día conocerás tu destino. Y a medida que pasa el tiempo, tu destino parpadea como una luz con las cosas que haces y aprendes.

—Gracias, abuelo. Espero con ansias ese día. Buenas noches.

—Buenas noches, Joe.

El Dr. Benson llevó a su hijo a la cama. Antes de que Joe se durmiera, leyeron una historia sobre un guerrero japonés que pidió la ayuda de Dios para combatir al malvado demonio Akuma. Como el guerrero sabía que Dios estaba con él, derrotó a este demonio. Joe disfrutó de la historia y dijo:

—Vaya, ¿un humano puede luchar contra el diablo y ganar? —Luego sonrió a su padre, el Dr. Benson. Ambos rezaron una oración mientras Joe se quedaba profundamente dormido con la palabra amén. Mientras tanto, Olivia tocó algo de música en el pequeño piano de la habitación de Rose hasta que se quedó dormida también.

El Dr. Benson y Olivia dieron un paseo juntos por el jardín, cogidos de la mano.

—¡Roberto, ojalá pudiéramos vivir para siempre! —dijo ella con su hermoso acento inglés.

—Olivia, mi amor, piensa en todas las cosas buenas de la vida que están bajo tu control, y disfrútalas en el ahora —La abrazó y le dijo lo mucho que la amaba. Se besaron apasionadamente. En ese momento romántico, el Dr. Benson vio a Herbie en su visión periférica. El loro había estado volando por el jardín, pero luego salió volando por la ventana abierta de su dormitorio. Probablemente para estar con los niños, pensó el Dr. Benson. ¡Es mejor que un perro guardián! El pájaro vigilaba a todos y a todo cada momento.

—¿En qué estás pensando? —preguntó Olivia a su marido.

—Oh, solo en Herbie, nuestro loro guardián. Y en lo mucho que los quiero a ti y a los niños. Pero... —Mientras el Dr. Benson se desvía en su mente, Olivia dice:

—Lo sé, mi amor. No puedes estar satisfecho hasta que hayas encontrado tu cura para el cáncer y una vacuna para una pandemia mortal que se avecina y que mutará en peligrosas variantes. Sé que echas de menos a tu madre, pero no olvides que aún tienes a tu padre, a tu mujer y a tus hijos. Algún día tendrás éxito. Sé que lo harás.

14

Pasaron unas semanas intensas y agotadoras mientras el Dr. Benson realizaba experimentos a todas horas en el Hospital de Investigación de Beverly Hills. Utilizaba inhibidores de compuestos para expulsar las enfermedades ocultas de las células infectadas por el reservorio de ADN. Al mismo tiempo, les inyectaba una fórmula que había desarrollado. El tratamiento atacaba la enfermedad y la hacía incapaz de escapar de la célula. La táctica de la emboscada había sido inspirada por el general. Los rumores de que el Dr. Benson había encontrado una cura para el VIH y el sida se habían extendido rápidamente entre la élite. Programó una conferencia de prensa sobre su nuevo tratamiento. Un día, el rey de Arabia Saudí vino a visitar el hospital porque su hijo y heredero, el príncipe Aadil, había sido curado por el Dr. Benson. El príncipe había contraído el VIH a través de una transfusión de sangre unos años antes, pero ahora, gracias al Dr. Benson, estaba libre de la enfermedad. El sabio rey Mohamed y su bella esposa, la reina Rima, entraron en la habitación de su hijo. El Dr. Benson estaba allí, revisando a su paciente. Las lágrimas corrieron por los rostros del rey y la reina mientras abrazaban a su hijo, diciendo:

—¡Gracias Alá! ¡Gracias, Dr. Benson! Gracias.

—De nada —dijo el Dr. Benson.

—¿Puedo estrechar su mano por haber salvado a mi hijo y a mi linaje? —preguntó el rey. Se dieron la mano mientras la reina Rima se arrodillaba junto a la cama de su hijo, llorando de gratitud—. ¿Tienes un hijo?

—Sí, se llama Joe.

—Alá le ha bendecido de verdad, doctor. Tiene un niño que continuará su legado.

—También tengo una hija con talento musical para cantar mi legado —dijo el Dr. Benson riendo.

—¡Claro que sí! Permítame ofrecerle una sabiduría que me transmitió el padre de mi padre. Por lo que ha hecho, doctor, está usted con Alá. Pero el mal ve esto y puede tratar de golpearte. Enviaré a algunos de mis guardias para que lo vigilen mientras da su conferencia de prensa.

—Es usted muy amable, Alteza, pero eso no es necesario —dijo el Dr. Benson—. Sé que Dios ha elegido un camino para mí, y me protegerá.

El rey y la reina le besaron la mano. Entonces el joven príncipe Aadil dijo:

—Siempre estaré en deuda con usted y su familia. Si un día Alá me permite salvar su vida o la de alguien de su familia, lo haré.

La rueda de prensa no solo fue un éxito, sino que el Dr. Benson se enteró poco después de que le iban a conceder el Premio Nobel por su trabajo. Era la segunda vez que recibía este honor; la primera vez fue por su desarrollo de curas para el Alzheimer, la artritis y el Parkinson. Preparó un discurso para darlo ante los numerosos científicos, políticos y otras personas que se reunirían para honrarlo.

—Señoras y señores —dijo en la ceremonia de entrega de premios— me siento agradecido de estar hoy aquí en presencia de todos ustedes, buenos seres humanos, y en presencia de Dios. Una vez más, por segunda vez, me siento honrado de recibir este premio. Les doy las gracias a todos. Sé que la raza humana es afortunada por haber descubierto la cura del sida, y espero que el mundo sea un lugar más feliz gracias a ello. Sinceramente, nunca me propuse descubrir una cura para el sida, pero estoy agradecido de que este virus mortal ya no asola a la humanidad.

—Mi plan original siempre fue encontrar una cura para el cáncer; este sigue siendo mi deseo ardiente. De alguna manera, en el camino, estoy encontrando remedios para otras enfermedades que asolan a la humanidad, por lo que estoy agradecido. Sin embargo, me complace informarles de que estoy cerca de encontrar una cura para el cáncer. Desgraciadamente, en este momento, mi medicación solo puede poner el cáncer en remisión; al final siempre vuelve. Pero estoy decidido. He eliminado todas las distracciones innecesarias de mi vida y mi trabajo para poder dedicar toda mi concentración a encontrar la cura de todos los cánceres. Sin embargo, aprendí al estudiar el virus de la gripe. La gripe puede ser peligrosa si no se trata en su totalidad. Es decir, puedes vacunarte contra la gripe o tomar medicamentos como antibióticos o Tamiflu que te harán sentir mejor. Pero la gripe es un virus bacteriano que se transmite por el aire, una enfermedad mortalmente contagiosa. Muchas pandemias, como las tres principales plagas de la historia, tienen que ver con la gripe. Por ejemplo la peste bubónica, que atacó el sistema linfático, la peste de la gripe española, que atacó los pulmones, y la peste de Justiniano, que atacó los ganglios linfáticos -bubones- en la ingle y las axilas, mientras la gente desarrollaba fiebres, erupciones, ampollas y moría en agonía muy rápidamente. Los tres tipos de plagas son la bubónica, la septicémica y la neumónica, según la parte del cuerpo afectada. Una mala vacuna es la que cura una dolencia, pero produce otra dolencia mortal, que es como quitar un demonio para sustituirlo por otro. La pandemia que se avecina atacará las vías respiratorias superiores e inferiores y podrán mutar en variantes para luego atacar al sistema nervioso. Los ancianos y los niños son muy vulnerables a esto, también los humanos con dolencias subyacentes o con sistemas inmunológicos débiles.

»Una mala vacuna puede provocar en los humanos un agrandamiento del corazón y puede dar neumonía a los ancianos o a los jóvenes que puede desencadenar una sepsis, que es cuando el sistema inmunitario libera sustancias químicas en el torrente sanguíneo como última línea de defensa para combatir la infección. Sin embargo, la sepsis provoca una inflamación en todo el cuerpo, mientras que algunas partes del mismo comienzan a apagarse y mueren. Es importante que lleven a sus seres queridos al servicio de urgencias del hospital más cercano para que les administren líquidos intravenosos y antibióticos. Recomiendo tomar medicamentos con esteroides o el uso de una máquina nebulizadora para ayudar a proteger los pulmones de una posible neumonía que atacará exponencialmente a este órgano. Así, he aprendido del estudio de otras enfermedades que el cáncer también ataca exponencialmente al cuerpo. Es más seguro y más saludable para un ser humano no comer alimentos enlatados o envasados o alimentos procesados y mantenerse alejado de los lugares de comida rápida que utilizan grandes cantidades de azúcar, grasa y productos químicos en sus alimentos con potenciadores del sabor que seducen a las papilas gustativas, y provocan adicciones. Siento empatía por la desigualdad de todos los seres humanos. Sin embargo, si diariamente consumes vegetales crudos, frutas, nueces, semillas, y bebes mucha agua para limpiar tu sistema, además de ejercitar tu sistema cardiovascular y ejercitar tus pulmones para la salud; consecuentemente, esta será la mejor medicina para superar cualquier pandemia, a menos que sea una guerra biológica, ¡que estoy trabajando en una vacuna para esto!

—Señoras y señores, mi mensaje final es este. Cuando usamos nuestra infinita inteligencia, imaginación y creatividad, nada es imposible. Gracias, que Dios los bendiga, y ¡adiós, mis honorables compañeros!

15

El Dr. Benson estaba realizando una tomografía computarizada de cuerpo entero a Adolfo para una revisión general de su salud. Mientras miraba los resultados, se tomó una taza de Joe para tener energía. El escáner reveló que Adolfo tenía un tumor maligno en el abdomen. El Dr. Benson inició inmediatamente un tratamiento de ultrasonidos de alta intensidad directamente sobre el tumor con la esperanza de que se neutralizara y Adolfo no necesitara quimioterapia. Al Dr. Benson no le gustaba utilizar la quimioterapia a no ser que fuera absolutamente necesario porque mataba los glóbulos blancos beneficiosos junto con las células cancerosas. El Dr. Benson convenció a su suegro para que viviera con ellos y pudiera disfrutar de sus últimos días con su hija y sus nietos. Y es que la salud de Adolfo estaba empeorando con síntomas como problemas para tragar, vómitos, ojos amarillos e ictericia y eructos excesivos. Por lo tanto, el Dr. Benson sintió que a través de la acción podría salvar la vida de su suegro y dijo:

—Creo que Adolfo debe ser inoculado con mi nueva medicación actualizada contra el cáncer. Pienso que esta versión actual, de esta semana, es omnipotente.

—Por favor, déjeme probarlo —dijo Adolfo—. Quiero a mi hija y quiero ver crecer a mis nietos.

—Si desea probarlo, se lo daré pronto —dijo el Dr. Benson—. Primero, extirparé quirúrgicamente el gran tumor maligno de su estómago. Además, no necesitará quimioterapia, porque el ultrasonido de alta intensidad ha neutralizado el tumor y ha impedido que se liberen las células semilla del cáncer metastásico. Entonces, le administraré inmediatamente mi nueva medicación, que tiene una combinación de granulocitos súper cargados, y una enzima de una rara planta que ha estado creciendo en el jardín de Olivia. Esta rara planta llamada Planta de Noé fue la misma que trajimos del invernadero de John Hughes.

—¡Por favor, cuénteme más sobre esta planta! —dijo Adolfo

—Bueno, según las investigaciones, probablemente se remonta a la época de Noé. Llegué a esta conclusión a través de mi investigación; en consecuencia, a través de algunas notas, que encontré de los últimos días de Sir Isaac Newton. Él investigó las Escrituras y escribió lo que descubrió en un código que descifró. El hombre fue creado de la tierra, y su sangre contiene el mismo porcentaje de sal que el agua del océano. La respuesta ha estado frente a nosotros todo el tiempo. Sin embargo, las plantas deben ser de la época de Noé, ya que la tierra tenía un suelo margoso virgen para que crecieran las plantas vivas, la forma más pura de la tierra, y cuando estas plantas eran ingeridas, daban longevidad a los hombres. Así que me pregunté, ¿cuándo vivieron los seres humanos mucho tiempo? La Biblia nos dice que Noé vivió hasta los 950 años, así que quizá una planta de su época fuera la clave. Me acordé de la antigua planta del jardín de Olivia y me pregunté si podría ser el vínculo con la enzima perdida que he estado buscando. Por ello, he bautizado la planta con el nombre de Planta de Noé. Ahora, Adolfo, después de que te administre mi medicación proyectada contra el cáncer, es crucial que sigas todo el régimen que lo acompaña.

—Estoy de acuerdo con todo, mi yerno. Es usted un gran médico.

Olivia aún no sabía que su padre se estaba muriendo de cáncer, por lo que el Dr. Benson le dijo que simplemente quería que Adolfo se quedara con ellos temporalmente para poder controlar su química sanguínea y su rutina de ejercicios. Estuvo de acuerdo y le indicó a Lumbra que preparara una habitación al otro lado de su casa solariega, cerca del gimnasio, para que Adolfo tuviera un acceso rápido y fácil para hacer ejercicio; así su familia seguiría teniendo algo de privacidad.

El Dr. Benson le dio a Napoleón una lista de alimentos que Adolfo podía comer: frutos secos crudos, judías nattō, berenjenas, frutas crudas y verduras. Debía masticar de seis a doce hojas frescas de Gynura al día, y debía beber hierba de trigo. No debía tomar azúcares blancos, harinas refinadas, alcohol, ni tabaco, ni alimentos procesados, y debía comer muy pocos alimentos cocinados, ni utilizar aceite para cocinarlos. No puede comer ningún alimento enlatado o envasado. No puede comer en ningún sitio de comida rápida. Tiene que tomar mucha agua alcalina, zumos de fruta recién exprimidos y verduras preparadas frescas de la huerta todos los días. Después de que Napoleón revisara la lista, dijo:

—¡Sí, señor! —e hizo su característico sonido de estallido golpeando con los dedos sobre su boca fruncida.

El Dr. Benson elaboró un régimen de ejercicios obligatorio para Adolfo, que pensaba controlar a través de la cámara de vigilancia del gimnasio. Adolfo sabía que el Dr. Benson lo estaría observando, ya que este tenía que estar seguro de que Adolfo seguiría al pie de la letra su programa de dieta y ejercicio mientras tomaba la nueva medicación contra el cáncer.

16

Tras varios meses de tratamiento, Adolfo se convirtió milagrosamente en la viva imagen de la salud. El Dr. Benson le hizo una nueva tomografía. Los resultados mostraron que no había cáncer ni nódulos sospechosos. A continuación, el Dr. Benson comprobó la sangre de Adolfo realizando una prueba de células tumorales circulantes, en la que un análisis genético podía identificar la expresión de objetivos terapéuticos y marcadores de quimiorresistencia exclusivos de las células tumorales circulantes de Adolfo. La prueba no mostró ninguna célula cancerosa potencialmente metastásica. El Dr. Benson corrió desde su laboratorio del sótano hasta la cocina cuando terminó de revisar los resultados, y tropezó en el suelo riendo de alegría, y luego gritó:

—¡Napoleón! Una taza de Joe fresca, por favor.

—¡Sí, enseguida! —Momentos después, el café estaba listo.

—Gracias —dijo el Dr. Benson—. ¡Necesito un poco de energía alcalina en mi sangre! —Tomó uno, dos, tres sorbos. Luego dejó su nariz a un centímetro de distancia mientras olía el aroma del café... que le produjo un efecto calmante. Entró en el estudio y siguió bebiendo su taza de Joe. Napoleón trajo una cafetera caliente y la puso sobre la mesa—. ¡Adiós, doctor! —dijo, haciendo un doble chasquido en la boca a modo de despedida francesa.

El Dr. Benson se sentó solo, bebiendo café y escuchando música clásica. Los recuerdos de su madre inundaron su mente. Intentó controlar sus emociones, pero las lágrimas cayeron en su taza de café. De repente, tuvo una clara visión de su madre en el cielo diciendo:

—Roberto, ya puedes descansar. Tu vida está completa. Pronto estaremos juntos.

El Dr. Benson se levantó.

—Adolfo —llamó a través del sistema de intercomunicación de la casa—. ¡Ven a mi estudio, por favor! —Unos minutos después, Adolfo apareció con su ropa de ejercicio. El Dr. Benson le ofreció una silla y una taza de café y luego compartió las buenas noticias—. Ya están los resultados de sus pruebas. Está completamente curado de todo el cáncer.

Adolfo dejó caer su taza al suelo, luego se levantó de su asiento y tomó la mano del Dr. Benson para un apretón de manos, pero luego lo abrazó mientras las emociones de gratitud se apoderaban de él.

—Gracias, Roberto. ¡Gracias, Dios! —exclamó entre lágrimas, abrazando a su yerno. Luego se quedó quieto como un árbol y dijo:

—Disculpe, por favor. Tengo que ir a ver a mis nietos y a mi hija —Caminó extasiado con las manos por delante, mientras chocaba con las paredes y el marco de la puerta para salir alegremente de la habitación.

El Dr. Benson se sentó y saboreó su taza de Joe con este increíble momento. *Yo, el Dr. Benson, he descubierto por fin la cura del cáncer*, pensó. *El trabajo de mi vida está completo.*

El Dr. Benson se despertó al día siguiente en una hermosa mañana. Sonrió porque sabía que, aunque algún día moriría, no sería de cáncer. Comenzó su rutina habitual de estiramientos y ejercicios. Cuando sintió que su cuerpo había hecho un buen ejercicio, paró y se duchó. Luego se metió en su sauna de madera para calentar la temperatura del cuerpo y, mientras su temperatura corporal era alta, se metió inmediatamente en una ducha de agua fría, solo para enjuagarse y para que su sistema inmunitario produjera más glóbulos blancos.

—¡Uf, qué bien se ha sentido! —dijo el Dr. Benson. Después, masticó siete hojas de la planta Gynura. La Gynura procumbens contenía asparaginasa, que era una enzima que reducía las acrilamidas en el cuerpo. Las acrilamidas eran sustancias cancerígenas. Luego bebía una taza de té de equinácea para reponer los líquidos perdidos mientras leía tranquilamente el buen libro para reponer su espíritu y honrar a Dios. Esta rutina diaria siempre le hacía sentirse viril por dentro y por fuera de su cuerpo y mente. Ahora que había descubierto la cura del cáncer, sabía que tendría tiempo para seguir la rutina todos los días. *Con suerte, le ayudaría a vivir incluso más tiempo que el bíblico Noé*, pensó. Mientras estaba en su gimnasio bebiendo té, miró su teléfono fijo de Industrias Saman—. Llama a John Hughes, por favor.

—¡Bueno, qué bien! Sabía que serías tú el que encontraría la cura del cáncer —dijo extasiado el Sr. Hughes y continuó—: Igual que sabía que me haría multimillonario tomando grandes decisiones empresariales.

—¡Yo también lo sabía! Tenemos que reunirnos lo antes posible, Sr. Hughes. Así que, por favor, venga a mi casa cuando pueda y reúnase conmigo en mi laboratorio privado —concluyó el Dr. Benson.

—¡Iré ahora mismo, mi buen doctor! Tomaré mi helicóptero, por supuesto, y estaré allí antes de que pueda decir: ¡pastel de manzana americano!

Mientras tanto, en la mansión Benson, Joe hizo una demostración de sus trucos acrobáticos con el monopatín para que lo viera su abuelo Adolfo. Joe, en su monopatín, se movía por el enorme camino de entrada de hormigón, que estaba junto al césped delantero. El monopatín de Joe estaba hecho de una tabla de aluminio flexible, que utilizaba para saltar y elevarse en el aire. Joe dijo:

—¡Mira, abuelo! —Joe empleó su pie trasero para empujar hacia abajo con un chasquido del extremo trasero de la tabla, y realizó un *ollie*, que era un salto en el que las ruedas delanteras dejaban el suelo primero. Luego, con el extremo delantero de su tabla en el aire, Joe hizo girar su monopatín 360 grados dos veces mientras mantenía un buen equilibrio.

—¡Guau! ¡Increíble! —dijo Adolfo.

Entonces, Joe ejecutó un poco de deslizamiento de estilo libre saltando con su monopatín sobre el banco de picnic de su madre, para deslizar su monopatín sobre el borde de la mesa.

—¿Qué crees abuelo?

—¡Creo que me vas a meter en problemas con tu madre! —se rio Adolfo.

A continuación, Joe se fijó en la rampa que había montado en el camino de entrada, para poder saltar por encima de la mesa de picnic y llegar al enorme y mullido césped delantero.

Al poco tiempo, el helicóptero del señor Hughes aterrizó en el césped delantero de los Benson. Adolfo salió corriendo en cuanto los rotores del helicóptero dejaron de girar y gritó:

—¡Tu maldito artilugio volador ha arruinado el césped! —El guardaespaldas del Sr. Hughes salió del helicóptero y trató de apartar a Adolfo, pensando que podría ser una amenaza, pero Adolfo todavía era ágil por todos sus años de ballet. Esquivó la embestida del guardia sin ser tocado.

Joe vio esto e inmediatamente aceleró su monopatín por el camino de entrada hacia su rampa. Joe se concentró mientras su monopatín golpeaba la rampa con suavidad y fuerza, lo que le impulsó como un proyectil en el aire desde su rampa en dirección a la zona de césped. Mientras Joe estaba en el aire, hizo girar su monopatín con el talón como un artista marcial y le dio una golpe en la cara al guardia con las ruedas del monopatín. ¡Crack! El guardia cayó al suelo con fuerza mientras se sujetaba la mandíbula rota. El guardia se levantó del suelo y fue tras Joe. Joe le hizo una voltereta de judo y lo arrojó hacia el helicóptero. El guardia intentó decir algo, pero murmuró un galimatías poco claro con la mandíbula rota. El sexto sentido de Joe le alertó, por lo que rápidamente se puso delante de su abuelo, para defenderlo mientras agarraba las ruedas superiores e inferiores de su monopatín. Colocó su monopatín delante de él y de su abuelo para protegerlos utilizando el monopatín como escudo. El guardia se enfadó y empezó a sacar su pistola.

El Sr. Hughes agarró el brazo del hombre.

—¡No, deténgase! —le ordenó—. Lamentamos lo del césped, señor. Soy un paciente de cáncer del Dr. Benson. Me está esperando.

—¿Entonces por qué no lo dijo, señor? ¡Podría haber evitado que este patán mostrara sus tendencias violentas!

—¡Nos encontraremos de nuevo! ¡Maldita sea! —el guardia gruñó de dolor mientras la saliva mezclada con sangre se derramaba de su boca.

—¡No lo creo, porque no voy a ir al infierno! —le gritó Adolfo.

—Muy bien, señores. Entremos todos —dijo el señor Hughes.

Se dirigieron al laboratorio, pero Joe se quedó fuera a petición de su abuelo. Adolfo dijo entonces:

—Hasta aquí llego. Encontrarán al Dr. Benson dentro de su laboratorio como siempre. Volveré con mi nieto Joe

—Sí, mi buen hombre. Estoy seguro de que el Dr. Benson no quiere perder una buena ayuda —El Sr. Hughes entró en el laboratorio mientras arrastraba a su guardaespaldas con él dentro.

—¡Genial! Ha venido Sr. Hughes —dijo el Dr. Benson mientras realizaba un TAC y un análisis de sangre CTC al señor Hughes. Los resultados de las pruebas eran buenos: no había tumores, solo cáncer en la sangre. No sería necesario operar antes de comenzar el nuevo tratamiento. El Dr. Benson le administró los granulocitos sobrecargados por inyección, seguidos de la rara enzima vegetal. Luego le indicó al Sr. Hughes que consumiera un poco de Echinacea fresca del jardín de Olivia. A continuación, el Dr. Benson le dio a su paciente, el Sr. Hughes, una dieta estricta y un régimen de ejercicios, siguiendo con una sauna caliente inflexible, y por una rutina de duchas de agua fría. Advirtió al Sr. Hughes que debía seguir todas estas instrucciones al pie de la letra.

—Esta es una orden que seguiré con gratitud, Dr. Benson. Gracias, amigo mío, y buen doctor.

Y, por cierto, ¿quién era ese inglés de fuera? Me gustaría darle una propina, y le pagaré la reparación del césped que mi helicóptero dañó ligeramente.

—No es necesario reparar el césped, amigo mío. Sin embargo, en cuanto a ese inglés... bueno, es mi suegro, Adolfo. ¿Por qué?

—Ciertamente parece saludable y es rápido para ser un hombre viejo.

—En efecto, lo es. Una vez actuó para el Teatro de Ballet. También tenía cáncer, pero yo lo curé del cáncer, alabado sea.

—Es usted quien encontró la cura para el cáncer, no Dios —aclaró sus palabras el señor Hughes—. Usted es el mejor médico y científico del mundo. Pronto le enviaré un bonito regalo de agradecimiento. Adiós — Los dos amigos se estrecharon la mano, pero el guardaespaldas mantuvo la distancia mientras se sujetaba la mandíbula. Luego el Sr. Hughes y el guardaespaldas partieron en el helicóptero mientras el guardaespaldas se quitaba el sombrero con el dedo del medio despidiéndose del inglés que estaba abajo. Adolfo, en el suelo, se limitó a levantar los puños cerrados hacia el helicóptero y a gritar—: ¡Ya nos veremos de nuevo!

17

Ahora que el Dr. Benson había adquirido la cura para el cáncer, prosiguió con la curación de sus pacientes y, milagrosamente, este medicamento devolvió la vida al páncreas de los pacientes con células beta productoras de insulina en el cuerpo. Así pues, su medicina no solo curaba el cáncer, sino también la diabetes de tipo 1 y 2. El Dr. Benson estaba extasiado, pero aún no había terminado. Seguía trabajando laboriosamente en su laboratorio, investigando para conseguir una vacuna perfecta para inocular a la raza humana e inmunizarla de una peligrosa pandemia que se avecinaba. Además, gracias a las pruebas realizadas con éxito, cree que la vacuna contra el peligroso virus también puede ayudar a la raza humana a sobrevivir a una guerra mundial biológica. Al final de su agotador día, selló todos sus secretos médicos sobre las enfermedades, los virus y el cáncer en una caja fuerte de su mansión.

Esa noche, el Dr. Benson tuvo un sueño sobre plantas que ejecutaban la fotosíntesis CAM... que es una vía de fijación de carbono que evoluciona una adaptación a las condiciones de aridez... en este sueño estaba en el desierto caminando por un campo de plantas Welwitschia. Entonces el Dr. Benson se despertó.

—¡Eso es! —dijo. El Dr. Benson llamó a su amigo el Sr. Hughes para que le enviara algunas plantas de Welwitschia.

—Claro Dr. Benson. Se las enviaré por correo inmediatamente. Además, ¿se sabe algo de los resultados de mi examen, buen doctor?

—Sí, sus resultados deberían llegar en una semana más o menos. Por lo tanto, no se preocupe buen amigo. Mi suegro se recuperó del cáncer.

Mientras el Dr. Benson trabajaba estudiosamente en su laboratorio durante toda la semana llevando sus trajes de protección y su máscara, después de recibir las plantas de Welwitschia del Sr. Hughes; no tenía mucho tiempo para la familia; sin embargo, les dedicaba tiempo de calidad como su padre le recomendaba. A la mañana siguiente, al administrar durante días las raíces de la planta Welwitschia a ratas y murciélagos, descubrió que las ratas se habían curado de la peste bubónica y los murciélagos no tenían coronavirus. Entonces se puso el traje químico biológico que le había regalado su padre el general. Cogió sus armas químicas y roció a las ratas y a los murciélagos con agentes nerviosos VX y gas incoloro fosgeno. El Dr. Benson sonrió con lágrimas en los ojos, al comprobar que las ratas y los murciélagos no sufrían ningún daño por el agente nervioso VX, ni por el gas incoloro fosgeno. Ahora, el Dr. Benson usando su mente brillante y omnipotente, combinó la cura del cáncer, la cura de la diabetes, con este elixir de Welwitschia que frena a los virus pandémicos, frena a los agentes nerviosos químicos de guerra, y frena a los agentes respiratorios químicos de guerra. Ahora este elixir medicinal combinado curará el cáncer, curará la diabetes tipo 1 y tipo 2, impedirá los virus pandémicos, impedirá los agentes nerviosos químicos de guerra, e impedirá los agentes respiratorios químicos de guerra. El Dr. Benson dice:

—Llamaré a esta medicina en la que he trabajado casi toda mi vida el "Elixir de la Panacea" una cura para todo.

Pasó algún tiempo, y un día en el hospital... mientras el Dr. Benson examinaba a los pacientes, notó en su calendario que el Sr. Hughes tenía su última consulta. Llegaron los resultados de su última tomografía y del análisis de sangre CTC.

—Todos fueron negativos —se alegró el Dr. Benson de poder decirle cuando se reunieron—.

Me complace decir que sus análisis no muestran cáncer en su sangre.

—¿Significa eso que estoy curado? ¿Que no hay cáncer? ¿Y que viviré muchos años más como un hombre rico y feliz?

—Sí, señor. Está curado de cáncer por completo, ¡sin mencionar que tampoco tendrá diabetes! Vivirá muchos años más ya que este Elixir Panacea que he patentado, evitará que adquiera un peligroso virus pandémico que vendrá. Es un honor haber podido ayudarle, y ayudar a toda la humanidad a liberarse de esta horrible enfermedad. Sin embargo, una pandemia todavía se avecina, por desgracia, y tenemos que conseguir que esta medicina esté lista para las masas.

El Sr. Hughes le estrechó la mano, le abrazó y le dijo:

—¡Gracias, doctor! ¡Su cura del cáncer va a valer una fortuna! Y por favor, deje de hablar de una maldita pandemia. Todas las pandemias están en la historia pasada de los hombres, buen doctor.

El Dr. Benson se rio.

—No sea tan ingenuo, amigo mío. Bueno, con respecto a mi remedio probado contra el cáncer, que también cura la diabetes, me estoy preparando para contar al mundo dentro de unas semanas cómo producir en masa el medicamento, y para explicar el régimen completo que debe seguir una persona para curarse. También explicaré cómo la gente puede evitar adquirir cáncer en primer lugar. Todo comienza con tener una mente pura. Una persona debe tener una paz eterna, o el cáncer podría volver —dijo el Dr. Benson.

—Necesita tener algo de diversión en su vida, Dr. Benson... es decir, Roberto mi amigo —Entonces el Sr. Hughes se despide con la mano mientras sale de la oficina del hospital del Dr. Benson.

El Sr. Hughes llega a su mansión en su limusina con chófer en las afueras de Beverly Hills.

El Sr. Hughes sale de su limusina con un montón de paquetes de varias tiendas mientras sus nietos vienen corriendo.

—¡Abuelo! ¡Abuelo! ¿Qué tienes para nosotros? —gritan sus nietos.

—Bueno, bueno, bueno... Tengo una buena noticia. Su abuelo va a vivir muchos años más para estar con sus nietos.

—Pero abuelo, estás enfermo, tienes cáncer —dijeron sus nietos llorando. El Sr. Hughes se arrodilla y se limpia las lágrimas de sus ojos... y de los ojos de sus nietos.

—¡Estoy curado! Mi amigo, el Dr. Benson, me curó del cáncer. Y agradézcanle al Dr. Benson, no a Dios —Entonces los nietos del Sr. Hughes le abrazaron y le besaron, sabiendo que tendrán a su abuelo por mucho tiempo.

Con el paso de los meses, el Sr. Hughes disfrutaba de la compañía de sus nietos mientras los llevaba de viaje y eran educados en casa por una profesora particular. Un día, la profesora llamada Americanra, dijo con una sonrisa diabólica:

—Sr. Hughes, el que ha caído del cielo, le espera en su habitación especial "Masón del Agua".

—¿Qué, por qué? ¡Pero tan pronto! —dice asustado el Sr. Hughes.

El Sr. Hughes entra en su habitación roja y brillante de "Masón del Agua" y cierra la puerta tras de sí, para que nadie pueda entrar. Entonces Americanra habla por su teléfono móvil fuera de la habitación.

—Sí Samara. He informado a Agatha y a Scarlet de que el ángel caído ha llegado. Ahora está hablando con el Sr. Hughes en la habitación "Masón del Agua" que he intervenido con un microchip grabador de Industrias Saman.

—Muy bien Americanra. Adiós —Samara dice mientras el teléfono móvil de Americanra se apaga.

Mientras tanto, el Sr. Hughes, dentro de su habitación de color rojo brillante "Masón del Agua", mira en un enorme cuenco que tiene agua dentro, mientras descansa en una enorme mesa de roble macizo, que está en el centro de la habitación. Una luz azul sale de repente del agua y dice:

—Coloca la cabeza de madera de la perra bruja Agatha junto a mi luz —Y el Sr. Hughes cumple. La luz azul hace que la cabeza de madera se convierta en humo y desaparezca—. No seremos grabados ahora —dice el ángel caído. Entonces el Sr. Hughes dice:

—¿Qué quieres de mí?

Entonces el ángel caído dice:

—Te di una vida extra, para extender tu vida hasta que se encontrara una cura para tu cáncer. Ahora, ¡adquirirás esa vacuna para curar el cáncer, con su cura para agentes biológicos, y la nueva vacuna contra la pandemia del Dr. Benson a toda costa!

—¿Pero por qué? Tú no me curaste... me enfermé poco después de hablar contigo para que me aconsejaras sobre una decisión de negocios que salvó a mi empresa —Entonces un gruñido sale de la luz azul, del agua.

—Adquirirás esas vacunas para el cáncer, diabetes, agentes químicos, vacuna de prevención de virus pandémicos del Dr. Benson, ¡o tus nietos morirán seguro!

—¡No! ¡No! Por favor, lo haré. Obtendré todas las vacunas de medicina privada del Dr. Benson. Es mi amigo y lo convenceré —El Sr. Hughes entonces cayó al suelo llorando. La luz azul se desvaneció del agua, pero la sala del "Masón del Agua" siguió brillando en rojo. Sollozando en el suelo, el Sr. Hughes se arrastró fuera de la habitación del "Masón del Agua" luego se reforzó y se levantó. Luego subió lentamente las escaleras hacia las habitaciones de sus nietos llorando. Americanra observó, pero no le importó. Entró en la habitación del "Masón del Agua" para recuperar la grabadora de microchips; sin embargo, Americanra no encuentró la cabeza de madera de la bruja Agatha, que tenía la grabadora de microchips escondida.

—¡Oh no! ¡Samara va a matarme! —grita Americanra.

Pasan unos días, mientras el Sr. Hughes recupera la compostura. El Sr. Hughes abraza y besa a sus nietos y luego se sube a su limusina con chófer que le lleva al Hospital General de Beverly Hills. Al llegar al hospital, informa a su chófer:

—Mantén el motor en marcha. Esto no llevará mucho tiempo —El chófer reconoce la zona mientras asiente con la cabeza. El Sr.

Hughes se baja de la limusina y se dirige a la zona de oficinas del Dr. Benson en el hospital. El Sr. Hughes dice entonces—: ¿Tiene tiempo para un viejo amigo, Dr. Benson? —El Dr. Benson parece agradablemente sorprendido y dice:

—¿Cómo está su salud?

—Nunca me he sentido mejor. Sabes que tengo al mejor médico del mundo.

Entonces el Dr. Benson dice:

—Bueno, no voy a discutir con usted en eso, pero tampoco deseo ser arrogante.

El Sr. Hughes respira profundamente mientras junta las manos:

—Bueno, Roberto... es así. Necesito comprar esa fórmula para curar el cáncer, y las otras vacunas tuyas.

—No están a la venta Sr. Hughes. En cuanto a las otras medicinas... tengo muchas, sin embargo, esta nueva es especial. He combinado cuatro medicinas en una sola, llamada Elixir Panacea. Y lo he patentado con la ayuda de un viejo amigo de la universidad que trabaja en la oficina de patentes del gobierno.

—¡Deja de hablar con acertijos, Roberto! Sé que llevas una vida cómoda, doctor, y que tu mujer también gana un buen dinero como bailarina de ballet. Pero estoy hablando de dinero de verdad con esta cura del cáncer, y esa maldita cura de la pandemia de la que no paras de hablar. ¡Una enorme cantidad de dinero! Te haré multimillonario. ¿Qué dices, Dr.Benson, amigo mío? Dame tus notas de investigación sobre la medicación y el régimen, y déjame estar a cargo de la distribución. ¡Imagina lo poderosos que podríamos ser, juntos!

—No, Sr. Hughes. Este remedio contra el cáncer que he combinado con las otras medicinas debe ser distribuido gratuitamente. Es para todos en este mundo. Restringirlo solo a ciertas personas que tienen dinero, ¡sería escupir en la tumba de mi madre!

—Por favor, escúchame, Roberto. Soy un hombre de poder, doctor. Le ofrezco un trato. Si no me das lo que exijo, lo lamentarás. Hay un poder en este mundo, doctor, con el que no querrás meterte. También me dirijo a ti como amigo. No quiero que te pase nada malo, ni a ti ni a tu familia. Tampoco quiero que les pase nada malo a mis nietos

—¡No, Sr. Hughes!

—Por favor, Dr. Benson... Roberto, debes hacerlo, ¿no lo ves? También tienes una de las mayores oportunidades de la historia para ser súper rico y mantener a tu familia a salvo. Todo lo que tienes que hacer es someterte a mí, un hombre de considerable poder e influencia.

—¿Me está amenazando, Sr. Hughes?

El Sr. Hughes se tocó inconscientemente su anillo de masón del agua.

—¡Simplemente, te estoy diciendo lo que te pasará Roberto, y lo que será de ti si no obedeces mi petición!

—Tengo un padre importante, señor Hughes. Usted no me asusta. ¡Fuera!

—¿Te refieres a tu padre el general? ¡Vaya! —El Sr. Hughes se rio.

—No. Me refiero a Dios, tu Padre Todopoderoso. Que tenga un buen día, Sr. Hughes. Salga de mi oficina de inmediato —El Dr. Benson llamó a los de seguridad para que escoltaran al Sr. Hughes fuera del hospital. Los guardias armados escoltaron al Sr. Hughes por la fuerza al principio, luego el Sr. Hughes cumplió y fue de buena gana con los guardias a su limusina. Sin embargo, en la limusina, sus guardaespaldas miraron mal a la seguridad del hospital, pero la seguridad del hospital no mostró ningún temor y devolvió la mirada a los guardaespaldas del Sr. Hughes. Algunos de los guardias de seguridad del hospital eran duros agentes de policía retirados que lo habían visto todo.

El Sr. Hughes subió a su limusina y empezó a pensar.

—Si puedo conseguir ese Elixir de Panacea, no solo mantendré a mis nietos a salvo, sino que adquiriré poder sobre muchas personas y naciones —murmuró para sí mismo. Mientras su limusina avanzaba por la carretera, soltó una risa estruendosa y sádica: era la risa de un demonio.

18

El joven y apuesto Joe estaba en el centro comercial con su familia. Estaba esperando sentado en un banco con Rose a que su madre volviera del baño. El abuelo Adolfo estaba de pie cerca, vigilando a sus nietos, cuando varias hermosas jóvenes se acercaron al joven Joe.

—¿Cómo te llamas? —le preguntaron, revoloteando a su alrededor.

—Joe —respondió él, desinteresado.

Ellas comentaron su bonito pelo y sus atractivos ojos. Una de ellas, una preciosa rubia, dijo:

—¿Te gustaría dar un paseo por el centro comercial con nosotras?

Rose intervino.

—¡Deja a mi hermano en paz! ¡Mamá! ¡Mamá!

Olivia volvió del baño.

—¿Puedo ayudarlas, señoritas?

—Tu hijo es un sueño —dijeron, acariciando su pelo y riendo—. ¿Puede pasear por el centro comercial con nosotras?

—¡No! Es demasiado joven para ustedes, chicas. Adiós —dijo Olivia con firmeza. Luego agarró las manos de Joe y Rose, y los tres se alejaron. Adolfo, que había estado allí observando de cerca, se rio y se alejó con ellos de la zona.

Todos llevaban muchas bolsas de la compra. Había sido un día largo y estaban cansados. Joe tocó el hombro de su abuelo.

—¡Abuelo, esos hombres nos están siguiendo!

Adolfo miró en la dirección que señalaba Joe, pero solo vio a unos cuantos hombres que parecían estar comprando cosas.

—Esos hombres solo están comprando, Joe.

Pero Joe insistió.

—¡No! Puedo sentir que sus intenciones son malas hacia nosotros usando mi energía espiritual. Tal como me enseñó mi maestro Musashi. Solo quieren que pienses que están comprando algo. ¡Están tratando de engañarnos!

—Pero estoy contigo, Joe. Así que no tengas miedo muchacho —Se volvió hacia Olivia—. Ángel, creo que los niños están cansados. ¿Qué tal si terminamos nuestro viaje otro día?

—Joe, ¿vamos a cenar a casa con tu padre y hablamos del buen día que hemos tenido? —preguntó ella.

—Sí, por favor. Vamos a casa, mami —suplicó Joe.

Olivia frunció el ceño. Le pareció que Joe estaba preocupado por algo. Salieron al aparcamiento, intentando recordar dónde estaba aparcado el todoterreno de Olivia. Lo encontraron y comenzaron a cargar sus compras en la zona de carga trasera del vehículo.

—Date prisa, mamá. ¡Vamos a casa! —gimió Joe.

—Cálmate. Sé más como tu hermana, cariño

—Sí, te asustas demasiado —dijo Rose.

De repente, tres hombres intentaron agarrar a Joe y a Rose. Pero rápidamente, el abuelo Adolfo pudo rechazarlos con fuerza, al principio con la ayuda de Joe, que utilizó sus habilidades para hacer tropezar a un asaltante con otro. Puso en práctica su entrenamiento de samurái concentrándose en dónde se iba a mover su oponente y anticipándose a su movimiento. Joe había estado desarrollando esta habilidad, que su maestro llamaba conexión corporal. Su conexión corporal era ya tan fuerte que podía mover a otra persona hacia donde quisiera. Joe podía sentir la energía de su oponente cuando se conectaba a él, y luego capturarla usando la fuerza de la planta de sus pies, y luego redirigir la energía alejándola en espiral en la dirección que Joe quería. Cuando dos asaltantes volvían hacia él desde dos direcciones diferentes, Joe redirigía una hacia la otra, conectando dos líneas de energía y haciendo que los dos hombres chocaran. ¡*Top!*

Joe, Rose y Olivia se metieron rápidamente en su todoterreno de forma segura, pero antes de que Adolfo pudiera subir, uno de los hombres sacó una pistola. Adolfo se abalanzó sobre él, gritando:

—¡Vete, Olivia! Vete ya —Ella obedeció las instrucciones de su padre, como en los días en que habían actuado juntos en el ballet. Pisó a fondo el acelerador y atravesó el aparcamiento a toda velocidad.

Joe respiró aire para calmarse como un artista marcial, conectó el cinturón de seguridad de su hermana Rose, y luego Joe conectó el suyo. Joe gritó:

—¡Vamos, mamá, vamos! —Olivia oyó disparos detrás de ellos, pero no se atrevió a detenerse. Oyó una sirena de policía. Tenía una sensación horrible y nauseabunda en el estómago, pero lo único que quería hacer en ese momento era llevar a sus hijos a casa sanos y salvos.

Adolfo siguió luchando contra los asaltantes utilizando todas las habilidades atléticas que tenía, aunque se sentía temerosamente acalorado y mojado. Vio que la sangre brotaba de su estómago.

—¡Maldita sea, en el mismo lugar en el que me curé del cáncer es en el que me ha alcanzado esta maldita bala! Dios, ¿por qué? —dijo en voz alta. Cayó de rodillas, herido de muerte. Los tres asaltantes empezaron a patearle sin piedad y le gritaron:

—¡*Maldito* viejo!

Sin embargo, Adolfo a través de su dolor gritó:

—¡Vete al infierno! —Entonces Adolfo agarró a uno de los asaltantes para evitar que se escapara y escuchó una voz tranquilizadora que venía de los cielos. Miró hacia arriba y dijo:

—Sí, Gabriel. Yo creo en ti —y el aliento de vida de Adolfo se fue.

El primer equipo de dos hombres de la policía de Beverly Hills llegó al lugar, y encontró a Adolfo agarrando a uno de los asaltantes con un apretón mortal. Saltaron de su vehículo policial, con las pistolas desenfundadas, y formaron una posición de cobertura en forma de "L". Los malos se colocaron en la parte superior. Dos de los asaltantes intentaban desesperadamente apartar a Adolfo de su compañero.

—¡Todo el mundo a levantar las manos! Quietos —gritó un policía mientras los agentes apuntaban con sus armas a los hombres. Uno de los asaltantes disparó contra el agente novato, dándole en la cara. El agente gritó de dolor y cayó al suelo. Su compañero, que había estado conduciendo, disparó su pistola en dirección a los asaltantes, y luego gritó a su compañero que estaba en el suelo:

—Jack, ¿estás bien? Háblame —No hubo respuesta. Llamó a la central de policía por radio—: ¡Oficial caído! Tiroteo en curso. Envíen refuerzos con ambulancia ahora —Por fin, los dos asaltantes apartaron el cuerpo inerte de Adolfo de su compañero. Los tres hombres empezaron a avanzar hacia el único agente. El agente disparó, matando al asaltante de la izquierda para mantener a los otros asaltantes a su derecha. Uno de los dos asaltantes saltó al techo de un automóvil cercano y empezó a disparar su arma, alcanzando al agente en el muslo y la pantorrilla. El agente se puso en modo de supervivencia, adoptando una posición agachada detrás del motor del coche de policía y esperando pacientemente a que el asaltante del techo se moviera. Cuando vio que el asaltante se movía hacia el techo de otro coche, apuntó y disparó, dándole en el cuello y el pecho. El asaltante cayó al suelo sin vida.

—¿Dónde diablos están mis refuerzos? —preguntó el agente, acercándose a ver cómo estaba su compañero mientras intentaba obtener una lectura del asaltante restante. No vio rastro de nadie. El agente Bill encontró a su compañero

Jack tendido en un charco de sangre con los ojos abiertos. Comprobó las constantes vitales de su compañero: no tenía pulso. Oyó sirenas a lo lejos. Vio a los guardias de seguridad del centro comercial apuntando a algo detrás de él. El agente sintió de repente un dolor caliente y agudo en la parte posterior de su hombro izquierdo. El último asaltante había clavado un cuchillo en la carne del agente y lo había sacado para volver a clavarlo. El agente intentó disparar, pero el asaltante le quitó el arma. El asaltante trató de apuñalar al agente en el pecho a continuación, pero el agente utilizó sus reflejos naturales y su experiencia en combate para agarrar la muñeca del asaltante que sostenía el cuchillo. La mente subconsciente del agente recordó rápidamente su época de guardabosques en Afganistán. Su entrenamiento militar y su régimen de levantamiento de pesas dieron sus frutos mientras luchaba. Consiguió inmovilizar al asaltante en el suelo. Con la mano libre, sacó rápidamente su pistola de reserva del calibre 357 de la funda del tobillo y disparó rápidamente dos tiros en el vientre del asaltante mientras le presionaba el cañón. El asaltante continuó luchando por debajo con su cuchillo mortal, por lo que el oficial Bill enterró rápidamente el cañón del arma en el cuello del hombre y disparó con la boca del cañón hacia el cerebro. La cabeza del asaltante explotó por todas partes como una sandía aplastada.

Finalmente, llegaron los refuerzos, junto con una ambulancia.

—Hay cuatro hombres muertos, junto con un agente de policía muerto. Un total de cinco muertos y un agente superviviente gravemente herido —informó un técnico de emergencias al teniente de policía Cagney, que acababa de terminar de inspeccionar la zona en busca de pruebas. A continuación, el teniente Cagney realizó rápidamente un registro de los cadáveres, antes de la llegada de los detectives de la policía. El teniente Cagney quitó un anillo de masón del agua del dedo de uno de los asaltantes muertos, y dijo en voz baja:

—¿Qué? Idiota... le daré esto al jefe de policía —Luego, cuando llegaron los detectives de la policía, el teniente Cagney dijo—: No he encontrado nada de evidencia en la zona, ni en los cadáveres. Hagan su investigación detectives.

Uno de los detectives de la policía camina con el teniente Cagney hasta el agente de policía herido, que estaba tumbado en una camilla con personal médico asistiéndole. El teniente Cagney le dice al policía herido:

—Va a tener que dar cuenta de todas sus rondas, según el protocolo. ¿Me copia, señor?

El agente herido parpadeó para enfocar sus ojos. Luego, tras hacer acopio de fuerzas, agarró la camisa del teniente Cagney, lo acercó y le dijo:

—Me queda una bala. ¿La quiere, señor?

Entonces, asustado, el teniente Cagney tragó saliva con miedo. *¡Gulp!* Luego apretó la mano del oficial herido.

—¡Está bien, Bill! Vamos a llevarte a un hospital, ¿de acuerdo? ¡Eres un oficial de policía! Estás en casa. Ya no estás en la guerra, señor —Sabía que Bill había ganado una Estrella de Plata en combate por su heroísmo. Desgraciadamente, el oficial Bill aún sufría de estrés postraumático. El detective de la policía se puso detrás del teniente Cagney y dijo:

—Bill, escribe una rápida sinopsis de este incidente cuando puedas, gracias.

19

El Dr. Benson se apresuró a volver a casa para consolar a Olivia y a sus hijos, cuando rápidamente se enteró de que su paciente y suegro, Adolfo, había muerto a causa de las heridas de bala. Durante la semana siguiente, la policía llevó a cabo una minuciosa investigación dirigida por el teniente Cagney, pero no averiguó quiénes eran los agresores ni el motivo del ataque. Finalmente, se celebró el funeral, y Adolfo fue enterrado junto a su esposa en el cementerio local, en lugar de en su Inglaterra natal. Muchos de sus colegas del mundo del ballet acudieron a honrarle. En la tumba, el sacerdote terminó el servicio diciendo:

—Dios creó al hombre de la tierra con agua y lodo y luego le dio aliento de vida. El hombre salió de la tierra, y tú volverás a ella. Adolfo Newton estará ahora en el Seol, un lugar de oscuridad al que van los muertos, porque su aliento de vida, su espíritu, está ahora con Dios... Amén.

Olivia lloró mientras abrazaba a su marido.

Mientras Napoleón y Lumbra sostenían a los niños que también sollozaban. El ataúd de Adolfo fue bajado lentamente a la tierra. Cada uno de los miembros de la familia dejó caer un puñado de tierra sobre él. Luego, los portadores del féretro, que eran un equipo formado por artistas, arrojaron sus guantes blancos en la tumba, encima del ataúd. Todos partieron hacia la recepción conmemorativa, que se celebraría en la mansión Benson.

Olivia había pronunciado el panegírico de su padre, y se derrumbó al hacerlo, por lo que el Dr. Benson la ayudó con el panegírico. Olivia volvió a pronunciar el elogio:

—Más que nada, la lección que se me quedaría grabada fue cómo me había enseñado a concentrarme, a centrarme con profesionalidad en la decisión que tenía que tomar y a utilizar esa visión de túnel selectiva para cumplir mis deseos. Este arte de la concentración me había ayudado mucho en la vida. Y la capacidad de concentración de mi marido era también lo que me había atraído de él inicialmente. Además, mi padre siempre estará en mis recuerdos —dijo y continuó—: Su frase favorita era: "Una persona que se decide a usar la concentración completa con el deseo es omnipotente" —Se quitó las lágrimas—. Estoy agradecida de que mi marido tenga muchos de los mismos rasgos que tenía mi maravilloso y bondadoso padre. Debemos trabajar para construir recuerdos cada día y vivir en el presente mientras estemos vivos para poder llevarnos nuestros recuerdos a la eternidad. Creo que así, cuando estemos en el cielo, tendremos algo de lo que hablar —Los invitados rieron suavemente—. Para terminar, gracias a todos por venir y por honrar a mi querido padre. Por favor, disfruten del buffet de frutas, comida y bebidas, y de las fotos de mi padre, el gran bailarín del Teatro de Ballet.

El Sr. John Hughes dijo:

—Lo siento mucho, y mis sinceras condolencias Sra. Benson y Dr. Benson — El Sr. Hughes abrazó a Olivia y abrazó al Dr. Benson. Luego el Sr. Hughes se alejó. Muchas personas presentaron sus respetos a Olivia y al Dr. Benson y se marcharon poco después de que ella terminara de hablar, pero otras se quedaron a comer y a recordar a Adolfo. Lumbra entró para decirle a Olivia que había una llamada telefónica para ella de su suegro. Era el general Benson, que le daba su más sincero pésame y le decía que hacía unas horas que se había enterado de la noticia. Ya había reservado un vuelo a California y dijo que estaría allí en cuanto pudiera.

En el velatorio, John Hughes estaba al acecho en las sombras del patio de los Benson con sus guardaespaldas.

—¡Idiotas! —les dijo—. ¡Ustedes dejaron que un anciano, un niño pequeño y solo dos policías les impidieran secuestrar a los hijos del Dr. Benson! ¡Tienen la maldita suerte de que no me agraden! ¡Todos ustedes, supuestos ejecutores sobrepagados, los mataré a tiros yo mismo! Ahora que han tenido la oportunidad de conocer la distribución de la casa de los Benson, les ordeno que vuelvan y recuperen lo que es mío por derecho. Quiero esa combinación de medicamentos del Elixir de Panacea para curar el cáncer. Estoy seguro de que tiene sus notas médicas escondidas en alguna parte, tontos.

—Sí, yo también estoy seguro de eso —dijo el jefe de la guardia—. ¿Pero qué pasa si el Dr. Benson intenta detenernos?

—¡Entonces lo matas a él y a esa hermosa esposa que no se merece! —De repente, un cálido goteo de pájaro golpeó a Hughes en la cara y goteó en su boca. Herbie estaba sentado en la rama de un árbol a pocos metros por encima de él, escuchando y grabando con su cerebro de loro. Hughes cogió una pequeña piedra y la lanzó con rabia a Herbie, pero falló—. ¡Pájaro cabrón!

Pasó un mes. El general, que se había quedado con ellos desde el funeral de Adolfo, se despertó una mañana temprano. Pensó en su hermoso Jeep, con sus placas blindadas reforzadas alrededor de la carrocería y sus cristales antibalas, aparcado. Se dijo a sí mismo:

—¡Arnold tiene ganas de dar una vuelta! —Le preguntó si podía llevar a Joe y a Rose a Disneylandia por un día. Al principio, el Dr. Benson se sintió inseguro de dejar salir a los niños. Luego decidió que después del trauma de la muerte de su abuelo, probablemente necesitaban un descanso. Además, con los niños fuera de casa, podría pasar algún tiempo de calidad con Olivia, para ayudarla en su duelo por su padre Adolfo. Le dijo al general que se adelantara, y luego dio un paso más y les dio a Napoleón y a Lumbra el día y la noche libres. Él también echaba de menos a Adolfo, pero tenía buenos recuerdos de él. Los valores de Olivia también eran un buen reflejo de la crianza de su padre.

El Dr. Benson abrazó a sus hijos y les dijo:

—Mi fuerte hijo Joe y mi bonita hija Rose, no se preocupen nunca. Pueden sentir la bondad del espíritu y la energía de su padre. No importa si no pueden ver a su padre; saber que está en sus pensamientos es suficiente. Sepan también que Dios nunca los abandonará, aunque un ser querido ya no esté con ustedes. ¡Te quiero, Joe! Te quiero, Rose. Ahora, ve a divertirte con tu abuelo en Disneylandia —Joe y Rose se despidieron de su padre con un abrazo y un beso, y el Dr. Benson los despidió con una gran sonrisa.

El Dr. Benson no podía esperar a estar a solas con su atractiva esposa. Quería escuchar su hermosa voz con acento inglés, susurrarle al oído bellas palabras. Todos se habían ido. Encendió el equipo de música del dormitorio principal con la música de la balada que su mujer también disfrutaba interpretando. Y lo puso a sonar en repetición. Olivia entró en el dormitorio con un picardías a través del cual él pudo ver su magnífico cuerpo atlético. Junto a la cama había dos jarras de agua dulce del pozo del jardín y un cuenco de porcelana lleno de cuadraditos de mangos cortados. Solo había un tenedor para compartir. El Dr. Benson se tumbó en la cama mientras se acercaba. No podía decidir si mirar su hermoso rostro o su magnífico cuerpo, pero entonces sus ojos se encontraron y sus espíritus se conectaron, lo que se convirtió en un momento erótico. No recordaba cómo se quitaron la ropa, pero pronto se encontraron haciendo el amor vigorosamente, haciendo solo una pausa para beber agua y comer mangos para obtener energía.

Al final de la tarde, el Dr. Benson se levantó y se puso la bata, dejando que Olivia durmiera. Tenía mucha hambre. No le quedaba agua ni mango, así que empezó a bajar las escaleras hacia la cocina. De camino, pensó en el discurso internacional que daría dentro de una semana, describiendo cómo había descubierto la cura del cáncer. Seguramente significaría otro Premio Nobel y más fama y dinero, pero él nunca se propuso buscarlos. Simplemente quería evitar que otros niños perdieran a un padre por el cáncer como él lo había hecho. Todos los medios de comunicación estarían allí para el discurso, lo cual era bueno; eso le ayudaría a adquirir contactos importantes para ayudar a producir en masa el Elixir de la Panacea para millones de personas. Esto curaría el cáncer, la diabetes, e impediría un virus pandémico letal que se avecinaba, y la guerra química que seguramente seguiría. Se sentía seguro sabiendo que toda su investigación médica estaba escondida en una caja fuerte secreta en el jardín. Solo él y Olivia sabían dónde estaba, aunque había visto a ese entrometido de Herbie volando cuando guardó los materiales en la caja fuerte, aunque era solo un pájaro. Había una caja fuerte en la casa, naturalmente, pero sabía que ese era el primer lugar donde buscaría un ladrón, y por eso había sacado de ella toda su investigación médica. El Dr. Benson colocó documentos médicos falsos en la caja fuerte de la casa, solo para estar seguro y engañar a un saqueador. Incluso si ocurría lo peor y alguien los encontraba, toda la información médica estaba a salvo en su cabeza.

El Dr. Benson dejó su teléfono móvil sobre la encimera de la cocina. Y mientras, escaneaba la zona de la cocina.

—¡Sí! ¡Hay granadilla! —dijo en voz alta. Se sirvió un poco de agua y empezó a comer. Cuando se hubo saciado, volvió a subir con una granadilla cargada de zumo en el bolsillo de la bata, y llevaba dos vasos de agua. De repente, se dio cuenta de que se había dejado el móvil, pero se encogió de hombros y pensó: *Oh, bueno. Así no me molestarán.*

Estaba a punto de despertar a Olivia para ofrecerle un poco de agua cuando oyó un ruido fuera. *¿Serán los niños que vuelven de Disneylandia tan temprano?*, se preguntó. Sabía que el general era un niño de corazón y probablemente intentaría quedarse en el parque todo el tiempo que pudiese. Herbie empezó a graznar en el balcón como si quisiera alertarles, así que el Dr. Benson salió a ver qué le molestaba a Herbie. Abajo, vio a cuatro hombres con pasamontañas negros dando patadas a la puerta principal. Corrió hacia el teléfono para marcar el 911, pero la línea telefónica de su casa estaba muerta. Buscó su teléfono móvil, pero recordó que lo había dejado en la mesa de la cocina.

—¡Olivia! —habló con firmeza, dándole una palmadita en el hombro—. ¿Dónde está tu móvil?

—Siempre lo dejo en mi coche —dijo ella con dificultad—. ¿Por qué?

—Tenemos intrusos en la puerta principal. Vístete, cariño. Puede que tengamos que luchar contra ellos.

Se levantó de la cama.

—¡Roberto, te amo! Recuerda que todo sucede por una razón. No tengo miedo, mi amor.

El Dr. Benson se sintió agradecido de que su padre lo hubiera entrenado para estas emergencias.

—Nunca se sabe cuándo puedes encontrarte en el campo de batalla —decía siempre su padre, el general. El Dr. Benson cogió su pistola Springfield M1911 del calibre 45 con un cargador de ocho cartuchos de munición especial Black Talon y le dijo a Olivia que se escondiera en el armario.

—Sí, Roberto, mi amor. Tengo confianza en ti —dijo ella, y luego lo besó con sus grandes labios sobre su boca, como si ese beso pudiera ser el último.

Salió de la habitación en posición arrodillada, como le había enseñado su padre el general. Podía oír a los hombres de abajo revolviendo el lugar como si buscaran algo.

—Dios, por favor, cuida de nuestros hijos, Joe y Rose —rezó—. ¡Y por favor protege a Olivia de estos hombres! —Entonces avanzó sigilosamente hacia los escalones, hasta que los hombres estuvieron en la mira de su pistola. Mientras les apuntaba con su pistola, como era médico, no quería hacerles daño si no era necesario. Por eso gritó—: ¡Salgan de mi casa ahora! Por favor. Soy médico.

—¡Ahí está el médico! —dijo uno de los intrusos. Empezaron a subir las escaleras. Herbie se metió en el dormitorio para esconderse bajo la cama y espiar como siempre hacía—. ¡Queremos el Elixir de Panacea, la medicina que lo cura todo, y toda su investigación! —gritó un intruso. El Dr. Benson metió la mano con preocupación en el bolsillo de su bata y lanzó con saña la granadilla al hombre más cercano. La granadilla le golpeó fuertemente en la cara, explotando en el rostro del intruso, en una sangrienta pulpa de jugo rojo—. ¡Tú... hijo de puta! —dijo el intruso mientras se limpiaba con rabia la granadilla de la cara, y desesperadamente de los ojos usando la manga de su camisa. Los malvados intrusos siguieron avanzando en dirección al preocupado Dr.Benson.

—¡La policía está en camino! —gritó el Dr. Benson con lo que esperaba que fuera una voz segura.

—¡Llegarán demasiado tarde para usted, señor! —dijo uno de ellos, sacando su pistola. Pensando solo en la seguridad de Olivia, el Dr. Benson comenzó a dispararles mientras contaba hasta tres mientras respiraba entre cada disparo, para calmarse como le había enseñado su padre. Ignoró sus gritos de dolor. Dos de los hombres cayeron muertos y uno fue herido en la pierna con disparos.

El intruso sano, sin embargo, consiguió subir y desarmar al Dr.Benson.

—Debería dispararte ahora por haber matado a mis amigos, pero quizás... si me entregas el Elixir de Panacea, y las notas médicas; te perdonaré la vida —amenazó.

El Dr. Benson quería que la matanza se detuviera, así que dijo:

—Todos los materiales están en mi caja fuerte. Si se los doy, ¿prometen que no me harán daño? ¿Y que se irá inmediatamente? —Los labios del hombre brillaron con saliva.

—Tiene mi palabra.

El Dr. Benson llevó al hombre a la caja fuerte del dormitorio y le dio unos papeles que para ojos inexpertos parecerían el elixir que cura todas las enfermedades. El intruso cogió los papeles y dijo:

—Dr. Benson, lamento tener que hacer esto, pero John Hughes me dijo que debía matarle. Quería que le dijera que el poder es lo único que importa en este mundo, y sepa que este poder es suyo, usted ya no importa —Disparó fríamente su arma contra el Dr. Benson. La sangre brotó de las heridas en el pecho y la cabeza del Dr. Benson mientras caía con fuerza al suelo, en un golpe seco. El Dr. Benson se sintió mojado y caliente por todas partes mientras saboreaba la dulce sangre en sus labios, miró al techo mientras moría lentamente en el suelo. Olivia entonces gritó fuertemente y salió del armario para sostener a su marido en el suelo. El asaltante sonrió malvadamente mientras disparaba a Olivia, que sosteniendo a su marido, exhaló su último aliento y quedó sin vida. Sin embargo, en la visión periférica del Dr. Benson, vio a Herbie aletear por la ventana. El intruso disparó al pájaro, pero fue inútil, Herbie escapó. El hombre se marchó entonces, y ayudó a su compañero herido abajo, a salir de la mansión.

Arriba, el Dr. Benson lloraba mientras sentía un enorme dolor. De repente, vio un resplandor de luz celestial sobre él y se sintió cálido y tranquilo. Al levantar la vista, vio al ángel Gabriel que le sonreía. Con toda la fuerza que le quedaba en su buen y honesto corazón, el Dr. Benson abrazó a Olivia y le susurró:

—Sí, Gabriel, siempre he creído —Entonces los ojos del Dr. Benson parpadearon mientras se desvanecía en la paz eterna.

20

Mientras tanto, el general Benson conducía su jeep blindado por la entrada. De repente, su experiencia militar le dijo inmediatamente que algo iba mal. Cogió su Pistola calibre 50 de debajo del asiento del coche y les dijo a Joe y a Rose que se tiraran al suelo. Joe ayudó a Rose a agacharse debajo de los asientos. El general Benson vio a un hombre con un pasamontañas negro que salía corriendo de la casa y sostenía una pistola con unos papeles y a otro hombre que cojeaba cerca del garaje. El general se deslizó fuera del Jeep y se puso en cuclillas detrás de él para protegerse.

—¡Detente! —llamó el general al hombre que corría—. ¡Arriba las manos! —El esbirro siguió corriendo y disparó su arma en dirección al general. Las chispas volaron en el aire cuando las balas del asaltante impactaron en el Jeep blindado. Entonces el general Benson devolvió el disparo con balas de impacto del calibre 50, y la cabeza y el pecho del hombre explotaron en el aire como una calabaza roja llena de petardos. *¡Kaboom!*

Entonces se abrió la puerta del garaje, y el supercoche con inteligencia artificial salió y golpeó al esbirro herido que cojeaba y que no pudo esquivarlo. *¡Kaboom!* Salió volando y aterrizó hasta morir sobre el jeep del general—. ¡Sal de mi jeep! —dijo el general mientras pateaba al esbirro fuera de su jeep. *¡Top!*

La policía llega y descubre a los cuatro intrusos muertos, la caja fuerte abierta y los cadáveres del Dr. Roberto Benson y la Sra. Olivia Benson en el piso del dormitorio principal de la planta superior. Entonces, curiosamente, el detective le quita al esbirro uno de sus pasamontañas negros.

—¿Qué? El teniente Cagney... ¿Qué está haciendo aquí? Será mejor que guarde el secreto y lo investigue más a fondo, pero a solas — Rápidamente dictaminaron temporalmente que el incidente era un intento de robo con resultado de homicidio y reconocieron que el general Benson había disparado en defensa propia, y también supusieron que el general había golpeado a un intruso con su jeep. Ya que el capó delantero del jeep tenía la sangre del esbirro. Aunque el detective de la policía no cerró el caso, deseaba continuar la investigación. Sin embargo, para el general Benson y sus nietos, el único hecho importante del caso ya se conocía: ¡sus seres queridos estaban muertos!

El funeral de Roberto y Olivia Benson fue trágico. Joe y Rose se afligieron con fuerza. Estaban rodeados de muchos artistas, celebridades, políticos, médicos y biólogos. El Sr. Musashi se acercó y se inclinó ante el general Benson y le dijo:

—Lo siento mucho, querido señor —El general aceptó su pésame. Entonces el Sr. Musashi se acercó a Joe, su alumno—. No tengas miedo Joe. Siempre estaré contigo —Entonces Joe abrazó a su maestro Musashi mientras lloraba a gritos. El alcalde de Beverly Hills y el jefe de policía de Beverly Hills acudieron a dar el pésame. El jefe de policía le dijo a su amigo, el general, que ambos son hermanos masones del agua.

—General, mi detective me informó de que posiblemente había resuelto este caso. Tenía algo secreto que informarme en persona sobre estas trágicas muertes. Sin embargo, por desgracia, fue encontrado muerto colgado en su garaje esta mañana, aparentemente se ha suicidado. Era un hombre soltero. Pero no entiendo que se haya suicidado —El general Benson no prestó atención a su amigo, el jefe de policía; solo siguió llorando. Entonces el jefe de policía se limitó a abrazar al general, para consolarlo. Entonces el abogado de la familia, Basil Hermes, fue el encargado de hacer el panegírico—. El Dr. Roberto Benson y su bella esposa, la estrella del ballet Olivia Benson, vivieron grandes vidas y aprovecharon al máximo su tiempo aquí en la tierra. Ahora tienen la bendición de estar en paz en sus tumbas. Que Dios los acoja en el cielo, amén —Mientras un sacerdote que tenía cara de cerdo, gruñía como un cerdo y hacía la señal de la cruz, rociando agua bendita.

El general Arnold Benson, incapaz de controlar su porte militar, se desplomó sobre el ataúd de su hijo, llorando copiosamente.

—¡Roberto, hijo mío, te echaré de menos! Te prometo que vengaré tu asesinato —No hubo recepción, por lo que los dolientes se dirigieron directamente al cementerio. Entonces, lentamente, los dos féretros fueron bajados ceremoniosamente en la tierra, mientras los intérpretes del Teatro de Ballet cantaban: "Sí, aunque camine en el oscuro valle de la muerte". Los Benson fueron enterrados junto a la madre del Dr. Benson, Mary. Se colocaron montones de hermosas flores sobre las tumbas, en honor al amor de Olivia por las flores y las plantas.

El tiempo pasó para curar a la afligida familia Benson. Desde que el general Benson se convirtió en tutor legal con plena responsabilidad en la crianza de sus nietos, había anunciado su jubilación. Tenía muchos y buenos valores, y la gente disfrutaba escuchándole hablar y haciendole preguntas. El general Benson tenía un estado de ánimo correcto, una paz eterna. Sus compañeros y oficiales organizaron una fiesta para celebrar la carrera del general de cinco estrellas. El general Benson recibió una placa de oro conmemorativa de manos de un invitado sorpresa: el propio comandante en jefe, el presidente de los Estados Unidos. La placa representaba a un general saludando con una espada. El presidente leyó en voz alta el grabado de la placa.

—Los Estados Unidos de América tienen el honor de reconocer el servicio del general de cinco estrellas, Arnold Benson. El general Benson fue un ejemplo de honor para el país, durante la guerra y durante la paz, desde el valor que demostró en West Point hasta su última misión trabajando directamente para el presidente en la Casa Blanca —Los invitados aplaudieron. El presidente saludó al general Benson y le entregó la placa. El presidente acababa de despedir al director de la Central de Inteligencia, para poder contratar a una persona clave de los masones del agua como nuevo director de inteligencia. Los demás oficiales presentes se alinearon para estrechar la mano del general Benson y le dieron la enhorabuena por su excelente carrera. Les esperaba un bufé de alta cocina con la cerveza de la Casa Blanca.

Un día, no mucho después de que comenzara la jubilación del general Benson, estaba sentado en el hermoso jardín de su nuera, fumando un puro cubano. De repente, Herbie se posó en un árbol cercano, cerca del general Benson, y empezó a hablar.

—Dr.   Benson.   ¡Entregue   la cura! *¡Awk!* ¿Dónde está el elixir curativo? ¡John Hughes dijo que debía matarlo! —Las lágrimas brotaron de los ojos del general Benson como cascadas en miniatura. Respiró un poco para calmarse. Ahora sabía quién había mandado asesinar a Roberto y Olivia. No perdió tiempo. Contrató a tres ex boinas verdes para que vigilaran la seguridad de toda la mansión. Sollozando un poco, el general Benson se acercó a abrazar y besar a sus nietos, Joe y Rose. También contrató a Napoleón y a Lumbra para que mantuvieran una sensación de normalidad en la casa. Ellos mantendrían a los niños alimentados y la casa limpia.

El general Benson alquiló un jet privado a un amigo general retirado de la fuerza aérea y voló a Mason, Ohio. Ese amigo era el general y piloto llamado Tom, y dijo:

—¡Hace tiempo que no nos vemos, Arnold! Bueno, ¿te gustaría estar aquí arriba en estos grandes cielos azules con nubes que podrías tocar como el humo?

—Seguro que me gustaría, Tom. Y te agradezco que me lleves a Ohio con tan poco tiempo —Tomaron café y disfrutaron juntos del paisaje.

Cuando el avión aterrizó, el general Tom dijo:

—Arnold, voy a ver a una familia aquí en Mason. Llámame al móvil cuando estés listo para volver a Los Ángeles.

—Gracias, Tom.

El teléfono móvil del general Benson, un modelo de inteligencia artificial, brillaba en rojo intenso mientras escuchaba la conversación desde el bolsillo delantero de la camisa del general. El general Benson recogió su pequeña caja cubierta de tela y se dirigió al templo de los masones del agua, que estaba en el corazón de la hermosa ciudad. Allí se reunían todos los masones de alto rango para celebrar reuniones importantes. El general Benson, líder de los masones del agua, había solicitado una reunión de emergencia con los demás líderes del grupo, llamados los ancianos. El general Benson subió los escalones de piedra hasta las enormes puertas dobles delanteras del templo de los masones del agua, y vio a dos hombres grandes con trajes blancos que llevaban capuchas con rasgos faciales de cerdo. Debía tratarse de una nueva medida de seguridad, para ocultar su verdadera identidad; de forma horripilante, parecían haber salido de algún laboratorio.

El general dijo:

—Supongo que es Halloween —Los dos hombres no dijeron nada, y entonces mostró su signo de masón del agua con la mano. Los dos hombres observaron su anillo de masón del agua mientras emitían un chillido animal desenfadado: el sonido de un cerdo. Inclinaron sus grandes cabezas cubiertas hacia el general Benson, y las enormes puertas dobles se abrieron misteriosamente. El general se abrió paso por el pasillo y oyó el sonido de alguien que jadeaba. El general vio que el escenario de la Sala de la Cascada del vestíbulo estaba siendo montado por diligentes trabajadores chino-americanos vestidos con históricos uniformes ferroviarios. El general entró con un uniforme militar formal de clase A. De repente, fue testigo de un horror. Observó a un hombre golpeado y ensangrentado que era arrastrado por dos hombres anormalmente enormes y musculosos vestidos con túnicas negras. El general se dio cuenta de que la cabeza del hombre golpeado se balanceaba sin vida, mientras uno de sus ojos azules colgaba de su cuenca hinchándose como un malvavisco ensangrentado. El general percibió al instante un olor a desinfectante en el aire, y siguió caminando a la defensiva. Vio a tres criadas de tres etnias diferentes -mexicana, americana, afroamericana e irlandesa americana- vestidas con la ropa de la época colonial mientras limpiaban los patógenos transmitidos por la sangre. Las tres sirvientas terminaron de limpiar con diligencia y, una a una, se acercaron al gran comandante de los masones del agua. El gran comandante les sonrió mientras cada doncella le besaba en los labios y luego se alejó, haciendo sonar sus zapatos holandeses de madera.

El general Benson siguió caminando mientras se acercaba al altar de los masones del agua. El altar contenía una cascada artificial. Debajo de ella había un pequeño estanque donde se encontraba una escultura de Juan el Bautista bautizando a Jesucristo. Junto al altar es donde los líderes reunidos esperaban a que se dirigiera a los ancianos, en esta enorme sala. Se sentaron en una auténtica mesa de reuniones reliquia del difunto rey Jorge.

El general Benson respiró profundamente mientras colocaba lentamente la caja cubierta en el altar. Se situó en la enorme sala de reuniones con su porte de presencia imponente y miró a todos. Luego repitió los dos lemas de los masones del agua.

—Número uno. El agua debe fluir con honor. Debemos vivir con honor; al igual que el agua que fluye nunca se vuelve rancia, la gente debe vivir con honor. Número dos. Sigue la Regla de Oro. Haz a los demás lo que te gustaría que te hicieran a ti —Se dirigió a todo el grupo de masones del agua, pero pareció dirigir su voz especialmente al gran comandante, que estaba sentado solo en un trono a la cabeza de la sala. La luz de una claraboya con forma de cruz sagrada caía sobre el general mientras hablaba—. Lo que hacemos solo para nosotros muere con nosotros. Sin embargo, lo que hacemos por los demás y por el mundo permanece y es inmortal. He solicitado que John Hughes sea excluido de esta reunión privada debido a circunstancias especiales. La medida es necesaria, porque hoy les digo que John Hughes hizo asesinar a mi único hijo, el Dr. Roberto Benson, por sus razones egoístas. Hughes quería robar la medicina para curar el cáncer de mi hijo, que también tiene un elixir que lo cura todo. Mi hijo había estado trabajando para prevenir pandemias, y curar enfermedades toda su vida. ¡Mis hermanos, masones del agua! Quiero que sepan que mi Roberto nunca perdió de vista su principal objetivo en esta vida, que era curar enfermedades mortales y prevenir peligrosas pandemias de virus —Señaló la caja cubierta que había sobre el altar—. Les ofrezco la prueba A como evidencia de la culpabilidad de John Hughes.

Quitó la tapa de tela para revelar una jaula de pájaros. El loro Herbie estaba en ella, mordisqueando unas semillas.

—Herbie —preguntó el general—, ¿qué le pasó al Dr. Benson? —Herbie se limitó a silbar. Los albañiles del agua miraron al general Benson con desconfianza, como si el general hubiera perdido la cabeza o se tratara de alguna broma atroz—. Herbie, ¿qué has oído sobre el doctor Benson? —volvió a preguntar con insistencia.

Entonces el pájaro Herbie dijo alto y claro:

—¡Dr. Benson, entregue la medicina curativa Panacea Elixir! John Hughes dijo que debía matarlo, ¡Awk!

La sala se quedó inmediatamente en silencio. Entonces el gran comandante dijo:

—Arnold, ¿qué es lo que nos pides?

Con lágrimas en el rostro, el general dijo:

—Solicito respetuosamente que se elimine al miembro masón del agua, John Hughes. En primer lugar, nunca tuvo autorización de los masones del agua para atacar y matar a mi hijo.

Puede que Roberto no fuera un masón del agua, pero yo sí. Segundo, Roberto era un biólogo y médico que trabajó toda su vida para traer una luz brillante al mundo. A menudo decía: "Elimina todos los deseos innecesarios para lograr tu objetivo final en la vida" Se lo repetía a sí mismo con frecuencia, para que el mensaje penetrara en su subconsciente y le ayudara a conseguir resultados positivos. ¿No es ese un objetivo noble? ¿No hay que vengar su asesinato? —El general Benson hizo una pausa para reunir fuerzas—. ¡El agua debe fluir con honor! ¡Ayúdenme! —El general, ahora sobrio, reflexionó sobre su esposa y su único hijo, Roberto. Uno a uno, todos los masones del agua se levantaron.

El teléfono rojo junto al gran comandante sonó. Era el líder de Washington D.C. llamando.

—He estado viendo esta reunión y escuchando. ¡John Hughes está fuera! —Luego colgó.

El gran comandante respiró profundamente y fue el último en ponerse en pie. Con una sola voz, gritaron:

—¡Eliminación! —El general Benson sabía ahora lo que tenía que hacer, ya que su teléfono móvil brillaba en rojo intenso. Llamó a Tom desde el templo y le preguntó cuándo podían salir—. Me reuniré contigo en el aeropuerto en treinta minutos Arnold —dijo Tom y continuó—. He estado esperando tu llamada, amigo mío.

En el avión, el general se derrumbó un poco.

—Todavía echo de menos a mi hijo —confesó.

Tom respondió con la voz reconfortante y tranquilizadora de un líder.

—Arnold, siéntate y relájate amigo mío. Tengo aquí un tequila cien por cien de agave, y algunas almohadas y mantas. Dios tiene una razón para todo.

El general Benson bebió unos cuantos tragos de tequila y luego chupó el zumo de un limón salado, mientras se consolaba entre las mantas y las almohadas limpias. Contempló las nubes y el cielo azul y dijo:

—¡Acelera, Tom! Quiero ver a mis nietos —El general Tom asintió con la cabeza y sonrió, mientras el avión zumbaba con enorme velocidad volando entre las nubes y sobre las montañas. Finalmente, llegaron al aeropuerto de Los Ángeles. El general estrechó la mano de su viejo amigo y dijo:

—Gracias, Tom. Mantente en contacto.

—Cuando quieras, Arnold. Llámame cuando quieras jugar unas rondas de golf y hablar.

El general Benson recogió la jaula de Herbie en sus brazos y subió a su Jeep blindado. Se dirigió de nuevo hacia Beverly Hills. Herbie armó un jaleo, diciendo constantemente:

—¡Déjame salir, déjame salir! —Con una mano en el volante, utilizó la mano libre y abrió la jaula—. ¡Gracias, general! ¡Eres un verdadero general! Un amigo ¡Awk!

—De nada, Herbie. Relájate y disfruta del viaje —El general Benson pensó en todas las directrices establecidas por Roberto y Olivia en el fideicomiso en vida. Se esforzaría por cumplirlas todas. También iniciaría una misión de venganza para eliminar a John Hughes. Sabía que debía actuar rápidamente antes de que se cerrara su ventana de oportunidad.

Al llegar a su casa, el general salió de su Jeep blindado mientras llevaba a Herbie y su equipaje.

Se comunicó con sus tres ex boinas verdes empleando un teléfono de mano Red Baby brillante que llevaba metido en un bolsillo abotonado en la parte delantera de su camisa.

—¡Active la voz siete, seis, tres! —El general Benson ordenó en su teléfono móvil.

Los ex boinas estaban en posición: uno en el tejado y dos en el interior de la mansión. Le informaron que Joe y Rose estaban bien y que no había moros en la costa. El general encontró a Rose tocando el piano y a Joe practicando con su espada, golpeando ferozmente a un enemigo imaginario. Los dos niños se habían acercado más el uno al otro desde el fallecimiento de sus padres. El general los saludó con besos y abrazos.

—¡Abuelo, abuelo! ¡Te echamos mucho de menos! Por favor, no vuelvas a dejarnos —dijeron con lágrimas en los ojos.

—El abuelo estará en casa para siempre. Nunca los dejaré solos —Dijo el general Benson.

En ese momento, Herbie voló alrededor de ellos y dijo:

—¡El abuelo está en casa! —Aterrizó sobre el piano de Rose, y los niños acariciaron y besaron a su abuelo.

Lumbra, una joven fuerte, entró y cogió el equipaje del general. Sonrió y se marchó. Napoleón también entró y dijo:

—Hay filetes para cenar, señor general —Como de costumbre, terminó su frase con un fuerte estallido, golpeando su boca fruncida con la mano. El general se sentó a cenar con Joe y Rose, mientras escuchaban todas las historias de su abuelo.

Tras este tiempo de calidad juntos, Lumbra acompañó a los niños a la cama. Napoleón llevó una cafetera al estudio, y el general se retiró allí para pasar el resto de la noche. Sacó un puro del bolsillo y lo olió.

—Mmm, un puro cubano —Empezó a dar caladas a su delicioso cigarro mientras sorbía una taza de café.

Pensó en formas de eliminar a John Hughes con todos los poderes de su imaginación. Se perdió en un profundo proceso de pensamiento. Por fin, dijo en voz alta:

—¡Ajá! Ya sé cómo hacerlo.

21

El general Benson reunió a sus ex boinas verdes para una reunión de planificación de la misión en la sala de estudio a puerta cerrada. Les dio a sus soldados de élite chalecos antibalas, dispositivos de interferencia de teléfonos móviles, máscaras de gas, prismáticos de visión de águila, cuerdas, granadas de agentes químicos, pistolas tácticas FNP-45 de color verde oliva con miras Trijicon RMR, cargadores de pistola con capacidad para quince cartuchos de balas calibre 45 y grandes cuchillos militares.

—En esta misión solo utilizarán los métodos que Dios les ha dado para comunicarse entre sí, como las señales manuales o el habla. No se pueden utilizar teléfonos ni radios debido a los dispositivos de interferencia de radio y teléfonos móviles que habrá en el lugar. Notarán que no hay silenciadores en las armas de mano. Quiero que John Hughes escuche que venimos a por él. Quiero que sienta miedo hasta el momento en que sea eliminado. ¿Entendido?

—¡Sí, señor, general, señor! —respondieron al unísono.

El general Benson utilizó su teléfono móvil de alta tecnología, de color rojo, para hackear el ordenador de John Hughes. Revisó todos los documentos y correos electrónicos de su disco duro.

—¡Sí! ¡ Red Baby, eres mucho mejor que los viejos sistemas de iPad o iPhone que no tienen inteligencia artificial! —dijo el general Benson. Estaba muy satisfecho con la inteligencia de los ingenieros de la Corporación Saman que habían inventado el teléfono. El brillante y hermoso Red Baby, alimentado por energía solar, controlaba la presión arterial alta del general Benson, le daba sugerencias, y lo tenía configurado para que le recordara por voz las citas de su calendario. El general Benson lo utilizaba religiosamente.

Entre la información que encontró al hackear el ordenador de John Hughes había datos de fondo sobre su personal de seguridad. El general Benson solo vio a un hombre que podía darles problemas: un ex marine altamente entrenado con experiencia en la Guerra del Golfo.

—No entrará en pánico en el infierno —advirtió el general a sus hombres—. Incluso podría inspirar a sus hombres para que luchen con fuerza contra ustedes —Continuó asegurándoles que el hombre solo sería una molestia temporal. Les dijo que creía que tendrían éxito en esta misión porque eran ex boinas verdes. Los hombres dieron un grito que sonó como el gruñido de un oso pardo: "*¡Hurrrr!*" El general repartió termómetros, cera y mecheros. Los hombres rompieron los termómetros y vertieron el mercurio en las puntas de las balas que estaban dispuestas sobre un escritorio. Los hombres tuvieron cuidado de no volcar ninguna bala ni derramar el mercurio. Con sus mecheros, derritieron cera sobre las puntas de las balas para evitar que el mercurio líquido se desprendiera hasta que las balas golpearan un objetivo. Cuando el mercurio se liberara, iba a envenenar a la víctima.

—Esta misión tiene un nombre —dijo el general—. ¡Operación Eliminar a John Hughes! —Entregó una nota a cada uno de los tres boinas—. ¡El primer hombre que entre en contacto con John Hughes deberá leerle esta nota antes de su eliminación! —Los boinas, perfectos soldados de guerra, se pusieron sus chalecos antibalas y cargaron sus armas con balas con punta de mercurio. El general cambió la matrícula real de su Jeep por una vieja placa que había encontrado en un desguace de la ciudad de Watts. Puso un trozo de papel marrón sobre las placas, sabiendo que saldría volando mientras conducía por la carretera. El general había programado la misión perfectamente para cuando Joe y Rose estuvieran todavía en la escuela, Lumbra estuviera en clases en su universidad y Napoleón estuviera fuera comprando alimentos. Nadie estaba allí para presenciar sus preparativos, excepto Herbie, que se sentó en el piano de Rose y los observó salir del estudio. El silencio se apoderó del conservatorio mientras ellos estaban de pie, listos para desplegarse. Una fuente goteaba tranquilamente en el fondo, y una suave iluminación daba hacia el piano.

De repente, Herbie empezó a saltar sobre las teclas del piano como si estuviera tocando una melodía. Cantó:

—¡Cuidado, abuelo general! ¡Véngate del doctor! Vuelve, por favor —Se detuvo y los miró. Todos se echaron a reír.

—Herbie —dijo el general—, ¡canta como un loro! No te preocupes, ya volveré.

Salieron de la mansión por una puerta trasera y se subieron al Jeep del general. Los tres ex boinas verdes se agacharon en el Jeep para que nadie pudiera verlos mientras conducían por la carretera. El general Benson volvió a encender las cámaras de seguridad que vigilaban la gran mansión por control remoto desde su teléfono móvil Red Baby. Condujeron hacia la finca de John Hughes. El papel marrón que cubría las viejas matrículas se desprendió después de varias manzanas. El general mantuvo una velocidad segura mientras se acercaban para no llamar la atención. Aparcó el Jeep a media manzana de distancia y dejó salir a los boinas junto a unos árboles y arbustos cuando no había otros coches ni gente alrededor. Era por la tarde y, por lo tanto, la mayoría de la gente estaba trabajando. El general Benson salió de último y solo, dejando a sus hombres para que iniciaran la misión. Mientras se alejaba, puso un CD con una orquesta que tocaba "La balada de los boinas verdes". El general cantó, visualizando el éxito de sus soldados en la eliminación del bastardo John Hughes por haber matado a su inocente hijo y a su nuera.

Los tres ex boinas verdes se acercaron a la mansión de John Hughes. Era útil que la propiedad estuviera en las afueras de Beverly Hills; eso significaba que era probable que hubiera muy poca gente alrededor. El equipo colocó los dispositivos de interferencia y los configuró para bloquear todas las señales de radio y telefonía móvil en un radio de media milla. El equipo también cortó las líneas telefónicas y los cables de internet de la casa. Con ganchos de agarre, escalaron el muro perimetral de la propiedad. Su armadura corporal los camufló perfectamente. Miraron por los prismáticos y vieron un helicóptero en una plataforma de aterrizaje, varios guardias de seguridad uniformados que paseaban con perros y varias cámaras de seguridad que vigilaban la zona. Los boinas se alegraron de las cámaras de seguridad: parte de su misión era permitir que John Hughes los viera y oyera llegar para eliminarlo.

El Boina 1 era el líder del equipo porque era el que tenía más experiencia en combate. Se revisó a sí mismo y a sus hombres para comprobar que todos los chalecos antibalas y las máscaras antigás estaban bien puestos y ocultaban sus identidades. Se saludaron mutuamente con un pulgar. Observaron que varios guardias de seguridad salían de la mansión de los Hughes, señalando sus teléfonos móviles y radios inoperativos. Los boinas sonrieron. Se dispusieron en una formación de tres puntos y cargaron, cada uno con un cuchillo militar en una mano y una pistola táctica FNP-45 en la otra. Las miras Trijicon RMR montadas en sus pistolas les permitían correr y disparar con los dos ojos abiertos. Empezaron a disparar. Cuando se encontraban con un guardia de seguridad o un perro, les cortaban la cabeza, el cuello, los brazos y las piernas con cuchillos para así inmovilizarlos o matarlos. Seguían gritando *"¡Hhhurrr!"* El

Boina 2 destrozó el interior del sistema de control de vuelo del helicóptero para asegurarse de que se quedara en tierra. Algunos de los guardias de seguridad consiguieron dispararles, pero el chaleco antibalas repelió sus balas.

Cuando entraron en la enorme mansión, acribillando a más guardias y perros, encontraron al ex marine al acecho. Les disparó con una pistola calibre 50. Una bala atravesó la armadura del Boina 3, matándolo. Los Boinas 1 y 2 se tiraron al suelo y empezaron a arrastrarse mientras el marine seguía disparándoles. Al cabo de unos minutos se le acabaron las balas y los boinas huyeron de la habitación. El marine abrió un cajón del escritorio, buscando más munición del calibre 50.

—¡Carga! —Ordenó el Boina 1. Él y Boina 2 volvieron a entrar corriendo, atacando al marine y obligándole a dejar caer su arma al suelo. El marine era un buen luchador, sin embargo, y se las arregló para dar una voltereta de judo al Boina 2 en dirección al Boina 1, que lo esquivó justo a tiempo—. ¡Buen intento, marine! —gritó. El Boina 1 cortó profundamente el muslo del marine con el cuchillo, seccionando profundamente sus nervios.

—¡Uh Rrr! —gritó el marine, dolorido. El Boina 2 intentó disparar al marine que luchaba, pero fue desarmado de alguna manera. El Boina 1 intentó dispararle en la cabeza, pero se agachó y se acercó a él. El Boina 1 hizo otro disparo rápido, y una bala cargada de mercurio entró en la pierna no herida del marine.

—¡Ah! —gritó. Antes de que el Boina 1 pudiera disparar otra bala, el marine lo desarmó. El Boina 2 agarró al marine por detrás, por debajo de los brazos, y colocó sus manos detrás del cuello del marine para realizar la técnica llamada *full Nelson*. El Boina 1 clavó entonces su afilado cuchillo en el corazón del marine. ¡Uf! Los ojos del marine se abrieron de par en par y luego parpadeó como si dijera adiós. El Boina 1 sintió que la última bocanada de aire del marine le golpeaba en la cara mientras se desplomaba en el suelo.

Ambos boinas verdes sintieron una breve punzada de culpabilidad. El marine era un luchador admirable, y había creído que luchaba por una causa justa contra los boinas verdes. Había muerto con honor. Los boinas verdes recuperaron sus cuchillos y armas del suelo. El Boina 1 cortó una bandera de los marines que colgaba en el vestíbulo y la colocó sobre el soldado muerto. Oyeron movimiento en la habitación contigua. Con las armas preparadas, se dirigieron con cuidado hacia el ruido. Allí encontraron a

John Hughes encogido y con un maletín abierto lleno de dinero.

—Esto es un millón de dólares en efectivo, y he firmado dos bonos de cinco millones de dólares. Pueden cobrarlos en el Banco de Beverly Hills. Los he firmado, ¡mira! Son cinco millones de dólares para cada uno. ¡Por favor, no me hagan daño! ¡Tengo nietos! ¡Yo también estaba siguiendo órdenes que no quería!

Los boinas se miraron entre sí y se rieron.

—¡Somos boinas verdes! ¡No nos importa el dinero! ¡Nunca nos dijeron que tuvieras nietos, por lo tanto no te creemos, viejo! —dijo el Boina 2—. Hacemos esto por la emoción y el entusiasmo de las misiones altamente peligrosas. Así que ya ves, viejo rico, no podemos ser sobornados. Nuestro jefe sabe que nunca se nos puede disuadir de nuestra misión, ¡desgraciadamente para ti!

El Boina 1 sacó la nota del general Benson de su bolsillo y comenzó a leerla.

—Sr. John Hughes, lamento tener que hacer esto, pero el general Arnold Benson me ha ordenado, con la bendición de los masones del agua, que le elimine.

John Hughes tenía lágrimas en los ojos mientras decía:

—El agua debe fluir con honor. ¡Debería haber seguido la Regla de Oro! ¿Y qué será de mis nietos? —Empezó a hiperventilar de pánico y sus ojos parpadearon con extrema rapidez.

Los ex boinas verdes dispararon sin más aviso. El mercurio se introdujo. Las balas de calibre 45 alcanzaron a Hughes en el abdomen, el pecho y la cabeza. Cayó con fuerza en un charco de su sangre. Los ex boinas verdes respiraron profundamente para calmarse. Recuperaron el cuerpo de su camarada caído para no dejar ninguna prueba que pudiera vincularlos a ellos o al general Benson con el asesinato. Robaron uno de los vehículos de John Hughes y se alejaron del lugar de la batalla.

Los nietos, dos chicas y un chico, fueron corriendo hacia su abuelo John Hughes, que yacía muerto sangrando en el suelo. El niño llamado Damion cogió el anillo de masón del agua del dedo de su abuelo y se lo puso en el dedo. Damion dijo:

—¡Haré pagar a la familia que le hizo esto a mi abuelo! —Y Americanra, que estaba protegiendo a los nietos, dice:

—Sí lo harás Damion, y estarás altamente entrenado para hacer pagar a la familia Benson... ¡Pagar con su vida! *Ha Ha Ha Ha.*

Entonces, a lo lejos, el general Benson aparcó su Jeep en un lugar apartado junto al mar, quitó las matrículas falsas y las tiró al agua. Volvió a poner las matrículas originales, encendió un cigarro y dio una calada mientras miraba las olas.

Más tarde, al día siguiente, Joe y Rose estaban trabajando en sus deberes mientras el general Benson estaba sentado en el estudio tomando una taza de café. En la televisión apareció un reportaje sobre el asesinato del multimillonario John Hughes. Los detectives de la policía estaban desconcertados porque Hughes había sido encontrado muerto en su estudio con un maletín lleno de un millón de dólares en efectivo. Estaba claro que no había sido un robo. El jefe de policía de Beverly Hills, Donald Weber, había sido el primer agente en llegar al lugar de los hechos. Vivía solo en una pequeña casa de ladrillo estilo rancho en las afueras de la ciudad, y tenía planes de jubilarse a finales de año. Informó de que todas las grabaciones de seguridad del homicidio habían sido destruidas por un virus informático. El jefe Weber también era especialista en informática y miembro activo de los masones del agua. No había pruebas que condujeran a quién había hecho esto o cuál podría haber sido el motivo; todo lo que se sabía era que había sido eliminado.

Momentos antes de que se emitiera el reportaje, el general Benson había recibido un mensaje de texto en su teléfono:

—Operación Eliminación cumplida con una baja, Boina 3.

El general miró el televisor y sonrió para sí mismo. Envió un mensaje de voz de vuelta usando su teléfono Red Baby.

—¡Felicidades! Ustedes han dado honor a la familia Benson. Gracias. Encontrarán una generosa donación en las cuentas bancarias de ambos. La familia del Boina 3 encontrará una suma sustancial en su cuenta también. A partir de este momento, no habrá más contacto entre nosotros. ¡*Adiós*, mis boinas verdes!

Unas horas más tarde, el teléfono del general Benson se iluminó en rojo para indicar que tenía una llamada entrante. Era de Donald Weber. El general contestó sin hablar, por razones de seguridad.

—¡El agua debe fluir con honor! —dijo el jefe Weber.

—Continúa, hermano.

—Todo ha sido solucionado. Pruebas eliminadas.

El general Benson sacó un cigarro cubano del bolsillo de su camisa, lo olió y dijo:

—Precioso, hermano mío. Esos dos bonos de cinco millones de dólares de John Hughes solo deben cobrarse en el banco de nuestro hermano masón del agua, el Banco de Beverly Hills.

—Gracias, Arnold, pero tomé el millón de dólares en efectivo. Eso me ayudará durante un tiempo. No puedo esperar hasta que me jubile este año. Ese dinero seguro que me ayudará a mejorar mi pensión.

El general Benson dio una calada a su puro.

—No debe haber más contacto entre nosotros, Donald. Lo siento, pero es una orden. ¡*Adiós*, Jefe Weber!

22

El lunes, hacia las cuatro de la tarde, el general Benson dejó a Joe y a Rose con Napoleón, quien iba a darles una cena temprana. El general Benson tenía una reunión obligatoria de los masones del agua en el Banco de Beverly Hills. Antes de partir, dio instrucciones al chef para que le llamara en caso de que surgiera alguna emergencia.

—Sí, señor —dijo Napoleón, volviendo a hacer su característico ruido de estallido.

Napoleón sirvió a los niños una cena de fruta fresca, verduras al vapor y crepes de queso.

—Humph —dijo cuando vio a Joe intentando esconder su espada japonesa bajo la mesa—. Ya conoces la regla de tu abuelo.

—¡Sí, pero por favor! Mi instinto me ha dicho que la traiga a la comida de hoy.

—Muy bien, solo por esta vez. Tú y Rose deben practicar los buenos modales mientras comen en esta mesa, ¡como si vivieras en Francia, mi país! —Miró su reloj y sonrió. Sabía que el amor de su vida, Lumbra, no tardaría en llegar a casa después de las clases. No tardó en oírla llegar a la entrada en el viejo Mercedes de Olivia. El general se lo había regalado tras la muerte de Olivia para que pudiera ser autosuficiente y hacer expediciones arqueológicas a lugares a los que un coche normal no podría llegar.

Lumbra no se fijó en el Honda negro sin matrícula que estaba aparcado al fondo de la calzada. Un hombre blanco de unos treinta años se bajó del coche después de que ella pasara, y se acercó sigilosamente a la puerta principal. Lumbra estaba a medio camino dentro del vestíbulo cuando recordó que había dejado un libro en el coche que quería enseñarle a Napoleón. Aunque estaba ansiosa por comer su deliciosa cena, volvió a la puerta principal. Allí estaba el acosador, mirándola fijamente. Ella jadeó.

—¿Quién eres y qué quieres?

—¡Te quiero a ti! —gritó él, abriendo una navaja con la mano derecha mientras la saliva brotaba de su boca.

Lumbra intentó cerrar la puerta, pero el hombre fuerte la bloqueó con el pie. Lumbra gritó y corrió hacia la cocina.

—¡Ayuda! ¡Ayuda! —gritó.

Cuando Joe vio al hombre con el cuchillo, agarró su espada. La blandió hacia él, cortando el brazo del hombre.

—¡Pequeño mocoso! —gritó el hombre mientras la sangre goteaba de su brazo hacia el suelo.

Napoleón se apresuró a empujar a Lumbra y a Rose fuera de la cocina.

—¡Llama a la policía! —gritó.

Joe adoptó una postura de samurái. El acosador dejó caer su navaja y agarró una enorme cuchilla para cortar carne que colgaba de un gancho en la cocina. La blandió contra Joe, pero este se apartó fácilmente, gracias a la habilidad atlética que había heredado de su madre.

Napoleón le quitó la espada al joven Joe y le dijo:

—¡Ve a proteger a las mujeres, Joe, sal por favor! —Joe obedeció y salió corriendo de la cocina para encontrarse con Rose y Lumbra en el vestíbulo. El acosador lanzó la cuchilla de carne verticalmente hacia la cabeza de Napoleón, pero este retrocedió al mismo tiempo que rechazaba la cuchilla con la espada. Napoleón quería tener más espacio para luchar, así que retrocedió por la puerta trasera de la cocina hacia el vestíbulo mientras mantenía la espada en posición frontal, listo para atacar. El acosador le siguió hasta el vestíbulo.

—¡Sal ahora! —gritó Napoleón mientras señalaba la puerta de entrada—. ¡Viene la policía!

El malvado hombre se paseó mientras gritaba con violencia una terrible vulgaridad:

—Escucha *bastardo*. Quiero a la *perra*.

Entonces Napoleón dijo:

—Tienes que matar a este campeón francés. ¡Adiós a un hombre malvado! —Entonces el acosador finalmente suplicó—: Mira, hombre bastardo, estoy enfermo de cáncer, así que me estoy muriendo. ¿Quieres que te haga un dibujo? ¿Que te lo deletree? Quiero a esa bonita dama. Dámela y me iré —Entonces, el acosador blandió la cuchilla de carne horizontalmente hacia el torso de Napoleón. *¡Swift!* Napoleón dio un rápido paso hacia atrás y esquivó el cuchillo de carne. Entonces, cuando el acosador estaba a punto de lanzar otro ataque, Napoleón se lanzó hacia adelante con la punta de la espada usando un golpe de parada y clavó la espada en el hombro del acosador que sostenía la cuchilla de carne. "*¡Uf!*" El acosador gritó, pero no dejó caer la cuchilla de carne.

Napoleón se mantuvo lejos de la espada. Sabía que debía utilizar las habilidades que le habían hecho ganar la medalla de plata olímpica en esgrima, años atrás. Detrás de él había una escalera que conducía a los dormitorios del piso superior. Al final de la escalera había un balcón que daba al vestíbulo. Joe, Rose, Herbie y Lumbra estaban reunidos allí arriba viendo a Napoleón defender la casa de los Benson. Lumbra pulsó el botón preestablecido del 911 en su teléfono móvil, habló rápidamente y le aseguraron que la policía estaba en camino. Menos mal que el general Benson la había preparado, a ella y al resto de la familia, para este tipo de emergencias.

Sin previo aviso, el acosador redujo la distancia y se abalanzó sobre Napoleón con la enorme cuchilla de carne para matarlo. Afortunadamente, Napoleón vio que el malvado hombre telegrafiaba sus movimientos. Utilizó una poderosa parada y enganchó su espada con la cuchilla de carne del acosador. El acosador le dio un cabezazo a Napoleón en la nariz haciéndole sangrar. Napoleón tuvo suficiente. Empujó al acosador lejos de él y desenganchó su espada. Entonces Napoleón hizo una finta con su espada hacia la cabeza del acosador. Al instante atrajo la respuesta del asaltante para defender su cabeza, lo que dejó su torso inferior abierto a cualquier ataque. Napoleón ganó un compás de distancia al cambiar la dirección de su espada a mitad de camino, de arriba a abajo, clavando su espada profundamente en las costillas flotantes del hombre. El acosador gritó de dolor: "¡Uhg!" Y cayó con fuerza al suelo. En un charco de su sangre. En ese momento, todos oyeron las sirenas de la policía.

—¡Eres el mejor, Napoleón! —gritó Joe.

—¡Awk! ¡Eres el mejor! —Herbie estuvo de acuerdo.

Rose se aferró a su hermano Joe para consolarse mientras Lumbra corría por las escaleras hacia Napoleón.

—¡Mi amor, te amo! —gritó, abrazando vibrantemente a Napoleón, para luego besarlo apasionadamente mientras sus lágrimas caían al suelo

La policía entró en la casa con las armas desenfundadas. Napoleón dejó caer la espada.

—Defensa propia, oficial —dijo—. Ahí está su criminal. Por favor, saquen a ese malvado de aquí —Los oficiales esposaron a Napoleón y pusieron al acosador herido en una camilla. Juntos salieron de la mansión. La policía de Beverly Hills detuvo a Napoleón para interrogarlo, pero le quitaron las esposas durante el interrogatorio y pronto lo dejaron en libertad. El acosador fue identificado como Jeb Wood, un preso en libertad condicional buscado por varios delitos sexuales. Fue detenido en el hospital, donde estaba siendo tratado por las heridas sufridas en el enfrentamiento. Los médicos, al enterarse de que padecía un cáncer terminal, también comenzaron a tratar al malvado Jeb Wood por ello, a costa de los contribuyentes.

—No me importa nadie, ni siquiera mis padres. No me importa si voy al *INFIERNO*. ¡Porque tengo una Legión de Diablos en mí! *¡Ja! ¡Ja! ¡He! ¡He!* —proclamó Jeb y parpadeó un ojo al enfermero.

En ese momento, los policías miraron a los médicos, y a un enfermero, dándose cuenta de que iba a ser una noche larga y extraña.

—Oiga, doctor, ¿tiene una taza de Joe? —preguntó un oficial. Los médicos no entendieron al oficial, pero el enfermero dijo:

—Sí, pero solo si le quita las esposas a Jeb del poste de la cama, le está cortando la circulación. El café y los brownies especiales vienen enseguida oficiales

—*¡Ja! ¡Ja! ¡He! ¡He!*

Nadie sabía que el enfermero es el primo hermano de Jeb.

Mientras tanto, el general Benson se alarmó al ver coches de policía en la casa cuando volvió de su reunión. Le explicaron lo sucedido mientras abrazaba y besaba a sus nietos.

—Hemos mirado el video de vigilancia en busca de pruebas —dijo uno de los agentes. El general vio la cinta y vio a Napoleón defendiéndose a sí mismo y a la familia. También vio que Napoleón había intentado evitar el conflicto diciéndole al agresor que se fuera, aunque el hombre se negó. El intruso tenía la intención de dañar a Napoleón y secuestrar a Lumbra. El detective McHorn tomó declaraciones completas a Napoleón, Lumbra, Joe y Rose en presencia del general Benson, que había sido abogado general en sus tiempos de juventud. Tras obtener las declaraciones de todos y revisar de nuevo el video de vigilancia, la policía se marchó de la residencia de los Benson, satisfecha de tener a su hombre.

Todo el mundo se quedó callado después de que la policía se fuera, excepto Joe, que tuvo que expresar su admiración por las habilidades de esgrima de Napoleón.

—¡Pensé que solo eras un chef! —dijo.

Herbie, escuchando a escondidas como siempre, dijo:

—¡Solo un chef! ¡Solo un chef!

—Ese pájaro es un gran ayudante —dijo Napoleón.

Joe sonrió.

—¡Napoleón, por favor, enséñame lo que sabes de lucha con espada!

—Mi deporte se llama esgrima olímpica. Sería un honor enseñarte si tu abuelo me lo permite.

Joe miró a su abuelo suplicante, y el general se rindió un poco.

—Por supuesto que tienes mi permiso, Joe. Quizá también te enseñe a cocinar.

—Creo que solo esgrima —dijo Napoleón—. Con el debido respeto, Joe, ¡por favor, no te metas en mi cocina!

El general soltó una buena carcajada. Luego se sinceró con Joe.

—Cuanto más aprendas sobre cualquier cosa, Joe, más podrás superar las adversidades de este malvado mundo. Una mente pura y sana proviene de la paz, la felicidad y de pensar solo en cosas buenas. No te librarás de dañar tu espíritu si haces buenas acciones, pero tienes malos pensamientos. Los malos pensamientos te tientan a realizar acciones malas, y eso es lo que quiere el diablo, Joe. Practica pensar en buenos pensamientos, no en malos pensamientos. De lo contrario, podrías enfermarte, por ejemplo, con cáncer.

Joe miró a su abuelo y sonrió con admiración. El general no pudo evitar notar que Joe tenía un notable parecido con su padre, Roberto... el único hijo del general. Le devolvió la sonrisa a su nieto, inmensamente satisfecho.

23

Las clases de esgrima comenzaron en el decimotercer cumpleaños de Joe. Este año, caía en domingo por la mañana. Él y Napoleón comenzarían a entrenar justo después del desayuno. Lumbra le trajo a Joe un desayuno especial en la cama que Napoleón había creado solo para su cumpleaños.

—¡Guau! —dijo Joe al ver la comida.

Lumbra le dio un beso a Joe en la mejilla.

—¡Feliz cumpleaños, Joe! —Joe consumió rápidamente las crepes francesas que Napoleón había rellenado con queso crema, nueces, frutas y verduras. Luego se bebió su vaso de agua mineral, "¡burp!" Y comenzó a rezar—: Querido Señor, gracias por esta deliciosa comida y bebida. Me gustaría que mi madre y mi padre estuvieran aquí para mi cumpleaños. Señor, por favor, cuida de mamá y papá. ¡Te quiero, Dios! Amén.

Relajado y en paz, Joe se vistió y bajó a ver a su abuelo. El general Benson abrazó a Joe con lágrimas en los ojos.

—Feliz cumpleaños, Joe. Te he hecho un regalo muy útil. Te está esperando en el gimnasio. Napoleón y Rose te verán allí.

—¡Gracias por estar aquí, abuelo! —dijo Joe. Joe estaba completamente asombrado por la habilidad de Napoleón con la espada. Encontró un nuevo equipo de esgrima esperándole en el gimnasio: un chaleco protector, ropa elegante que permitía la movilidad, una máscara, guantes y zapatos. Ya tenía una variedad de sables, florete y espada que su abuelo le había comprado. El generoso general también había comprado a Napoleón un nuevo equipo, ya que el suyo, junto con su medalla de plata olímpica, estaba en casa de su padre, en Francia. El piano del gimnasio también había sido pulido y afinado para Rose.

Rose entró en el gimnasio con un pequeño cuenco de frutos secos. Llevaba a Herbie al hombro.

—Como es el cumpleaños de Joe, ¿puedo tocar algo de música para Joe y mirar? ¿Por favor, Napoleón? ¿Por favor, Joe? —preguntó.

—Siempre escucho música cuando estoy en la cocina creando mis obras maestras, así que ¿por qué no mientras hago esgrima? —Napoleón estuvo de acuerdo—. ¡Feliz cumpleaños, Joe!.

—Es mi cumpleaños, y me gusta que toques el piano —secundó Joe—. Siempre me hace sentir bien cuando te oigo tocar música, hermana mía —Joe cogió unas cuantas nueces del cuenco de Rose y le apretó el hombro. Joe y Rose se habían acercado más desde el asesinato de sus padres.

Rose se sentó al piano con Herbie. Hojeaban las partituras favoritas de Rose, obras de Beethoven, Bach, Mozart y Joaquín Rodrigo.

—¡Tocaré la favorita de papá! —dijo Rose. Unas cuantas lágrimas resbalaron por su hermoso rostro. Todavía echaba mucho de menos a su padre y a su madre. Rose tenía una personalidad seria y un espíritu interior como su madre, Olivia. Podía sentir lo que la gente pensaba antes de hablar, también como su madre. Le gustaba hacer que la gente se sintiera bien a través de la música. Rose incluso había desarrollado un estilo de tocar inspirador que la diferenciaba de cualquier otro músico—. ¡Escucha y sigue a tu corazón! —dijo Rose alegremente mientras empezaba a tocar la exquisita y edificante música de la *Sonata Claro de Luna* de Ludwig van Beethoven. De alguna manera, al escuchar esta canción Joe saca el coraje necesario para luchar como un guerrero de Dios.

—Escucha atentamente, Joe —dijo Napoleón—. La esgrima es originaria de Francia.

—¿Puedo aprender a luchar con el sable, por favor?

—Aprenderás a usar bien las tres espadas de esgrima —prometió Napoleón. Le mostró a Joe cómo sostener correctamente un sable de esgrima—. Sujétala como si sostuvieras un pájaro pequeño. No demasiado apretada. Ahora, ¡en guardia, Joe!

—¿Qué significa en guardia?

—Significa que tienes que prepararte para pelear.

—¡Eres un maestro de la espada, Napoleón! Debes tener muchos premios.

—Bueno, el mayor premio que recibí fue la medalla de plata olímpica, pero estoy más orgulloso de mis numerosos premios de cocina.

—¡Pero Napoleón, cualquiera puede comer! No todo el mundo puede usar una espada como te vi hacer contra ese hombre malo. ¿Por qué no ganaste la medalla de oro?

—Ahora creo que fue porque telegrafié mis movimientos. El esgrimista alemán que era mi oponente me dijo algo que me sacó de quicio.

Joe recordó algo que el maestro Musashi le había enseñado:

—¡Joe, usa el camino! ¡Sigue el camino del Zen! Una persona debe conocerse a sí misma para tener paz y armonía en todo lo que haga. Permitir que otra persona controle tus emociones no es el camino.

Napoleón y Joe se pusieron protectores de pecho y luego se pusieron sus uniformes blancos de esgrima y sus cascos. Cada uno llevaba un guante en la mano derecha. Napoleón comenzó enseñando a Joe a saludar con la espada y luego a estrechar la mano como caballeros. Se pusieron en posición de guardia.

Rose miró de arriba abajo el teclado del piano. Miró a sus amigos, las teclas de la A a la G. Rose localizó la C central y gritó:

—¡En guardia! ¡Listos! ¡Vamos! —Empezó a tocar una ligera melodía en el piano mientras Herbie se movía a izquierda y derecha por la parte superior, haciendo sonidos de pájaros. La lectura de las partituras, el tacto de las teclas del piano y el sonido de la música llegaban a sus oídos dando a Rose la sensación de paz eterna.

—Joe, la hoja debe estar en línea con tu brazo. El pomo, o mango, pasa por el valle de la palma hasta la muñeca. El pulgar se encuentra en la parte superior del pomo. El nudillo del dedo índice debe estar a la anchura de un dedo de la guarda del pomo —dijo Napoleón—. Esto, junto con un buen juego de pies, mantiene la distancia entre tú y tu oponente, para que no pueda golpear o hacerte daño. La velocidad, la precisión y la sincronización tardan en aprenderse, pero se aprenden. Practicaremos cada vez que podamos. Menos mal que tienes una mente abierta para aprender, ¡como un francés! —Napoleón y Joe comenzaron a batirse en duelo, moviéndose en armonía al ritmo de la hermosa música de Beethoven que tocaba Rose. Mientras se batían en duelo, Joe mezclaba sus técnicas de samurái con las nuevas técnicas de esgrima que estaba aprendiendo.

Finalmente, Napoleón derrotó a Joe y le dijo:

—Te he superado con un doble. Deja que te lo enseñe —Hizo una demostración del movimiento, una contrapartida que utilizaba un movimiento circular completo en la hoja del atacante.

—¡Me has ganado como a Robin Hood!

Napoleón se rio.

—¡Sí, pero hay más que aprender! —Enseñó a Joe las líneas de defensa y las diez paradas de la esgrima olímpica. También le mostró una compleja defensa con sable para usar contra un ataque de *parry-quinte*. El objetivo era hacer contacto con la hoja del oponente para que pusiera su arma justo fuera de la línea central.

—Seguiremos practicando estos movimientos entre nosotros para que las técnicas queden prácticamente arraigadas en tu mente, como el instinto —explicó Napoleón. Mostró un rápido *contre-tierce* y un fluido *beat-parry-riposte*—. Con la réplica rápida, puedes romper la hoja de tu oponente. Cuando esto ocurra, sabrás que has dominado el arte de la esgrima.

Joe y Napoleón siguieron practicando mientras Rose interpretaba una obra maestra con una bella precisión. Joe se sintió inspirado por el estilo y el arte con que ella tocaba la música de Beethoven. Su estilo era terapéutico para la mente y el alma. La música de Rose renovó su energía e inspiró a Joe. Gritó:

—¡Voy a ganar este partido!

Napoleón se acordó de los Juegos Olímpicos y de su último combate, cuando su oponente alemán le había gritado algo vulgar sobre el pueblo francés. Esas palabras habían penetrado en el subconsciente de Napoleón y le habían distraído, haciéndole perder la medalla de oro. Trajo su mente de vuelta al presente, gritando:

—¡Viva Francia! Esta vez no —Corrió con fuerza hacia Joe, utilizó una extensión y luego se abalanzó sobre él. Joe mantuvo la calma y empleó un ágil juego de piernas para retroceder. Respondía a cada movimiento de Napoleón como una sombra, defendiéndose de todo lo que este le lanzaba. Napoleón blandió su espada horizontalmente con rapidez. ¡Napoleón movió su espada verticalmente rápido! Napoleón corrió hacia Joe y este enganchó las espadas. Cuando las espadas se engancharon y se conectaron, Joe usó el poder de la planta de sus pies y su *dantian* del estómago combinado con el movimiento del cuerpo y la espiral para lanzar a Napoleón lejos de él.

—Bien Joe —dice Napoleón retomando su juego y utilizando el estilo olímpico para atacar a las líneas de defensa de Joe -la línea exterior sexta alta, la línea interior cuarta alta, la línea exterior octava baja y la línea interior séptima baja- pero Joe hizo paradas poderosas seguidas de una réplica que no impactó. El experimentado Napoleón usó diferentes velocidades de juego de pies al atacar a Joe por estrategia. Atacó a Joe con velocidades de tempo lentas, medias o explosivamente rápidas. En la esgrima, esta táctica dificultaba que el oponente consiguiera controlar el tiempo del esgrimista. En consecuencia, a Joe le resultaba difícil atacar a Napoleón. Joe colocó su espada en una extensión, pero Napoleón continuó confundiendo la sincronización de Joe, por lo que no pudo hacer una réplica o un ataque después de parar un ataque de Napoleón. Ambos esgrimistas estaban haciendo una partida de ajedrez en la esgrima, aumentando la emoción del deporte.

De repente, Herbie voló hacia los ojos de Napoleón. Joe atacó inmediatamente, abalanzándose con su espada y utilizando un amago para ganar distancia. Joe estuvo a punto de golpear a Napoleón, pero por suerte este resbaló y cayó al suelo. Joe pensó para sí mismo que Napoleón debía haber ganado la medalla de plata con habilidad y suerte. Entonces Joe improvisó y se le ocurrió una idea. Joe avanzó y se impulsó con su pie trasero para dar una potente estocada a Napoleón. El atlético chico dejó que su pie trasero se despegara del suelo, ya que el maestro Musashi le enseñó a Joe a equilibrarse en una pierna durante horas... Joe tenía buenas raíces con los pies conectados al suelo. Joe estaba tan equilibrado que se apoyó completamente en su pie delantero para conseguir fácilmente una inclinación extra hacia adelante para lograr el punto final, ganador del partido.

Herbie aleteó en círculos alrededor de ellos y graznó:

—¡Joe gana! ¡Joe gana! —Todos sonrieron de alegría. Joe saludó a su maestro con la espada mientras Napoleón devolvía el saludo a su alumno. Luego se dieron la mano para concluir la etiqueta formal en la esgrima olímpica.

Napoleón se sintió honrado de enseñar a Joe nuevos conocimientos de esgrima, y se sintió orgulloso como maestro al saber que su alumno había improvisado para conseguir una victoria. Joe estaba extremadamente agradecido por añadir más técnica a sus habilidades de espadachín samurái. Joe se sentía cada vez más omnipotente en la esgrima con un gran maestro como Napoleón para pulir sus habilidades. Sabía que el modo de vida zen consistía en tener sed de nuevos conocimientos y buscar continuamente la forma de mejorar. Cada nuevo día presentaba una oportunidad.

24

Un sábado por la mañana temprano, la familia Benson llegó a la iglesia.

—¿Por qué siempre vamos a la iglesia los sábados y no los domingos? —preguntó Joe.

—Para reconocer el verdadero día de reposo, que es el séptimo día de la semana. Fue apartado por Dios como tiempo de descanso y rejuvenecimiento espiritual. Está escrito en la Santa Biblia, en Mateo 28:1 que el sábado es el final de la semana, y el domingo es el primer día de la semana. Esto por sí solo es evidencia, prueba de las antiguas Escrituras que identifican el verdadero día de reposo. Sé que otras personas van a la iglesia en otros días, y eso está bien, siempre y cuando conozcan el verdadero día de reposo. El día de reposo fue hecho para beneficiar al hombre, para recordar que tiene un creador —explicó el general Benson—. Es muy importante no honrar a los dioses paganos, solo hay un Dios verdadero. La gente en el mundo está confundida por el diablo, y eso es lo que

Satanás quiere, ¡confusión sobre las leyes de Dios! Déjenme decirles algo. Desafortunadamente, eso existe en algunas iglesias también, niños. Con respecto a las iglesias, aprendí hace muchos años de un capitán capellán del ejército que dijo: "Busquen el poderoso don que Dios les dio, y no se complazcan con la gente en chismes ociosos mientras buscan juzgar a otros. En lugar de eso, busca a Dios".

—Abuelo, ¿cómo sabemos que Dios existe? —preguntó Rose.

—Para empezar, el gobierno de los Estados Unidos imprime el lema "En Dios confiamos" en todo el dinero estadounidense. A mí me basta con eso. He trabajado para el gobierno toda mi vida, en el ejército, ¡y estoy orgulloso de ello! El mismo Jesús dijo, "El reino de Dios está dentro de ustedes". Así que ya ven, Joe y Rose, Dios es una especie de energía de bondad. Pueden sentir la presencia de Dios. Nadie puede ver a Dios en su verdadera forma, pero podemos sentirlo en espíritu.

Joe recordó a su padre diciendo lo mismo que acababa de decir su abuelo.

—¿Estás tratando de decirme que confíe siempre en Dios? —reflexionó.

—Sí, Joe. Si lo haces, entonces estarás siguiendo la Regla de Oro: hacer a los demás lo que te gustaría que te hicieran a ti.

—Siempre confiaremos en Dios —prometieron los dos niños—. Y siempre seguiremos la Regla de Oro —El general abrazó a su afectuosa familia, y ellos le devolvieron el abrazo.

—Señores, por favor, discúlpenme —dijo Rose—. Veo que el sacerdote me indica que ocupe mi lugar en el órgano de la iglesia

—¡Toca como la hermosa Rose que conocemos, bonito ángel! —dijo el general.

—Sí, ve a tocar, hermana —secundó Joe—. Tu estilo de tocar siempre me da la paz eterna —Todos se sintieron cálidos y felices mientras escuchaban a Rose tocar música religiosa inspiradora en el enorme órgano de tubos de la iglesia.

Misteriosamente, sin embargo, el sexto sentido de Joe se puso en marcha cuando vio a unas cuantas personas de aspecto malvado y con malos modales levantarse de repente y salir de la iglesia, mirando a Joe.

—¿Qué? —piensa Joe para sí mismo.

El entonces sacerdote roció a todos con agua bendita y dio una homilía inspiradora.

—Sé que la misa puede ser larga a veces, y agradezco a todos los que se quedaron durante toda la misa. Veo quiénes son cuando miro a mi alrededor, porque esto es una prueba de su tolerancia y fe en Dios. Me siento honrado de estar en su presencia. Lleven el honor al mundo cada día usando siempre palabras honorables. Lleven con honor dondequiera que vayan, y la gente que los rodea se sentirá honrada por su presencia. Para terminar, recuerden el quinto mandamiento: "Honra a tu padre y a tu madre" Aprécienlos mientras estén con ustedes en la vida. Crean en Dios, porque Dios cree en ustedes. La misa ha terminado. Se pueden ir en paz.

Muchos sonrieron y se estrecharon las manos, pero Joe y Rose lloraron al recordar a su padre y a su madre. El general Benson consoló a sus nietos y les dijo:

—Estoy con ustedes, Joe y Rose. Y los quiero a los dos. No se preocupen —Los Benson salieron de la iglesia mientras el general Benson le hacía al sacerdote católico una inusual señal masónica de agua, que el sacerdote reconoció muy bien mientras sonreía en armonía.

25

Pasaron los años, y Joe era ahora un hombre joven. Era hora de que aprendiera una lección de arte marcial muy importante: el arte de morir. El maestro Musashi había empezado a llevar a Joe a los barrios malos de Los Ángeles una vez a la semana, donde vivían las bandas y otros delincuentes. Esta primera vez, sin embargo, habían ido a Los Ángeles en un coche de alquiler. El maestro condujo hasta un barrio de aspecto peligroso y dijo:

—Sí, este es un lugar en el que encontrarás algunos jóvenes mexicanos americanos agradables con los que hablar —Dejó salir a Joe y le prometió volver después de devolver el coche de alquiler. Joe comenzó a caminar. Se encontró con una exhibición de carros y entró.

De repente, cuatro hermosas modelos chicanas se arremolinaron a su alrededor y le preguntaron si quería que lo llevaran. Joe sintió que algo pasaba, pero sabía que estaba allí para aprender una lección. No vio al maestro por ninguna parte, así que dijo:

—¡Claro! —Las hermosas modelos latinas en bikini llevaron a Joe en uno de los coches de baja cilindrada a una zona de mal aspecto. El coche se detuvo. Unos diez pandilleros chicanos se acercaron al coche y le gritaron a Joe.

—¡Sal del coche, chico blanco, para que podamos matarte! Pero dinos primero, ¿cuánto dinero tienes? ¿Comprendes, cabrón?

—¡Primero, vamos a divertirnos con él! —dijeron las modelos.

—¡Sí, vamos a divertirnos *mucho*! —estuvo de acuerdo el líder de la banda.

Para entonces, la mayoría de los miembros de la banda estaban apuntando a Joe con sus armas. Sintió la muerte en el aire, posiblemente su muerte. Joe pensó que era luchar o huir. La adrenalina se disparó en su torrente sanguíneo. Joe empezó a inhalar aire por la nariz y a exhalar aire por la boca. Joe es un verdadero artista marcial que puede mantener la calma en el *infierno*.

—¿Diversión? —dijo—. Sí, vamos a divertirnos. Pero no tengo dinero.

—Entonces quítate la camisa para que pueda ver que no tienes cables —dijo el líder.

Joe se quitó la camiseta, dejando al descubierto los músculos de su pecho, los abdominales de seis cuadros y los abultados antebrazos, bíceps y hombros... incluso las manos y los nudillos de Joe parecían poder destrozar ladrillos. Todo el mundo se fijó en la musculosa figura de Joe. Las modelos de bikini silbaron y dijeron:

—¡Ay, qué guapo!

—¡Eh, hace mucho ejercicio! —dijo un miembro de la banda masculina.

—Te diré algo —le dijo el líder de la banda a Joe—. Si puedes golpear a Macho aquí, hoy, ¡entonces puedes salir de aquí vivo!

Un hombre enorme apareció de detrás de una puerta. Parecía medir unos 1,80 metros de altura y pesar unos 150 kilos de músculo. Macho se quitó la camisa, mostrando un tatuaje en el pecho que decía: Macho.

Joe se puso en trance y buscó su sexto sentido mientras esperaba el ataque de Macho. Joe sabía que sus elegantes habilidades en artes marciales no servirían en esta situación; sabía que tendría que sentir qué hacer sin planearlo. Joe tampoco quería ir al suelo con Macho; aunque Joe era cinturón negro en jujitsu japonés antiguo bajo la dirección del maestro Musashi, otros miembros de la banda podrían saltar para atacarle mientras estaba en el suelo.

El líder de la banda dijo:

—¡Aplástalo, Macho! ¡Machácalo!

Macho trató de agarrar a Joe, pero Joe sintió desde donde venía la energía de Macho y lo hizo tropezar. Macho cayó al suelo, con fuerza. Los espectadores se repartieron algunas palomitas mientras veían la pelea.

—¡Órale, hombre! —dijo el jefe de la banda. Entonces Macho se levantó enfadado y empezó a dar puñetazos y patadas a Joe. Pero Joe esquivó fácilmente los puñetazos, se agitó bajo los puñetazos feroces y bloqueó los puñetazos y las patadas con sus brazos y piernas de hierro. Joe entonces dio un golpe con la palma de la mano en el abdomen de Macho.

—¡Uhg! —gritó Macho. Joe entonces lanzó fácilmente a Macho atrapando una de sus piernas y tropezando con el suelo. *¡Thud!* Macho entonces se arrastró rápidamente por el suelo y se agarró de nuevo a Joe. Esta vez, logró atraparlo. Macho subió sus brazos sobre Joe y le hizo el abrazo del oso.

—¡Hurra! —Los miembros de la banda gritan. Pero Joe hundió su cuerpo en el suelo y subió para conectarse con Macho, fijando su energía usando la conexión corporal. Cada hombre trataba de dominar al otro. Los músculos de sus abdominales, pechos y brazos se tensaban en un punto muerto. Macho se cansó rápidamente, pero Joe no, ya que estaba absorbiendo la energía de Macho en el suelo, por lo que Macho estaba desperdiciando su energía en cierto sentido. Utilizó una técnica de artes marciales llamada conexión corporal para absorber la energía del oponente en el suelo con sus pies. Después de muchos años de ejercicios de velocidad, ejercicios de visión periférica, y de observar a la gente moverse, Joe sabía con solo observar los ojos de una persona cuándo esta se movería. Joe perfeccionó estas habilidades, Joe podía sentir o ver los movimientos de una persona antes de que se esta se moviera, conectándose con ellos, lo cual es una técnica invisible de un samurái. Joe sabía cómo usar los tres *dantian*.

Joe hizo girar a Macho usando la propia energía de Macho contra él. Entonces Joe utilizó su cadera como palanca para guiar fácilmente a Macho a una silla.

—Por favor Macho. ¡Siéntate! ¡No te deseo ningún daño! —dijo Joe, para reconfortar a Macho.

—Muy bien —dijo el líder de la banda—. Tú, Joe, tienes honor. Parece que Dios te ha iluminado hoy. Eres un guerrero con valor y empatía. Puedes irte con tu vida, Joe. ¡Adiós!

—Hasta la vista —respondió Joe. Los miembros de la banda le dieron una palmadita en la espalda a Joe mientras las mujeres chicanas modelos de bikini le daban un abrazo y un beso en la mejilla. Joe se volvió a poner la camiseta y se alejó.

Sin embargo, Joe seguía encontrándose en un mal barrio.

—Hmm, ¿qué hago? —pensó Joe. Los coches pasaban a toda velocidad poniendo música, los perros corrían sueltos por todas partes y las paredes y las calles estaban cubiertas de grafitis. Los indigentes dormían en las calles. De repente, un coche de baja cilindrada se detuvo junto a Joe. Alguien en su interior le dijo:

—¿Necesitas que te lleve, amigo? —Joe se asomó al interior y vio nada menos que al maestro Musashi, sonriendo.

Joe se rio.

—¡Sí, por favor, llévame maestro! Compraré el almuerzo —Se detuvieron en un puesto de tacos familiar a dos manzanas de distancia—. ¿Aquí? —preguntó Joe.

—¡Aquí, Joe! —dijo el maestro. Entraron y comieron deliciosos tacos con salsa y bebieron chicha, es decir, una bebida de agua de arroz con canela fresca. Muchos latinos estaban comiendo allí, lo cual es una buena señal, según el maestro Musashi.

Un joven le dijo al maestro con respecto a su coche:

—¡Eh, viejo! Bonito coche el que tienes. Es chingón viejo.

—¡Gracias, joven! A mí también me gusta mi coche. ¡Es impresionante!

—Seguro que hablas sin ningún problema con ellos, maestro —dijo Joe.

—Sí, lo hago, porque soy viejo. ¿Pero quién te ha enseñado, Joe? Te expresas excelente.

—Lumbra me enseñó cuando era un niño. Me enseñó muchas cosas de su cultura. Tenía que hablar bien el español de México o si no me quedaba sin pastas francesas de Napoleón. Ahora me alegro de haber aprendido a hablar con fluidez, para ser caballero. Pero maestro, ¿qué pasa con tu coche? —se pregunta Joe.

Entonces el maestro Musashi bebe un poco de chicha, sonríe y dice:

—Un verdadero artista marcial puede integrarse en cualquier entorno. Esta es la manera de no meterse en problemas. ¿Comprendes, Joe?

—¡Órale! —dice Joe mientras se ríen juntos disfrutando de su buena comida mexicana. Entablaron conversaciones con los demás comensales. Era un ambiente amigable. La cara de Joe se puso un poco roja cuando comió grandes chiles enteros cocinados en aceite, así como la salsa de chile picante en sus tacos—. ¡Esta salsa está muy picosa! —dijo Joe.

El maestro solo se rio y le dijo a Joe que también era parte de la forma samurái de disfrutar el momento.

—¡Come más chiles, Joe! —exclamó el maestro mientras agarraba un chile grande y se lo comía entero mientras el jugo del chile le estallaba en la boca.

A la semana siguiente, el maestro Musashi llevó a Joe a una peligrosa e imprevisible zona de bandas en Oakland, California. Esta vez condujo un bonito y trucado coche. Vio lo que parecía estar buscando y dijo:

—Sí, este es el lugar. Hay algunos jóvenes afroamericanos agradables por aquí. Buena gente —dijo a Joe.

Joe caminó entre una manada de fieros perros salvajes mientras masticaba pistachos. Mientras caminaba, Joe se detuvo antes de intentar rodear a un hombre afroamericano de mediana edad sentado en la acera, que llevaba un polvoriento uniforme de combate del ejército de los Estados Unidos.

—Disculpa, ¿puedo caminar a su alrededor, señor? —dice Joe.

El hombre tenía la mirada de un guerrero en sus ojos. Se rio cuando Joe le dijo:

—¡Eres un civil!

Joe sonrió.

—Sí, mi nombre es Joe Benson, pero mi abuelo no es un civil.

—¿Benson? ¿No será el general Arnold Benson? —dijo el veterano del ejército.

—¡Sí! Ese es mi abuelo. ¿Lo conoces?

—He estado en la guerra con el general. ¡Es un buen hombre! ¡Me llamo Kibuka! Pero estás fuera de lugar en esta zona, muchacho. No deberías estar aquí, joven —afirmó el veterano.

—Sr. Kibuka, ¿entonces por qué está usted aquí, señor? Esta zona de Oakland es una zona mala. Es un veterano militar que podría ser atendido por el gobierno.

—El gobierno se olvidó de mí. Cada vez que intenté reclamar una compensación para veteranos, mi papeleo se perdió o me lo negaron. De todos modos, este lugar no es nada comparado con donde he estado. No hay peligro para mí aquí. Todavía llevo mi pistola del 45 completamente cargada de la guerra, y tengo cargadores extra para acelerar la carga, Joe. Además, tengo un cuchillo de supervivencia afilado en mi bota, al alcance de la mano. ¡Entiéndelo! ¡Nadie se mete conmigo!

—Bueno señor Kibuka, estoy aquí para aprender una lección, como dice mi maestro. Confío en mi maestro; es como un padre para mí. Pero aquí está el número de teléfono de mi abuelo. También le pediré a mi abuelo que le ayude, y sé que lo hará —Joe le entregó a Kibuka un papel con el número de teléfono de su abuelo y unos cuantos dólares.

—¡Nada de caridad! —Kibuka le devolvió el dinero a Joe, pero se quedó con el número de teléfono—. Pero me gustaría hablar con el general. Camino por aquí toda la noche y todo el día, recordando la guerra y las cosas que tuve que hacer, ¡hombre! A veces siento que quiero que todo termine, ¿sabes?

—¡Cuídate, Kibuka! —dijo Joe mientras le ofrecía la mano al veterano. El veterano no extendió la mano, por lo que Joe retiró lentamente su mano y se alejó—. ¡Cuídate Kibuka!

—Cuídate, Joe —dijo Kibuka. Mientras Joe se alejaba, Kibuka se dirigió a un terreno más alto, el tejado de una casa, para vigilar la seguridad de Joe, sin que este lo supiera.

Joe se cruzó con algunos miembros de la banda que llevaban sombreros de los Raiders, con camisetas de los Raiders y cadenas de oro alrededor del cuello. Joe se dijo:

—¡Esto es una locura!

Uno de ellos le dijo:

—Oye, hermano, ¿has dicho locura? ¿Qué hace tu culo blanco por aquí? —Los miembros de la banda rodearon a Joe. Algunos de ellos se abrieron las chaquetas para mostrar que tenían armas.

Atrapado, Joe volvió a sentir el miedo a la muerte. Su adrenalina se disparó: ¿debía luchar o huir?

—No pretendo hacer daño a nadie —insistió Joe mientras respiraba para calmarse.

Todos se rieron.

—Mierda, viejo, tu culo blanco estaba marcando esa lechuga verde a ese veterano loco de Kimbuka. Ahora te voy a patear el culo blanquito —dijo uno de los miembros de la banda mientras lanzaba sus puños desnudos contra Joe. Joe utilizó sus codos sin esfuerzo para desviar y desactivar los golpes del hombre, neutralizando su energía. El hombre siguió abalanzándose sobre Joe con puñetazos y patadas de forma muy agresiva, pero pronto se cansó de atacar a Joe sin éxito. Entonces, en ese momento, otro miembro de la banda realizó un ataque por sorpresa y rodeó con sus brazos el cuello de Joe. Pero Joe contraatacó hundiendo su cuerpo, y luego levantó los hombros, bajando la cabeza y el cuello hacia el interior de su cuerpo, sin dejar así ningún cuello para que el asaltante lo estrangulara. Esto se llamaba la técnica de la tortuga. Joe utilizó rápidamente sus manos para sentir la energía del pandillero, se conectó a ella y luego redirigió la energía de ataque del asaltante y lo hizo girar hacia el otro atacante con fuerza.

—¡Uuh! —Gritaron ambos pandilleros. Pero con una ira decidida, ambos jóvenes se levantaron y volvieron a cargar contra Joe, comprometiendo su centro de energía, que era su *ki*. Joe agarró las camisetas de ambos pandilleros y las rodeó por el cuello de ambos hombres.

—¡Están cansados! ¡Deberían dormir! —gritó Joe mientras controlaba el *ki* de ambos atacantes. Puso fácilmente a los miembros de la banda fuera de juego estrangulándolos con su propia ropa con una técnica de jiujitsu—. ¡Hora de dormir señores!

En breve, ambos hombres estaban sin aliento... ¡Sintiendo la falta de oxígeno, y la ausencia de sangre en sus carótidas!

—Por favor, ¡no nos dejes inconscientes! —Los miembros de la banda suplicaron.

—A mí tampoco me gusta eso. Nunca me ha gustado —Joe los soltó. Sin embargo, Joe sentía que seguía en peligro, pero ya no tenía ese impulso de lucha o huida. El riesgo de vivir, y el riesgo de morir, era el mismo. Pensó Joe.

El líder de la banda sacó su pistola y se la mostró a Joe. Joe aceptó que podía morir. Miró al líder de la banda a los ojos, seguro de que haría falta más de una bala para matarlo. Dispárame, reflexionó

Joe. Pero será mejor que tengas cuidado, porque iré directamente hacia ti.

Pero en lugar de disparar balas a Joe, el líder entregó su arma a otro miembro de la banda y empezó a hacer una demostración a Joe de auténtico baile callejero.

—¿Puedes hacer eso, G?

—¡Ni hablar! —admitió Joe—. Eres demasiado bueno. Pero puedo hacer esto —Hizo una voltereta, saltó en el aire, dio tres vueltas como un bailarín de ballet y aterrizó sobre una mano.

El líder de la banda se rio.

—Sabes, eres una buena persona con honor y valor. ¡Te has hecho hombre! ¡Puedo sentirlo! Tú también eres genial, hermano. ¿Cómo te llamas, hombre? ¿Puedes enseñarme algo de esa mierda de baile loco y kung-fu?

—Me llamo Joe. Sería un honor enseñarte algo de artes marciales, pero no soy un buen bailarín. Mi madre lo era —Joe recordó el ballet artístico de Olivia.

—Bien, Joe. Muéstranos lo que sabes —dijo.

Joe compartió varias lecciones de artes marciales que había aprendido de su maestro. Según mi maestro, enseñar artes marciales o cualquier conocimiento constructivo es un camino hacia la paz eterna. Al poco tiempo, los dos jóvenes que habían atacado a Joe se disculparon. Joe aceptó la disculpa con honor. Entonces el líder de la banda le dio a Joe su gorra de los Raiders y le dijo:

—Esto es tuyo, Joe. Gracias. Paz —La pandilla se alejó haciendo señas con las manos. Joe se puso la gorra de los Raiders y se despidió de sus nuevos amigos con la mano.

De repente, detrás de Joe, sonó el claxon de un coche. Y un coche trucado se detuvo junto a Joe, y la persona que iba dentro le preguntó:

—¿Quieres ir a comer?

—Claro, maestro. Te invito a comer. ¡Vamos! —dijo Joe mientras respiraba el aire para calmarse, y tuvo la reconfortante sensación de que iba a salir de la zona.

—¡Tú lo has dicho! —el maestro Musashi estuvo de acuerdo.

Condujeron dos manzanas y se detuvieron en un restaurante llamado Mama's Place.

—¿Comemos aquí, maestro? ¿Por qué aquí? ¿En esta zona todavía? —preguntó Joe.

—¡Sí, Joe! Tengo hambre y me has invitado. Vamos a comer —Y aparcó su lujoso coche justo delante del restaurante. El maestro Musashi le dio las llaves a un hombre sentado en la acera y le dijo:

—¿Puede vigilar mi coche, por favor?

—Claro, pero eso le va a costar un poco de pan, viejo

—Sí, por supuesto, gracias —Entonces el maestro Musashi hizo una reverencia antes de entrar en el restaurante, y entró como si ya hubiera estado allí antes. Joe dijo:

—Maestro, ¿por qué confió en ese tipo de fuera para que vigilara su coche, y le dio también las llaves?

—Joe, los objetos materiales no son importantes. Como samurái, tienes que tener la habilidad de conectar con la mente y el corazón de alguien. Y llegar a un acuerdo. Ya verás Joe —El maestro Musashi tomó una gran tarjeta de mesa que decía "especial". Joe caminó con su maestro y lo mientras se sentaban en una cabina con una gran ventana que daba a la parte delantera del restaurante. Les trajeron el especial del día, que consistía en una bandeja de pan de maíz con un bol del especial mezclado con salsa fresca. El especial tenía trozos de pollo sin piel recién cocido y verduras mezcladas con la salsa. El maestro comió con una gran cuchara de sopa y luego regó la deliciosa comida con un vaso de suero de leche frío.

—Pruébalo, Joe —dijo—. Aquí hacen toda esta comida fresca a diario.

—¡Pero no me gusta el suero de leche, maestro! Una vez probé tomar un poco. Es un asco. Lo vomité.

La dueña del restaurante, una gran mujer afroamericana del sur, miró hacia su mesa. La llamaban Mamá. Se había criado en la tradición de la hospitalidad y el encanto sureños. Señaló a su hija, una joven muy atractiva y de gran figura.

—Ve a ver qué pasa ahí, cariño —dijo.

La hija se dirigió a la mesa. Joe seguía negándose a beber el suero de leche. Cuando la vio, se le iluminaron los ojos. Se levantó y dijo:

—¿Quieres sentarte con nosotros? Eres preciosa —¿Acabo de decir eso en voz alta?, se preguntó.

—Me sentaré contigo, guapo, pero solo si te bebes el suero de leche —dijo la hija de Mamá.

—¡Prometo que lo intentaré! —dijo Joe. La hija de Mamá se sentó junto a Joe cuando este vio entrar en el restaurante al veterano militar Kibuka. Joe saludó a Kibuka, y este le señaló con su dedo índice y sonrió mientras se sentaba en el taburete junto a Mamá. Joe le preguntó si podía pagar la cuenta del veterano que acababa de sentarse.

—Oh, no. Es nuestro amigo que va y viene. Hoy está aquí temprano, como si hubiera seguido a alguien —Entonces Joe sonrió y se armó de valor para decir—: Me llamo Joe. ¿Cómo te llamas?

—Me llamo Keyshaw. Bueno guapo, vamos a probar el suero de leche.

Keyshaw y Joe hablaron de las cosas que les gustaban en la vida mientras ambos bebían suero de leche frío en un caluroso día de verano.

—¿Esto es suero de leche? ¡Está delicioso! No es ese suero de leche agrio de la tienda— exclamó Joe.

Entonces el maestro y la bonita joven se rieron.

—Te lo dije, Joe. ¡Bébete el suero de leche! — dijo el maestro.

Joe vio por la ventana al hombre que vigilaba el coche del maestro. Entonces los mismos miembros de la banda que Joe había conocido, pasaron por el restaurante y vieron a Joe con la bella Keyshaw. Todos le dieron a Joe un pulgar hacia arriba mientras Joe saludaba a sus nuevos amigos.

Pasó otra semana. El maestro llevó a Joe a otra zona del gueto malo en la sección asiática de Los Ángeles.

—Este parece un buen lugar —dijo—. Encontrarás algunos jóvenes asiáticos americanos agradables por aquí, especialmente los jóvenes asiáticos. Buena gente. Y recuerda, Joe, que yo también te enseñé algunos de los idiomas chinos.

Un buen samurái debe integrarse en cualquier comunidad. Un verdadero samurái ha viajado mucho y conoce muchos idiomas —Dejó a Joe allí, y se marchó.

Joe sabía japonés fluido y chino básico, gracias al maestro. Joe se crio aprendiendo los idiomas inglés y español con fluidez, pero Joe pensó que probablemente eso no serviría de nada aquí. Joe no podía ver nada que fuera seguro y bueno en este barrio. Para él, parecía un gueto malo y una zona no tan buena. Sin embargo, tenía hambre y entró en un restaurante asiático. Joe pidió una comida en chino, ya que la camarera no entendía el inglés, y Joe estaba seguro de que no sabía español. Comió mucho, pero tuvo que espantar las moscas todo el tiempo en esta calurosa noche de verano. La comida aquí tenía muchas verduras y fideos, una comida realmente buena, pensó Joe. La camarera era una joven asiática preciosa y de gran figura que le trajo de nuevo su pedido y luego sonrió mientras se alejaba. De repente, cuatro miembros de una banda asiática entraron y miraron mal a Joe. Él sospechó que eran miembros de la infame banda conocida como los "Moscas". Uno de ellos se acercó y sacó un gran cuchillo, mirando a Joe para ver si tenía miedo. Una vez más, Joe sintió la muerte en el aire, y la adrenalina se disparó en su cuerpo. ¿Pelearía o huiría? Sin embargo, sabía que estaba aquí para aprender una lección. Parecía estar acostumbrándose a tener que tomar esta decisión. El maestro decía que era la experiencia en tiempo real que necesitaba un artista marcial; llegar a sentirse cómodo con el conflicto, pero superarlo con facilidad, de modo que el conflicto nunca fuera realmente tal, esto era parte del camino. Solo un verdadero maestro de artes marciales guiaría a alguien a través de esta lección tan necesaria.

Joe se estaba acostumbrando a controlar su miedo, y a entender que la muerte y la vida eran una sola cosa. En lugar de responder de forma previsible, decidió sorprender a su adversario con una muestra de ingenio. Con sus palillos, cogió cuatro moscas del aire y las acercó a su boca abierta, como si fuera a comérselas.

—Pero espera —dijo Joe—. Estas cuatro son inocentes. Pero no sé nada de estas otras cuatro "moscas" de aquí —Le guiñó un ojo a la hermosa y joven camarera asiática, y volvió a soltar las moscas en el aire. La atractiva joven se rio, asombrada por los rápidos reflejos y el humor de Joe.

A los cuatro miembros de la banda de las "Moscas" no les hizo ninguna gracia. Uno de ellos estaba celoso de que Joe estuviera coqueteando con la joven y bonita camarera. En la comunidad asiática, las "Moscas" eran conocidas por molestar a la gente y "volar" por el aire con sus buenas habilidades de lucha. La base de las artes marciales de las "Moscas" era el Wushu Kung Fu.

Uno de los jóvenes rápidamente empujó su cuchillo en la cara de Joe. Joe interceptó su energía y haciendo palanca lo golpeó contra la mesa que contenía dos platos llenos de comida.

—Sabe bien, ¿eh? —dijo Joe.

El dueño del restaurante les gritó a todos que salieran fuera y resolvieran allí su discusión.

—Vamos fuera. Te crees un maestro chino de Kung Fu Shaolin o un samurái japonés, ¿eh? —dijo el pandillero mientras cogía toallas de papel para limpiarse la cara. Fuera, el pandillero se limpiaba con rabia la comida de Joe en la cara. Todos los que estaban dentro del restaurante miraron por las ventanas. Podían ver que Joe desprendía un aura de seguridad. Joe se sentía en control. No tenía miedo.

Sin embargo, el pandillero le dijo:

—No sabes boxeo chino ni Kung Fu, así que te voy a enseñar, viejo.

Cálmate. Relájate. Respira, se dijo Joe.

El pandillero dejó que su ira controlara sus emociones. Saltó en el aire y luego giró en un intento de golpear a Joe en la sien con el talón de su pie. Joe respondió como una sombra, retrocediendo con seguridad fuera del alcance de la patada en cuanto reconoció la patada telegrafiada del gánster asiático. El pandillero se puso furioso—. ¡No te muevas! —gritó. El pandillero dio una patada lateral deslizante a Joe, pero este cruzó los brazos mientras retrocedía suavemente para absorber la patada con facilidad sin sufrir daños. El pandillero se abalanzó sobre Joe, intentando llevarlo al suelo, para que sus compañeros pudieran saltar encima de Joe. Pero Joe lo sabía y saltó por encima del pandillero asiático mientras le agarraba el cuello de la camisa con una mano. Al mismo tiempo agarró la otra parte del cuello de la camisa del gánster, cruzando los huesos internos de su antebrazo para presionar la carótida del malhechor. Joe se conectó rápidamente al gánster con la unión del cuerpo para impedirle moverse. Entonces Joe expandió fluidamente su pecho para hacer palanca y ahogar al pandillero asiático mientras presionaba los huesos de su antebrazo contra su carótida, manteniendo la conexión corporal y el equilibrio. Joe también vigilaba con seguridad los movimientos de los otros miembros de la banda. El joven asiático bajo la magistral sumisión de Joe estaba indefenso y comenzó a desmayarse. Adoptó una postura de sumisión. El joven pandillero asiático jadeó como si fuera su último aliento, y dijo temerosamente en chino:

—¡Me rindo! —Entonces Joe respondió, soltándolo inmediatamente y diciendo—: No quiero hacerte daño —Entonces el pandillero respiró y recuperó la compostura, y dijo—: ¿Cómo sabes el idioma chino?

—Bueno, soy chino. Lo creas o no —dijo Joe.

Los cuatro jóvenes miraron la cara tan caucásica de Joe y luego se rieron.

—¡No! —dijeron. Estrecharon la mano de Joe, dijeron que lo sentían todo y le dijeron a Joe que su presencia honraba a la comunidad asiática—. No eres un demonio blanco. Eres un hombre de honor, un guerrero con valor. Podemos sentir tu energía de espíritu *chi* —dijeron mientras se alejaban.

Joe sonrió sintiéndose satisfecho consigo mismo, y se alejó. Se empapó de la hermosa comunidad asiática. Pronto, un coche se detuvo junto a él, y la persona que iba dentro dijo en japonés:

—¿Necesitas que te lleve, samurái? —Joe se subió como siempre, pero no dijo nada.

—¿Tienes hambre, Joe? —preguntó el Maestro.

Joe estaba un poco hambriento porque no había llegado a terminar sus dos últimos platos de comida, pero decidió que no iba a dejarse engañar para quedarse a comer en un mal barrio. Dijo:

—No tengo hambre, maestro. Solo tengo sed.

—¡Bueno, ahora yo también tengo sed! —el maestro condujo dos cuadras más y se detuvo frente a un restaurante japonés—. ¡Entremos a saciar nuestra sed! —Joe sabía que estaba tramando algo.

—Claro, vamos a beber. Pero prométeme que no comerás nada cocinado.

Dentro del restaurante, un camarero japonés les trajo a ambos vino de arroz para beber.

—Te lo prometo, Joe. Nada de comida cocinada —Dentro del restaurante, bebieron mucho sake, mientras hermosas jóvenes geishas bailaban y cantaban para ellos.

—Este sushi está delicioso —dijo Joe—. ¡Y no está cocinado! —Bebieron más vino de arroz.

Llegó el pedido de maestro, mientras el camarero ponía un enorme cuenco de ojos de pescado en la mesa. Sin que Joe lo supiera.

—¡Come estos, Joe! Saben a uvas. Nuestro acuerdo fue que la comida no debe ser cocinada, ¿verdad?

—De acuerdo —dijo Joe con valentía—. Me gustan las uvas —Se metió un enorme puñado de ojos de pescado en la boca y empezó a masticar—. ¡Sí, saben a uvas! —Los ojos de pescado estallaron en la boca de Joe. Un poco de líquido salió por el lado de su boca y goteó por su cara y cuello.

El maestro Musashi se rio con fuerza y tomó un puñado también.

—Sí. ¡Come más uvas, Joe! —Se rieron, comieron sushi y ojos de pescado con sabor a uva, y bebieron sake toda la noche. Joe se sentía feliz bebiendo sake mientras escuchaba las viejas historias de samuráis del maestro Musashi.

Una semana más tarde, el maestro Musashi vino a recoger a Joe a la casa de los Benson como de costumbre.

—¿Cómo aprendiste a controlar tu miedo a la muerte? —le preguntó—. ¿Podrías ir ahora a la batalla sabiendo que podrías morir?

—La vida y la muerte son una sola cosa —respondió Joe—. Ahora acepto que puedo morir. Estas experiencias que me has dado me han iluminado para vivir la vida de esta manera, maestro.

El maestro Musashi se sintió complacido. Decidió llevar a Joe a un viaje más de vida o muerte. Para este último viaje, fueron hasta un pueblo rural blanco y pobre de Texas.

—Este es el lugar —dijo el maestro—. Hay mucha gente dura por aquí, ¡así que ten cuidado! Intenta mezclarte esta vez, como un verdadero artista marcial.

—¡Pero yo soy caucásico! ¿Cómo no voy a pasar desapercibido? ¿Cuál será la lección, maestro? —el Maestro Musashi se rio y se alejó hacia el atardecer.

Joe caminó por el arcén de la carretera. Pronto se detuvo una camioneta y el hombre que iba dentro le preguntó:

—¿Necesitas que te lleve, compañero?

El instinto de Joe le dijo que se trataba de un hombre violento al que había que evitar.

—¡No, gracias, señor!

—Como quieras, imbécil —refunfuñó el hombre mientras se alejaba.

A continuación, tres hermosas chicas de campo vestidas con vaqueros azules se acercaron en un descapotable y se detuvieron. Se levantaron del interior del coche y preguntaron:

—¿Necesitas que te lleve, vaquero?

—¿Adónde van, señoras? —dijo Joe.

La atractiva conductora rubia dijo:

—Vamos al baile del rodeo. ¿Y tú, guapo?

—Sería un honor bailar con todas ustedes —dijo y subió. A las chicas no les importó estar apretujadas junto al joven y apuesto Joe. En el baile, le enseñaron a hacer el paso a dos. Joe aprendió los movimientos rápidamente y mostró su atletismo que había heredado de su madre bailarina.

A pocos metros, el gran tejano que se había ofrecido a llevar a Joe estaba conversando con unos cuantos vaqueros. Los revoltosos vaqueros le preguntaron al gran tejano si quería un trago de cerveza. El gran tejano se negó, diciendo:

—Soy un cazador de caza mayor. No bebo licor. He desollado osos, leones de montaña y jabalíes. Lo que sea, lo he desollado —Los vaqueros se rieron. Bebieron más cerveza y dijeron:

—Oye, gran cazador. ¿Eres bueno con los animales, pero no con las mujeres? —Los vaqueros siguieron alborotando al gran cazador, diciendo—: Oye, mira, cazador. Ese niño bonito no es un vaquero, ¡y tiene a tres de nuestras mujeres tejanas!

El gran cazador tejano miró y vio a Joe con las tres hermosas jóvenes. Lo reconoció como el autoestopista.

—Me acuerdo de ese imbécil —dijo a los demás—. ¡Se cree demasiado bueno para cabalgar conmigo, y ahora está molestando a nuestras mujeres!

Los vaqueros se rieron y dijeron:

—Sí, está molestando a nuestras mujeres. Ve a por él, cazador mayor —El cazador sacó su gran y afilado cuchillo de caza y comenzó a acechar a Joe como si fuera una presa.

Joe dejó de bailar con las encantadoras jóvenes cuando sintió el peligro. Se giró justo a tiempo para ver al hombre grande de la camioneta intentando clavarle un cuchillo de caza en las costillas. Joe sabía que era el momento de luchar o huir, y sus experiencias anteriores le permitieron concentrarse plenamente ahora. Joe sacó la mano y el brazo, e interceptó el antebrazo del gran cazador con una parada en círculo, luego hizo una espiral con la mano del cuchillo del cazador mientras golpeaba simultáneamente la mano que sostenía el cuchillo de caza con su mano libre. El cuchillo cayó al suelo. Joe entonces movió el cuerpo del gran cazador hacia el suyo mientras el cazador rasgaba la camisa de Joe. Joe gritó:

—¡Kia! —Mientras Joe usaba su codo para aplastar la cara del cazador que explotó con sangre en el aire. La gente se apartó, pero a algunos les llovió la sangre del cazador. Joe siguió con un lanzamiento de cadera que envió al gran vaquero al suelo con tanta fuerza que la pista de baile retumbó.

Todos los vaqueros se rieron y dijeron:

—¡Bueno, perritos! —Un grupo de cuatro Rangers de Texas apareció inmediatamente. Rápidamente, escoltaron al gran cazador fuera del baile. Uno de los Rangers se rio y le dijo a Joe—: No se preocupe, joven. Lo hemos visto todo. Tú no empezaste la pelea. La habríamos detenido antes, pero no pudimos llegar a él antes de que empezara a atacarte.

—Disculpe, Sr. Ranger, pero ¿por qué cree que me atacó en primer lugar?

—Esa es la forma de vida de los vaqueros, joven. Y tu noche aún no ha terminado compañero —Le guiñó un ojo a las tres hermosas jóvenes, que habían rodeado a Joe con sus brazos.

—Oye, guapo, tienes un cuerpazo —dijo una de las chicas, mirando sus músculos pectorales y sus abdominales desgarrados a través de su camisa rota.

—Tienes algo de sangre en tu ropa, vaquero. Tienes que limpiarte —dijo otra chica—. ¿Qué tal si vienes a nuestra casa y te pones una de las camisas de mi hermano?

Joe reconoció lo sucio que estaba. Su camisa no tenía arreglo.

—Está bien. Viendo que prácticamente ya no llevo camisa, sí, me vendría bien otra. Pero les pagaré a ustedes, señoras, por ella.

Las chicas se miraron y se rieron.

—Vamos, vaquero duro. Las chicas del campo te cuidaremos muy bien —Lo llevaron fuera y lo metieron de nuevo en el descapotable. Luego condujeron un rato mientras ponían música country en el estéreo del coche.

Salieron de la carretera principal y condujeron por estrechos caminos de tierra y grava. Pronto llegaron a una gran casa de campo con mucho espacio abierto. No había vecinos, solo ganado y caballos deambulando por un prado.

El sexto sentido de Joe le decía que esto era una buena vida en el campo.

—¿Dónde está tu hermano? —preguntó.

Las chicas se rieron y le acompañaron al interior.

—¿Qué tal una limonada? —preguntó una de las chicas—. También tenemos helado casero. Es una calurosa noche de verano.

Joe y las chicas se asearon. Una vez que Joe se puso una camisa nueva, los cuatro se sentaron fuera, en un enorme porche delantero, para tomar el aire fresco. Las chicas se rieron al ver que Joe se tragaba dos vasos altos de limonada fresca, fría y dulce. Luego comieron helado y hablaron. Joe vio una guitarra en el porche.

—Bonita guitarra.

—Es de nuestro hermano. No va a volver hasta mañana. ¿Sabe tocar?

Bebió un trago de su fresca limonada casera.

—Sé un poco —Cogió la guitarra y empezó a tocar, cantando una bonita melodía country. Después de un rato, los cuatro se durmieron juntos en un enorme banco del porche.

Joe se despertó por la mañana y se encontró rodeado de las tres hermosas chicas tejanas. Una gran camioneta se acercó a la casa. Joe supuso que probablemente era el hermano, pero cuando la camioneta se detuvo, el maestro Musashi salió.

—¡Hola, Joe! ¿Listo para volver a California?

—Tengo hambre, maestro —dijo, reacio a dejar los brazos de las tres hermosas chicas. Empezaron a despertarse. Al oír hablar de comida, una sugirió—: ¡Tengamos un gran desayuno al estilo ranchero!

—¿Dónde deberíamos ir? —preguntó Joe.

Justo en ese momento, otro camión se acercó a la casa. Esta vez eran el hermano y el padre de las chicas.

—¿Qué pasa por aquí? —preguntó el padre.

—Hola, papá. Este es Joe —dijo una de las niñas—. Sabe bailar, pelear, tocar la guitarra y cantar bien. Y no está casado —Las otras chicas se rieron.

Joe se levantó, extendió la mano y dijo:

—Soy Joe. Es un placer conocerle, señor.

El padre vio a un joven apuesto y de aspecto atlético ante él y pensó que Joe podría ser un buen yerno y un buen peón de rancho a la vez.

—¡Hola, joven! —dijo—. Me llamo Ethan. Te quedas a desayunar. Mi hija Olivia es la mejor cocinera de Texas. También sabe montar a caballo como el viento.

—¿Tu hija se llama Olivia? —Joe se sintió repentinamente inundado de tristeza.

El maestro sintió su pena.

—La historia se repite a veces, Joe. Este es el camino del hombre. Pero Joe, Bushidō te ayudará en el camino de tu vida.

Joe pensaba que sobresalía en todo, pero aún no había encontrado su paz eterna.

—Gracias, maestro. Siempre aprendo muchas lecciones de usted. Y cómo comer fue una de ellas.

El maestro se rio y le dio una ligera palmada en la espalda a Joe. Creía que Joe aún no había encontrado su paz eterna.

Mientras entraban a comer un desayuno campestre, el hermano miró a Joe.

—¡Oye! ¡Está usando mi camisa, papá!

—De todos modos, esa camisa nunca te quedó bien, así que baja la voz —dijo el padre.

—¡Seguro que a Joe le queda muy bien! —dijo Olivia. Todos disfrutaron de la cocina campestre de Olivia. Ella les preparó bistec, huevos, patatas, salsa y galletas. Y lo que es más importante, les sirvió leche de vaca fresca y cruda para que se lo bebieran todo.

—¡Bebe la leche, Joe! —dijo el maestro, burlándose de él. Joe se bebió alegremente su gran vaso de leche cruda de vaca y pidió más.

26

En una bonita y cálida tarde de domingo, Joe, Rose, el general Benson, Lumbra y Napoleón estaban en una playa de Santa Mónica. Joe cogió unas buenas olas en su tabla de surf mientras Rose y el general miraban. Mientras tanto, Lumbra y Napoleón preparaban una ensalada de verduras mixtas, semillas de girasol y panecillos de pan francés que había horneado en la casa de los Benson esa misma mañana. Lumbra también colocó fruta cortada en pequeños cuencos para servirla después de la comida principal.

Napoleón disfrutaba preparando las comidas con Lumbra a su lado. Pensaba que su curvilíneo cuerpo de latina era hermoso en bikini, pero le atraía aún más el hermoso rostro que acompañaba a su mente inteligente y científica.

—Lumbra, querida, la comida, mi obra maestra, está lista —dijo—. ¡Por favor, llama a los Benson para que vengan a comer!

Ella lo besó y luego se alejó trotando para hablar con los Benson. Mientras caminaba, las cabezas de los hombres jóvenes y mayores se volvieron para observarla. Rápidamente, encontró a Rose y al general. Parecía que Joe había atraído a una multitud; la gente estaba asombrada por sus habilidades en el surf. Había estado haciendo volteretas en la tabla mientras surcaba las olas.

Rose, que también estaba en bikini y parecía una supermodelo, le dijo:

—¡Joe, deja de presumir! Eres igual que mamá.

—Sí, tiene ese gen de la diversión, pero tú también, Rose —le recordó su abuelo—. Probablemente, eres la mejor pianista del mundo. Los dos son especiales.

Rose y Lumbra saltaron en un intento de llamar la atención de Joe, pero este no las vio. El general Benson gritó:

—¡Basta ya! ¡Oye, Joe! La comida de Napoleón está lista.

Los oídos de Joe captaron el nombre de Napoleón.

—¡Ya voy! ¡Tengo mucha hambre! ¡Guarda un poco para mí! —Salió corriendo del agua con su tabla de surf. Todas las jóvenes que estaban cerca lo miraban.

Napoleón sirvió su obra maestra de ensalada con los panecillos frescos y dijo:

—¡Buen provecho! —Se golpeó la boca con la mano para hacer su característico sonido de estallido. Todo el mundo se rio, incluidos algunos espectadores. Napoleón y Lumbra mordieron románticamente el mismo panecillo al unísono. Los Benson disfrutaban de la compañía mutua y eran una familia feliz. Napoleón se dio cuenta de que Joe había llevado a la playa su guitarra y no solo su tabla de surf. Cuando terminaron de comer, Napoleón le preguntó—: Joe, ya que te he enseñado a hablar mi hermoso idioma francés, ¿quieres tocar algo con tu guitarra para Lumbra y para mí?

Joe estaba agradecido por haber aprendido la hermosa lengua francesa de un hablante nativo, así que accedió. Joe tocó una hermosa canción de amor en francés con su guitarra mientras Rose cantaba la letra. Toda la playa parecía estar en un estado de paz eterna.

27

Pasaron varios años y Joe practicaba el camino cada día viviendo según el código de conducta samurái. Una mañana, Joe llevaba puestos sus pantalones y estaba sentado en el suelo del gimnasio frente a un gran ventanal que daba al jardín de su difunta madre. Respiraba tranquilamente en profunda meditación mientras contemplaba el vistoso jardín de Olivia -un recuerdo de la elegancia de su madre- y se sentía en paz. Joe sabía que cuando una persona estaba despierta, su mente consciente estaba activa; cuando una persona estaba dormida, su mente subconsciente estaba activa. Por eso practicaba la meditación profunda cada mañana, para despejar tanto su mente consciente como su subconsciente. Se escuchaba a sí mismo respirando para relajarse sin soñar despierto. Se concentraba en inhalar buen oxígeno. Esta forma de meditación le fue enseñada por el maestro Musashi y se basaba en la práctica del zen de los samuráis. Seguía esta rutina todas las mañanas para recargar su batería;

le daba energía para empezar un nuevo día. La meditación también le ayudaba a desarrollar su energía *chi*. Joe creía en Dios, y también creía que el *chi* era una forma de poder divino que se le daba para un uso constructivo.

A través de años de entrenamiento y de la guía personal del maestro Musashi, Joe había alcanzado el nivel más alto de *chi* dentro de sí mismo, Joe conocía el enerugi, y cómo capturarlo, controlarlo o alejarlo en espiral. En una confrontación, ahora también tenía la habilidad de controlar el enerugi de su atacante. Si una persona se compromete a un curso de acción, también está comprometiendo su enerugi. Joe entendía esto ahora. Salió de su estado de meditación abriendo lentamente los ojos. Una vez que Joe volvió completamente al presente, notó que su mente y su cuerpo se sentían sobrecargados de energía. Había sido una sesión de meditación perfecta esa mañana.

De repente, Joe sintió la presencia de su maestro. Se oyó un ligero golpe en la puerta del gimnasio, y entonces entró el maestro Musashi.

—¡Joe! Tu abuelo me dijo que podía encontrarte aquí. ¿Estás listo?

—Buenos días a usted también, maestro. Sashiburi. ¡Cuánto tiempo sin verte! —Joe hizo un rei formal mientras se inclinaba ante su maestro. Según el maestro Musashi, Joe había demostrado su honor al aprender el idioma japonés, que creía que todos los samuráis debían conocer.

—Joe, ha sido un honor enseñarte artes marciales durante todos estos años. Sabes, fue tu padre quien me pidió que te enseñara el camino del samurái. El Dr. Benson honró a mi familia cuando nos curó a mí y a mis familiares de la osteoporosis y la enfermedad de Parkinson. También me curó del cáncer poco antes de irse al otro mundo. Es trágico que cuando tu padre murió, se llevó todas sus curas secretas.

—Sí. Siempre querré a mi padre y a mi madre. Los siento conmigo todos los días.

—Esto se debe a que has alcanzado el nivel más alto de energía *chi* y ahora estás conectado a la energía que existe a nuestro alrededor.

Para las lecciones de samurái, el maestro Musashi repasó todas las lecciones que Joe perfeccionó a lo largo de los años de entrenamiento bajo su mando en el camino del Bushido. Que son las siguientes: Energía de la fuerza vital, Ki, mecánica corporal, apalancamiento, equilibrio, conexión corporal, energía, respiración, sincronización, ritmo, tempo, enfoque, técnicas, control de la línea central, enraizamiento de ambas piernas, meditación, medicina herbaria, puntos de presión, nutrición, ejercicios samurái, tranquilidad, honor, integridad, el valor, la vida y la muerte, el amor, Kihon Happo, es decir, los ocho principios fundamentales, San Shin, es decir, los tres espíritus/cuerpos, katana, esgrima, Tanto Jutso, Kukishinden Ryu, Yari, Hanbo, Jo, Kyoketsu Shoge, agarre, golpeo, tiro con arco, equitación, atado de nudos y estrategias en el campo de batalla.

Joe, bajo la dirección del maestro Musashi, obtuvo el cinturón negro en Karate, Jiujitsu, Iado, Kendo, Kenjutsu, Taijutsu y Aiki-jujutsu. Un verdadero samurái como Joe conoce varios idiomas con fluidez y tiene la capacidad de controlar una situación con solo palabras, sin tener que luchar, este es el nivel más alto según el maestro Musashi. El viejo samurái, el maestro Musashi, repasó a su alumno Joe todos los diversos tipos de espadas, incluyendo las espadas medievales, las espadas militares como las de caballería, las espadas modernas, las espadas japonesas y las espadas sagradas como la que se dice que blandía Miguel Arcángel. Joe ya tenía tantos conocimientos sobre el diseño de las espadas que podía mirar cualquier espada o su inscripción y decir para qué se había hecho.

—Ahora, ¿puedes recitar de memoria la filosofía de un verdadero espadachín, aquel que es maestro de todas las espadas, Bushidō, y las cinco formas de estrategia? —preguntó el maestro.

—Bushidō es el camino del guerrero. Mi vida Bushidō será un código moral de frugalidad, lealtad, dominio de las artes marciales y honor hasta la muerte. Es la estrategia de tener una buena base en el área en la que estás luchando y usar las cosas del área contra tu oponente. Es una estrategia de ser como el agua de ser informe o sin forma cambiando de táctica mientras se lucha con fluidez, y tanto en la lucha como en la vida cotidiana, deben tener determinación aunque con calma. Con la estrategia del agua, debes actuar y no contemplar una decisión. La estrategia del agua consiste en seguir fluyendo siempre, al igual que el agua corriente nunca se vuelve rancia. No permitas que las malas críticas hacia ti, amigo, enemigo, alteren tu calma. La estrategia del fuego consiste en tener fuego, calor, luz solar o cualquier luz para cegar o quemar a tu oponente mientras luchas. Esta estrategia también sirve para ganar ventaja en una conversación. Estrategia del viento: al igual que el viento viaja a través del mar o de la tierra, una persona debe viajar por muchas tierras para aprender diferentes culturas y muchos oficios para obtener conocimientos. Esto significa que una persona debe aprender sobre su oponente o enemigo para conocer sus puntos fuertes y débiles. La estrategia del vacío es tener una mente abierta. El vacío es el conocimiento que no tienes. El vacío es el oponente, el enemigo o el área del mundo que no conoces. Vacío es no preocuparse por lo que no se sabe, sino que basta con saber lo que se sabe. Vacío es no tener nunca una confrontación si hay otra opción. No luchar si puedes alejarte. No discutir con los demás para convencerlos sobre asuntos cuando con saber es suficiente. Esto es Bushidō.

Joe continuó.

—Un verdadero maestro espadachín puede blandir cualquier espada pesada o larga en cualquier mano y puede coger cualquier espada en la batalla para usarla contra el enemigo. Está seguro de que puede utilizar cualquier espada con destreza mientras mantiene su honor. Un maestro espadachín está rodeado de un aura de bondad. Esto por sí solo suele disuadir a cualquier enemigo de buscar pelea con él. Esta aura también da a un maestro espadachín un espíritu de lucha imbatible.

—Bien, Joe. Escucha la siguiente lección, que es la más importante de todas. Sé que ya has oído esto antes, pero grábatelo en la memoria. Cuando cometas un error, pregúntate qué puedes aprender de él. Este es el camino. Y confía en tus instintos. Son tu sexto sentido. Son el poder divino que te guía. Para que aprendas estas lecciones, te he llevado a barrios de mala fama. La mayoría de las personas que viven allí no conocen el camino. Algunos de ellos amenazaron con matarte. Pero tú has aceptado que la muerte y la vida son una sola cosa. Has tenido experiencias en las que temías morir, lo que inicialmente te impidió coordinar todos tus miembros en defensa propia. También te permitieron aprender a saber qué funciona y cuáles son tus limitaciones. La experiencia de una situación de lucha o huida no se puede enseñar en ningún dojo. Por eso tú y yo practicamos usando espadas reales contra los demás. Al utilizar armas reales, nos arriesgamos a perder un miembro o incluso la vida. Esta es la forma auténtica de practicar las artes marciales. Un verdadero artista marcial pone su vida en juego y acepta que puede morir. Esto le libera para morir con honor.

—¡Sí, maestro, siento con mi sexto sentido que ahora estoy liberado! —exclamó Joe.

—¡Sí, eso es! —dijo el maestro con orgullo—. ¡Tu sexto sentido, Joe! El nivel más alto de autoconocimiento es la capacidad de emplear tu sexto sentido, ya seas un luchador o un hombre de negocios. Este sexto sentido, junto con la experiencia y la práctica en el control de tu miedo, te hará omnipotente. Podrás conseguir la victoria sobre cualquier oponente. Utiliza tu sexto sentido cuando tomes una decisión crucial para tu supervivencia o tu éxito en la vida. Úsalo constantemente, Joe, para que se convierta en algo natural. Este es el camino.

—Practico el uso de mi sexto sentido todos los días, maestro. Por ejemplo, sentí tu presencia antes de que llamaras a la puerta del gimnasio.

—¡Bien! Estas estrategias te ayudarán a lo largo de tu vida en cualquier cosa que elijas hacer. ¡También te ayudarán en el viaje de la vida hacia la superforma o la vida del más allá!

Joe ató varios nudos de la cuerda en una valla para mostrar sus habilidades de atar nudos al maestro Musashi.

—Bien Joe. Un samurái necesita saber cómo atar nudos en un barco para la marinería y atar nudos para la batalla en la tierra o el mar —dice el maestro. A continuación, Joe hizo gala de sus expertas habilidades de tiro con arco golpeando las dianas con rapidez y precisión contra el pajar. Después de eso, Joe sacó el caballo de Rose de los establos y montó alrededor de algunos barriles con facilidad. El maestro Musashi dijo:

—Bien Joe, pero ahora te pondré a prueba a ti Joe yendo contra mí —La pareja se puso su equipo de kendo y comenzó a practicar. Sus espadas de madera se golpeaban con un ritmo casi musical. A veces, cuando aumentaban el ritmo, sus espadas hacían ruidos fuertes y rápidos y sonaban más como ametralladoras. Joe se deslizaba por el suelo como una gacela. De repente, con arte y gracia, lanzó su espada de madera contra el maestro Musashi, y consiguió tocarle ligeramente en la parte superior del abdomen.

El maestro Musashi dijo:

—¡Para! Joe, tú eres muy especial. Has heredado el atletismo de tu madre. Ahora es el momento de tu prueba final. Usaremos espadas japonesas reales. Sé que te gusta la música clásica, pero te despistaré tocando mi música en su lugar. Toma —Le entregó a Joe una pequeña memoria USB con música tradicional japonesa.

Joe puso el disco en un equipo de música cerca del piano. Le gustaba practicar con la música del equipo de música cuando su hermana no podía tocar el piano para él. Prefería escuchar a Rose tocar, por supuesto, pero no cuando el maestro Musashi estaba allí para enseñarle. Las lecciones privadas del maestro estaban destinadas únicamente a los oídos de Joe, y este hacía honor a la petición de su maestro.

—No hay otra forma de enseñar —decía el maestro Musashi. Una hermosa música japonesa resonaba por todo el gimnasio.

El maestro Musashi dijo:

—¡Samurái Joe, enséñame Bujutsu! ¡Muéstrame el manejo de la espada Kenjutsu! ¡Muéstrame cualquier conocimiento de esgrima que tengas! ¡Muéstrame tus artes marciales! ¡Muéstrame tu mente abierta! Un verdadero samurái puede cortar dos o más cabezas en la batalla con un elegante movimiento de su espada. ¡Muéstrame que conoces el camino! ¡Muéstrame Joe que eres un samurái!

Maestro y alumno utilizaron un ritmo interrumpido para ganar distancia el uno del otro. Cuando chocaban, las verdaderas espadas japonesas hacían resonar platos metálicos por toda la sala. Estos fuertes sonidos metálicos atrajeron la atención del general Benson.

—Debe ser una lección muy buena. Me recuerda a mis días en West Point —se dijo el general Benson mientras se sentaba en el estudio y daba una calada a un puro para calmar sus nervios.

Al cabo de un rato, el maestro dijo:

—¡Para! Ahora cierra los ojos y usa tu sexto sentido. Debes aprovechar este sentido para emplearlo en el combate y en cualquier lugar al que vayas. Ya tienes cierta experiencia en su uso y has dominado tu miedo a morir. Recuerda que la vida y la muerte son una sola cuando una persona sigue el camino. Sin embargo, no cerraré los ojos porque soy viejo. Si soy capaz de cortar uno de tus miembros, entonces sabrás que aún no eres un samurái.

Joe cerró los ojos. Podía sentir cómo la adrenalina empezaba a recorrer su cuerpo. Sabía que el peligro era real con esas afiladas espadas. Incluso un golpe accidental de las afiladas hojas podría cortar una cabeza o un brazo. La batalla real comenzó. Mientras luchaban, Joe se cortó en el antebrazo. El maestro vio a Joe sangrando y supo lo que tenía que hacer: debía ir más allá de simplemente cortar a su alumno. El maestro tomó un respiro para tener energía. Una mirada de completa determinación apareció en su rostro. Giró su poderosa espada y ocurrió lo imprevisto. Joe abrió los ojos de repente e interceptó la poderosa espada del maestro con una técnica llamada *beat parry-riposte* por su nombre en inglés. Canalizó toda su energía *chi* hacia el arma. La espada del maestro Musashi se partió por la mitad, lo que provocó un sonido como un trueno en el cielo.

—¡Detente, Joe! ¡Bien, hijo mío! ¡Eres un maestro samurái! Tu sexto sentido te ha guiado hacia la victoria.

Lágrimas de orgullo resbalaron por las mejillas de Joe.

—¡Perdóname, maestro, por romper tu hermosa espada!

—Estoy orgulloso de ti como un padre está orgulloso de su hijo. Rompiste una antigua reliquia de espada samurái que fue diseñada para ser humanamente irrompible. Sin embargo, lo hiciste.

—¿Qué significa eso?

—Significa que conoces el camino. Estás destinado a vivir para siempre.

Joe pensó en eso.

—Maestro, después de todos estos años, siento que eres un padre para mí. ¿Te volveré a ver?

—No, Joe, no volverás a verme. Pero siempre me sentirás contigo en esta vida y en la venidera. ¡Y ten cuidado, Joe! Una persona como tú que conoce al verdadero Bushidō será objetivo de un poder maligno. Esto es parte del camino.

Joe sonrió.

—Siento que el camino me da una paz eterna de Dios.

—¡Sí, Dios! Pero tú, Joe, eres un verdadero samurái. Tendrás que enfrentarte al mal con o sin Dios a tu lado. Recuerda vivir siempre por el camino, y vivirás en paz eterna y conocerás la armonía. Cuando quieras ver pájaros, míralos. Si quieres oír música, escucha música. Cuando quieras hacer el amor con una mujer, hazle el amor. Si quieres jugar con tus hijos, entonces juega con ellos. Haz cada día cosas constructivas que te ayuden. Recuerda que todo lo que te rodea mejorará para ti si te mejoras a ti mismo. No me despediré, porque siempre estaré contigo. Recuérdalo.

—Tengo hambre y sed, Maestro.

—¿Sediento y hambriento? Bien. Un verdadero samurái siempre está sediento y hambriento de más conocimientos. Mantén siempre la mente abierta para las cosas nuevas. Ahora, ¡ve a comer y beber la vida misma!

Se inclinaron el uno ante el otro en una muestra de respeto mutuo. El maestro Musashi salió de la habitación en silencio. Joe le vio alejarse con lágrimas en la cara.

28

Los recuerdos que Joe tenía de sus padres eran muy nítidos. Nunca olvidaría a su padre, que había sido un gran médico y biólogo. Tampoco olvidaría a su hermosa madre. Olivia Benson había sido una gran bailarina inglesa que poseía una extraordinaria capacidad atlética. Tenía una personalidad agradable y contaba con admiradores en todo el mundo. Aunque a Joe le reconfortaba que su abuelo y su hermana vivieran con él, seguía echando de menos a sus padres.

Un día, mientras estaba en el gimnasio, Joe oyó reír a Herbie. A través del gran ventanal, vio al pájaro volar suavemente hacia el jardín. Joe salió sin camisa. Podía sentir el cálido sol sobre su cuerpo. Herbie se posó en su hombro izquierdo, y la pareja paseó por el jardín lleno de flores y plantas raras. Se detuvo y pensó un rato. Tenía los ojos cerrados y escuchaba los peces del estanque y el zumbido de los insectos y colibríes. Inhaló el aroma de las flores y las plantas.

—Esta zona del jardín huele como mi madre —le dijo a Herbie—. Recuerdo que mi padre me llevaba a hombros aquí. Ahora yo te llevo a ti sobre mis hombros, Herbie.

—¡Joe! ¡Joe! ¡Mira! —Abrió los ojos a tiempo para ver a Herbie saltar hacia unos rosales. Entonces vio algo bajo los pies del pájaro. Herbie agarró una pequeña roca volcánica con los dedos del pie y graznó—. ¡Doctor Roberto! ¡Doctor Roberto!

—¿Qué quieres decir, Herbie? ¿Qué pasa con mi padre? —Se agachó y recogió la roca. Debajo de la roca, pudo ver un objeto de metal. Joe raspó un poco de tierra. Pronto se hizo evidente que estaba descubriendo una caja fuerte de metal.

—¡Doctor Roberto! ¡Doctor Roberto! —Herbie repitió de nuevo.

—¿Me estás diciendo que esta caja fuerte era de mi padre? —preguntó Joe al pájaro. Herbie movió la cabeza para indicar que sí. Joe se llevó la pequeña caja fuerte al estudio para tener privacidad. Herbie había vuelto a posarse en su hombro izquierdo. Joe examinó la caja metálica. Era una caja fuerte de combinación hecha de titanio.

Había un mensaje grabado en ella.

Para mi hijo, Joe. Di la respuesta correcta a estas tres preguntas y la cerradura de combinación activada por voz se abrirá. Siempre tuve confianza y fe en que de alguna manera encontrarías esta caja fuerte. Es solo para ti. Si alguien más intenta abrirla y falla, una cápsula de ácido en su interior se romperá, destruyendo todo el contenido.

La primera pregunta decía:

—¿Cuál es la película favorita de mi hijo?

—¡Robin Hood! —Dijo Joe. Oyó un clic cuando la cerradura activada por voz se movió.

La segunda pregunta decía:

—¿Cuál es la flor favorita de mi querida esposa, Olivia?

—¡La rosa! —dijo emocionado. La cerradura volvió a moverse.

La tercera pregunta decía:

—¿Cómo se les ocurrió a los padres de Joe su nombre? —Joe sabía que el café había sido la bebida favorita de sus padres y que lo llamaban taza de Joe. Esa tenía que ser la respuesta. Dijo con seguridad:

—¡Café! —La caja fuerte hizo un último y fuerte clic y se abrió. Había respondido correctamente a las tres preguntas.

En el interior de la caja fuerte, descubrió un medicamento líquido sellado en frascos herméticos especiales. Estaban etiquetados como "Elixir de Panacea". También había algunas jeringas sin usar y papeles cubiertos con fórmulas matemáticas. Vio una segunda etiqueta en un sobre que decía:

"Fórmula curativa Panacea Elixir con régimen de dieta y ejercicio requerido" También había un pequeño disco, con la etiqueta "Mensaje para la familia superviviente". Joe llevó el disco al estudio. Se sentó durante un momento, tranquilizándose con una breve sesión de meditación.

Al cabo de unos minutos, introdujo el disco en el equipo de música y pulsó el botón de reproducción.

—¡Hola! Soy el Dr. Roberto Benson. Si estás escuchando esto, entonces estoy en la paz eterna. El único que pudo responder a todas las preguntas para abrir esta caja fuerte fue mi hijo, Joe. Supongo que estoy hablando contigo, Joe. Por favor, escucha con atención, hijo. Dentro de esta caja fuerte hay una receta firmada por mí, un médico licenciado, que autoriza el vial de medicación que se te inyectará a ti y a todos los miembros restantes de mi familia. Muéstrale los documentos de la fórmula a uno de los profesionales médicos que aparecen en la hoja de la caja fuerte para que pueda ser replicada por otros. Todos ellos son amigos y colegas. El medicamento Elixir Panacea cura el cáncer, la diabetes, inocula contra los virus pandémicos y los agentes químicos de la guerra. Preservará tu vida en caso de una guerra química mortal o de una plaga y pandemia que llegará pronto. El medicamento mutará en tu torrente sanguíneo y permanecerá contigo durante toda tu vida, protegiéndote e impidiendo que tu cuerpo albergue cualquier célula cancerosa. La enfermedad no es contagiosa si se trata correctamente. Joe, recuerda que para que funcione, tu mente tiene que ser pura. No se puede abusar de ella con la ingesta de toxinas. También debes estar sin estrés. Toda la medicina del mundo no puede curarte ni protegerte si tu mente no tiene paz eterna.

Joe se tumbó en un sofá del estudio y se colocó de forma que su frente colgara del borde y quedara hacia arriba. Esto aumentó el flujo de sangre a su cerebro. Joe cerró los ojos y recordó a su padre. Las lágrimas fluyeron, gotearon y cayeron al suelo.

—Joe —continuó la grabación—, si Lumbra está todavía con la familia, por favor, pídele que te administre esta medicina. Sé que estaba estudiando enfermería junto con arqueología. Te quiero, hijo mío. Ojalá te lo hubiera dicho más en vida. Recuerda, Joe, que siempre que pienses en Dios, Dios está contigo en ese momento. Haz siempre cosas buenas, hijo. Y cuida de tu hermana, mi hermoso ángel. Que Dios bendiga a todos los miembros de mi familia con la dicha de la paz eterna —Concluyó el mensaje del Dr. Benson.

Joe permitió que el mensaje de su padre entrara en lo más profundo de su subconsciente.

—Sé lo que mi padre está tratando de decirme —dijo en voz alta—. Muchas enfermedades son una enfermedad del espíritu. Si alguien no está sano y en paz, puede volver a enfermarse incluso después de haberse curado.

Joe compartió la grabación con su familia. Decidieron que era una buena idea que Lumbra administrara la medicación. Ella acababa de recibir su licencia de enfermera registrada. Siempre le había preocupado qué pasaría si estuviera en una expedición arqueológica en medio de la nada y hubiera una emergencia médica. ¿Quién se encargaría de su equipo, y a bajo coste? El Dr. Benson convenció a Lumbra de que lo mejor era ser autosuficiente, por lo que había decidido convertirse en enfermera además de arqueóloga. Lumbra sonrió al pensar en el gran Dr. Benson, que la había ayudado de tantas maneras. Administró la medicación a Joe, a Rose, a Napoleón, al general Benson, a ella misma e incluso a Herbie. El pájaro se había ofrecido como voluntario con entusiasmo, cantando "¡Herbie! ¡Herbie! ¡Herbie!" Después de que Lumbra le diera la inyección a Herbie, dijo:

—¡Herbie vivirá para siempre!

29

Joe fue elegido para representar a Estados Unidos en una competición olímpica de esgrima. Esto fue en parte resultado de las conexiones de Napoleón en el mundo de la esgrima, y en parte debido a las afiliaciones de los masones del agua y las conexiones políticas del general Benson. Pero, por supuesto, Joe se clasificó en primer lugar por sus extraordinarias habilidades en la esgrima. Le encantaba pasearse por la casa con su uniforme olímpico oficial. Se había convertido en un maestro espadachín y experto en esgrima gracias a sus dos maestros, el maestro Musashi y Napoleón.

Una noche, durante la cena, cuando se acercaba la competición, Joe dijo con entusiasmo:

—Familia, me sentiría muy feliz y honrado si todos ustedes me acompañaran a las Olimpiadas de Inglaterra. Me reconfortaría y me ayudaría a tener una mentalidad zen si supiera que mi familia está allí animándome.

Todos se levantaron de la mesa y dijeron:

—¡Sería un honor estar contigo, Joe! — Napoleón y el general estrecharon la mano de Joe mientras Lumbra y Rose lo abrazaban y besaban.

Herbie se abalanzó desde algún escondite, se posó en el hombro de Joe y preguntó:

—¿Herbie va a las Olimpiadas? ¿Herbie va a las Olimpiadas?

Joe se rio.

—Sí, Herbie, tú también eres de la familia. Herbie va a las Olimpiadas —Levantó a Herbie y lo acunó. Lo apretó suavemente y luego le besó la cabeza. Herbie besó a Joe por toda la cara con su cálida y pequeña lengua de loro negro.

Napoleón puso varios platos franceses sobre la mesa y anunció:

—¡La cena está servida! Buen provecho — Hizo su famoso ruido de estallido. Todos se sentaron, dieron las gracias y empezaron a comer. Acompañaron la comida con zumo de fruta recién exprimido. Como siempre, había una cafetera en la mesa para quien quisiera tomar una taza de Joe.

Joe, acompañado de su familia, viajó a Inglaterra para competir en los Juegos Olímpicos. Llegó fácilmente a la ronda final de la competición. El vicepresidente de los Estados Unidos entró en la sala del equipo olímpico de esgrima americano. Observó que estaban a punto de pronunciar unas palabras en la oración.

—Las acciones hablan más fuerte que las palabras de fe. Quiero una medalla de oro y quiero ver sangre —proclamó en voz alta a todo el equipo de esgrima.

Joe miró tranquilamente al vicepresidente.

—¡Si no tienes fe en tus palabras, entonces tus acciones no tendrán éxito! —El vicepresidente apretó los puños y salió de la sala de esgrima mientras miraba a todo el mundo. La sala quedó en silencio mientras Joe dirigía unas palabras de oración al Padre. El equipo de esgrima estadounidense, inspirado por Joe, comenzó los combates finales de clasificación. Tras el último combate clasificatorio, Joe se tomó un descanso sentándose en el suelo con las dos palmas de las manos en el regazo. Colocó la palma de la mano derecha sobre la izquierda, con las puntas de los pulgares tocándose. Joe cerró los ojos y comenzó a respirar tranquilamente para relajar su mente. Pensar en nada y meditar le ayudó a generar su *chi*.

Lejos de allí, en Japón, el maestro Musashi se preparaba para ver a su alumno en la televisión cuando, de repente, se produjo un gran terremoto. Musashi calmó a todos los miembros de su familia y dijo:

—Acepten que la tierra debe moverse, igual que el viento sopla y el sol brilla. La vida y la muerte son una sola cosa. Acepten todo lo que ocurra para que tengan una paz eterna, como hacen los verdaderos japoneses. Este es el camino —Musashi encendió la televisión—. ¡Joe! —dijo en voz alta a la pantalla—. ¡Muestra al mundo que eres un "verdadero samurái"! Muéstrale al mundo el camino antes de que el mundo deje de existir. Demostrarás que el honor todavía existe para aquellos que lo buscan, aceptando que la vida y la muerte son una sola. Saber esto te libera para disfrutar de la vida —La familia Musashi se sentó a mirar en su televisor de doscientas pulgadas con sonido envolvente. Uno de los miembros de la familia le trajo al Sr. Musashi un té para ayudarle a relajarse mientras veía a su estudiante favorito.

El locutor de la televisión dijo que Joe se batiría en duelo con un atleta inglés, Sir Iván, por la medalla de oro. Ambos habían derrotado ya a muchos competidores de otros países. La cámara mostraba a la familia de Joe sentada entre el público, animándole. El vicepresidente de los Estados Unidos, alias Corazón de Sangre, se sentaba en un palco asegurado cercano. Sus ojos brillaban con fuego cuando miraba al general Benson. Seguía pensando que su compañero de clase, el general Benson, era demasiado patriota y que era el responsable de los problemas que había tenido en West Point hacía muchos años. El general Benson no lo encubrió políticamente y, en consecuencia, Corazón de Sangre fue expulsado de West Point por actos de plagio. El general Benson creía que la integridad era un valor importante, y por esa razón, nunca se había metido en política.

—*¡Medalla de oro, Joe!* —gritó el general Benson—. *¡Honra a tu país! ¡Si ganas la medalla de oro, irás a West Point!*

—¡Ese es mi hermano! —Rose gritó—. *¡Puedes hacerlo, Joe!*

—¡Ten cuidado! —añadió Lumbra.

—¡Y diviértete! —dijo Napoleón—. *¡Pero sé serio también!*

Tienes las herramientas. ¡Puedes hacerlo!

Incluso Herbie se unió gritando:

—¡Joooe!

Joe terminó de meditar. Su batería interna estaba cargada con mucho *chi*. Masticó pacientemente semillas de girasol mientras se preparaba para el combate, que debía comenzar en dos minutos.

Los dos jóvenes atletas entraron en la lona con elegancia, como dos leones. Llevaban en sus manos mortales y letales duelos de espada. Hicieron contacto visual y luego se saludaron con sus espadas. El duelo estaba a punto de comenzar. Cada uno sonrió al público. Una nueva regla olímpica permitía a los atletas de la final elegir si llevaban o no protectores de pecho o máscaras. Sir Iván votó que no, y Joe estuvo de acuerdo. Habían optado por no hacerlo para que este fuera un duelo a muerte, dando así más orgullo al país que representaban. Las jóvenes gritaban extasiadas desde el público; se sentían atraídas por el rostro extremadamente apuesto y el físico cincelado de Joe. También había algo magnético en sus ojos. Algunos jóvenes vieron en Joe un prototipo de héroe. Todos saludaron y gritaron para llamar su atención.

—¡Joe!

El Rey de Inglaterra dijo:

—¡Increíble! —Estaba presente con su novia. Tuvo que contener a una joven de la familia real que estaba muy encaprichada con el aspecto de Joe.

Sin embargo, muchos ingleses de la zona gritaron:

—¡Tonterías! Sir Iván matará a ese americano.

—*¡Veamos cómo lo hace en el combate!* —El rey de Inglaterra dijo con orgullo—. Las apariencias no lo son todo.

El árbitro olímpico anunció las reglas.

—Debido a que se trata de un duelo de esgrima a la posible muerte, los esgrimistas pueden moverse a la izquierda o a la derecha en la banda, así como hacia delante y hacia atrás. Tres asaltos de tres minutos cada uno. El primer esgrimista que sume quince cortes o estocadas contra su oponente gana la medalla de oro. El esgrimista ganador también tiene la opción de quitarle la vida a su oponente. Sin embargo, también tiene la opción de perdonar la vida a su oponente. Considera si tus compatriotas verán tu elección como positiva o negativa antes de decidir —Joe y Sir Iván se pusieron en posición de salida. El árbitro profesional gritó:

—¡En guardia! ¡Listos! ¡Vamos! —El combate comenzó. El público se mordía las uñas con los ojos bien abiertos. La gente que lo veía por televisión en casa dejó de responder a las llamadas telefónicas o a los timbres. Todo el mundo estaba pendiente de los bellos y artísticos movimientos de estos esgrimistas olímpicos. El juego de pies de ambos esgrimistas parecía una suave danza de ballet.

Joe hizo un falso avance para atraer o ver qué respuesta daría Sir Iván. Sin embargo, Sir Iván se mantuvo en posición de guardia. Joe pensó al instante: *Esto va a ser una partida de ajedrez contra un gran oponente.*

Sir Iván pensó para sí mismo, sí, ¡sigue moviéndote, americano, para que pueda conseguir tu maldito tiempo! Sir Iván avanzó rápidamente con un ataqueno telegráfico, que consistía en un paso de salto del pie trasero, abandonando el suelo mientras el pie delantero estaba en una embestida en el aire hacia adelante. Iván enderezó el brazo de su arma para una extensión, intentando atravesar con su lanza a Joe. Pero Joe retrocedió instintiva y rápidamente fuera del rango de ataque.

¡El arte de la esgrima olímpica era un hermoso arte antiguo para contemplar!, pensó el rey de Inglaterra.

Los esgrimistas olímpicos se movían hacia adelante, hacia atrás, a la izquierda y a la derecha de su oponente, ¡buscando una apertura para atacar! La gente tenía la sensación de estar viendo una película de Robin Hood o de gladiadores, pero era mejor porque era real, y se cernía la posibilidad de la muerte. Los esgrimistas movían sus espadas en el círculo 4, que movía la hoja en un pequeño movimiento en sentido contrario a las agujas del reloj, y luego en el círculo 6, que movía sus hojas en un pequeño movimiento en sentido de las agujas del reloj, mientras empezaban a tantear al otro para atacar. Sir Iván, tanteando a Joe en la zona de peligro, extendió su espada mientras apuntaba a Joe, intentando sacarle sangre.

Joe lo rechazó con un poderoso *parry* fuera de la línea central, y luego hizo una profunda finta de ataque a la nariz de Sir Iván. Los ojos de Sir Iván se iluminaron como la luna, pero Joe sonrió mientras retrocedía.

—¡Aún no! —gritó Joe. Utilizó una antigua estrategia del *Arte de la Guerra* para desgastar psicológicamente al oponente. Era como si Joe estuviera jugando al gato y al ratón. Joe tenía varias técnicas de finta o ataques falsos que parecían reales, pero no todas sus fintas eran iguales. Podía engañar a su oponente. Joe se dio cuenta de que era inútil hacer una finta para cortar al experimentado Sir Iván desde una distancia excesiva. El movimiento correcto desde la distancia equivocada no era ningún movimiento.

Sir Iván comenzó a rebotar hacia arriba y hacia abajo con sus experimentadas y elásticas piernas mientras intentaba utilizar el engaño para un ataque. La espada de Sir Iván se flexionaba hacia arriba y hacia abajo con cada rebote para crear un ataque de engaño. Joe cerró los ojos y entró en un trance de sueño zen samurái para acelerar su tiempo de reacción. Cuando Joe estaba en este trance zen, ni siquiera una bala podía tocarle. Cuando Sir Iván vio que los ojos de Joe se cerraban, salivó pensando en un posible golpe mortal. Entonces hizo un ataque directo a Joe, que iba directo al objetivo sin desviarse. Pero Joe había tenido un gran maestro samurái y un gran maestro de esgrima. Abrió lentamente los ojos para escuchar el latido lento de su corazón. Cuando la hoja de Joe hizo un suave círculo para interceptar la espada de Sir Iván, el americano rápidamente lanzó un contraataque, pero Sir Iván hizo una gran defensa. Entonces Sir Iván se retiró con seguridad a la posición de guardia.

Joe recordó una de sus tácticas de penetración para ganar un alcance extra de toque sobre Iván. Joe se movió hacia adelante. Avanzó con el brazo de su arma para una extensión y sonrió con confianza. Sir Iván miró a los ojos de Joe mientras retrocedía, preguntándose qué estaba tramando Joe. De repente, con su espada extendida, Joe puso todo su peso en su pie delantero, inclinándose hacia delante mientras su pie trasero se levantaba del suelo. Mantuvo un extraordinario equilibrio atlético y extendió la mano, atravesando la punta de la espada dentro de las costillas de Sir Iván.

—¡Auh! —Sir Iván gritó dolorosamente con incredulidad.

Joe no hizo un golpe mortal todavía porque era reacio a acabar con la vida de alguien. Sin embargo, Sir Iván era un gladiador experimentado, un maestro espadachín. Con tolerancia guerrera, vio a Joe plantar sus pies y captó su ritmo durante una fracción de segundo. Sir Iván lanzó su afilada espada a la parte superior del torso de Joe, cortando su piel para hacer caer la sangre.

El público se extasió con la sangre y la violencia. Mientras la batalla de esgrima olímpica por la medalla de oro continuaba, hubo más cortes y más puñaladas. El árbitro olímpico llevaba la cuenta de los cortes y de los puntos al finalizar el primer asalto. El equipo de limpieza limpió la sangre del suelo mientras el equipo médico prestaba ayuda a Joe y a Sir Iván.

En el segundo asalto, los esgrimistas olímpicos se enfrentaron de nuevo. Joe y Sir Iván se colocaron en la posición de en guardia, se enfrentaron completamente inmóviles y sintieron el deseo del otro de convertirse en campeón del mundo y ganar la medalla de oro olímpica. El árbitro gritó:

—¡En guardia! ¡Listos! ¡Vamos! —Sir Iván con buen tiempo y ritmo empujó al árbitro hacia Joe, sin que la gente lo viera claramente. Iván lanzó su punta hacia Joe, pero este interceptó su espada, ya que ambos esgrimistas estaban en combate cuerpo a cuerpo mientras sus espadas se enfrentaban. Joe utilizó el poder de la planta de sus pies conectados al suelo, luego su dantian inferior del estómago combinado con el movimiento de su cuerpo como un todo para alejar a Sir Iván en espiral, desenganchando así ambas espadas. Sir Iván cayó al suelo con fuerza. Sir Iván se levantó de nuevo.

—¡En guardia! ¡Preparados! ¡Vamos! —grita el árbitro. Sir Iván hace una finta con su espada en lo alto de la cabeza de Joe, luego golpea en la parte baja del abdomen de Joe. Joe da un paso lateral hacia su izquierda alejándose también de la espada de Sir Iván hacia abajo y lejos de su cuerpo, al mismo tiempo, Joe usando el tiempo, ataca con su espada tres veces a la vez y golpea a Sir Iván en el pecho, hombro izquierdo y costillas del lado derecho.

—¡*Auch!* —Sir Iván grita de dolor. El juego se detiene mientras Sir Iván recibe una breve atención médica. Y Joe, mientras está en el banquillo, bebe electrolitos y come unos cuantos pistachos.

Mientras tanto, de vuelta en Japón, el maestro Musashi dice suavemente a la pantalla de televisión:

—Concéntrate, Joe. Ya conoces el camino. Eres un samurái —Tenía la boca seca por la excitación, y por eso vació su taza de té—. ¡Tráeme más té! ¡Más té! —Un miembro de la familia le trajo una bandeja que contenía una reliquia familiar, una inestimable tetera de porcelana con una pequeña taza de té vacía. En lugar de servirse una taza de té, Musashi cogió la tetera llena de té y empezó a beber directamente de ella. Toda la familia Musashi lo miró con asombro.

—¿Qué? —preguntó—. ¿No puede un anciano beber un poco de té? —Volvió a beber tranquilamente de la tetera e ignoró a los espectadores. Esto era un combate por la medalla de oro de la esgrima olímpica.

De repente, el sexto sentido del maestro Musashi se puso en marcha. Sentía que algo grande estaba a punto de suceder a su alrededor, pero no podía saber qué. Siguió observando el duelo de esgrima, tenso pero alegre. Vio a Joe como un hijo que debía continuar su legado.

En ese momento, Sir Iván hizo una especie de paso corriendo combinado con una estocada baja de su espada. Joe contactó defensivamente con la hoja de Iván con un golpe 7 y siguió con un tajo horizontal, cortando los muslos de Iván y produciendo un shock en su sistema nervioso. Sir Iván comenzó a sudar profusamente. Joe hizo otro ataque, una elegante caída de su espada en el hombro izquierdo de Sir Iván, amenazando a Sir Iván, lo que provocó una reacción. Sir Iván intentó parar con fuerza la espada de Joe pero falló. *¡Whiff!* Joe usó la velocidad del rayo y cambió la dirección de su espada para dar un doloroso y profundo tajo en el pecho de Sir Iván. A continuación, Joe hizo saltar rápidamente la sangre de Iván de su espada al suelo, que era un *chiburi* de samurái.

El vicepresidente babeó como un vampiro con enormes gotas de salivación al ver la sangre, y siguió sonriendo sádicamente al general Benson.

Joe percibió la rabia de Iván. Había comprobado que Iván tenía una alta tolerancia al dolor, lo cual era una marca de un campeón. Sir Iván hizo una rápida embestida con una estocada recta, intentando atravesar el corazón de Joe. Pero Joe rápidamente hizo un movimiento de su espada con la muñeca para dar un golpe, un golpe nítido de su espada contra la de Iván. Luego hizo un posible golpe de riposte para tocar la masa central del cuerpo de Sir Iván. Increíblemente, el experimentado Sir Iván hizo una imposible parada de oposición para defender su vida, capturando la espada de Joe en un compromiso. Mientras ambas espadas mantenían el contacto, Sir Iván buscó una posible apertura para desenganchar su espada para un ataque. Sin embargo, Joe tuvo cuidado de mantener su espada comprometida con la de Iván para poder sentir la energía de su oponente. Mientras Joe controlaba la energía de la línea central y deslizaba su espada chirriante, Sir Iván se adelantó y se dirigió justo a la punta de la espada. Recibió una profunda lanza en el hombro.

—¡*Argh!* —Iván gritó de dolor.

El vicepresidente comenzó a sudar profusamente. Cogió una toalla para limpiarse y empezó a pasearse.

La mayoría de los hombres del público gritaron a favor de Iván, que tenía ventaja de campo.

—¡*Iván!* ¡*Iván!* ¡*Iván!* —Pero la mayoría de las mujeres de los distintos lugares de las gradas gritaban por Joe.

—¡*Bésame, Joe!*

—¡*Cásate conmigo, Joe!*

Finalmente, unas cuantas mujeres lanzaron flores mientras algunas arrojaban sus calzones al esgrimista olímpico estadounidense.

Sir Iván, sangrando por el hombro, escuchó a las mujeres extasiadas. Hirvió de envidia y blandió su espada salvajemente contra Joe con una intención injusta. No le importaría arrancarle la cabeza a Joe. Joe se alejó, sin ser tocado, con pies móviles y fluidos, como si se alejara flotando como una mariposa. Sin embargo, Sir Iván era un campeón. Era muy ágil y no se cansaba fácilmente. Con su movilidad en la esgrima, hizo un paso de carrera con el brazo de su espada completamente extendido, una flecha para posiblemente anotar en el pecho de la masa central de Joe. Joe curvó milagrosamente su cuerpo hacia atrás cuando la espada de Iván pasó por encima de su pecho. Los ojos de Sir Iván estaban conmocionados porque no pudo lastimar a Joe. Las espadas de ambos esgrimistas volvieron a engancharse. Las espadas se conectaron como imanes mientras se miraban a los ojos, buscando en el alma del otro una debilidad. Con paciencia, buscaron el momento adecuado para desenganchar las espadas, o para que el primero desconectara su espada. Esta era la mejor manera de jugar con la espada, sin que ninguno de los dos esgrimistas se confiara del otro.

El experimentado Sir Iván dio de repente un pequeño paso adelante. Fue un movimiento sucio, ya que pateó a Joe con fuerza ligeramente por encima del tobillo del pie principal para crear un choque en el sistema del cuerpo.

—¡*Uh!* —gritó Joe. De alguna manera, el árbitro inglés no vio el golpe bajo ilegal; algo se le había metido en los ojos en ese momento. Joe luchó ligeramente por el equilibrio. Sir Iván aprovechó la oportunidad y desenganchó su espada mientras intentaba clavarla profundamente en la zona del corazón de Joe para un posible golpe mortal. Pero

Joe recuperó el ritmo mientras esquivaba con fluidez hacia su izquierda para rechazar la mortal espada de Sir Iván. *¡Clank!*

Cuando el árbitro finalmente se aclaró los ojos, se movió alrededor de los esgrimistas como un profesional mientras un lugareño le gritaba:

—¡Consigue unas gafas, maldito viejo idiota! —Alguien lanzó una fruta desde las gradas a la cabeza de Joe, pero este se agachó cuando pasó volando, golpeando al árbitro en la nariz. El árbitro se agarró rápidamente la nariz, sangrando de dolor mientras miraba hacia las gradas. Pero la gente se encogió de hombros y asintió con la cabeza, como si nadie hubiera visto quién lanzó la fruta. El orgulloso inglés y árbitro olímpico proclamó.

—¡Averiguaré quién me rompió la nariz!

En ese momento, el experimentado Sir Iván sintió una oportunidad.

—Estás nervioso, ¡ya lo veo! —le gritó a Joe—. ¡Eres un maldito tonto americano!

Joe se sintió menospreciado y pensó para sí mismo:

—*¿Un tonto? ¿Por qué Iván habla mal de mí?*

Iván aprovechó la ligera pausa de Joe para pensar. Le asestó un tajo en sus poderosos abdominales. Detrás de Joe, un trozo de madera surgió misteriosamente del suelo, haciéndolo tropezar. Cayó con fuerza en el suelo, un golpe de derribo, que fue fuertemente penalizado, igualando el partido según el árbitro inglés, que ahora llevaba un pesado vendaje sobre su nariz rota. Joe se preguntó cómo había conseguido Sir Iván engañarle.

El vicepresidente lanzó su toalla maloliente y sudorosa contra el general Benson, pero se quedó corto. El general Benson se rio y sacudió la cabeza con incredulidad.

Joe se levantó rápidamente del suelo para intentar esquivar a Iván, que se abalanzaba sobre él con un golpe mortal. Ocurrió lo inesperado. Joe recordó de repente la historia de Napoleón sobre por qué había perdido en las Olimpiadas. También recordó la frase del maestro Musashi: **"No dejes que nadie controle tus emociones. Solo tú puedes controlarte a ti mismo y a tus emociones. Este es el camino del "verdadero samurái". Para vencer a cualquier adversario, debes sentir el honor dentro de ti. Conecta con tu honor y luego actúa".** Joe retorció su cuerpo cuando la espada de Sir Iván lo atravesó por el ancho de un cabello humano. El campeón Sir Iván no había terminado. Hizo girar su espada horizontalmente alrededor de su cuerpo con una técnica medieval. Intentó cortar a Joe por la mitad, pero Joe hizo un movimiento de boxeador, esquivando la espada de Iván. Cuando la espada de Iván no alcanzó a Joe, cortó uno de los dedos del árbitro. ¡Contragolpe! Su pesado y gordo dedo cayó al suelo.

—¡Ahr! —gritó el árbitro. Ese fue el final de la segunda ronda. Desgraciadamente, el equipo médico no pudo encontrar el dedo rebanado del árbitro mientras ahuyentaban a un perro, por lo que se limitaron a vendar la mano del árbitro.

—¡Bo-Bo! *Vuelve* aquí —gritó el viejo inglés a su bulldog inglés. Volvió junto a su dueño, mordisqueando un trozo de carne roja del tamaño de un dedo.

Ahora estaban en la tercera y última ronda, después de que el equipo médico los volviera a curar. Un golpe mortal ganaría inmediatamente el oro olímpico. El árbitro tenía un vendaje del tamaño de un pomelo sobre su nariz rota y una venda blanca envolviendo el muñón de su mano donde antes estaba el dedo. Sin embargo, el árbitro, con la medicación en la sangre, se movía como un profesional olímpico. El rey de Inglaterra miró con autoridad a Sir Iván. El esgrimista vio y sintió la presión. Decidió:

—¡*Ya basta! ¡Soy el campeón! Ganaré esto para el rey* —Giró hacia abajo sobre la cabeza de Joe, intentando partirla por la mitad. Joe dio un ligero paso hacia su izquierda con habilidad de samurái, y su espada se elevó para recibir la espada de Iván con un movimiento llamado uke nagashi. Entonces Joe soltó la espada de Iván por debajo mientras caía al suelo, desarmando a Iván. Rápidamente, cortó a Iván en el pecho con un corto tajo hacia adelante.

—¡Urrr! ¡Maldito bastardo! —gritó Iván. El árbitro pidió tiempo. Joe bebió un trago de agua alcalina para reponer líquidos y avisó a su familia de que estaba bien. Sir Iván, un experimentado maestro de la espada, recuperó rápidamente la compostura y recuperó su afilada espada. El equipo médico limpió a ambos esgrimistas olímpicos e informó al árbitro de que los esgrimistas estaban listos para el combate.

El árbitro gritó:

—*¡En guardia! ¡Listos! ¡Vamos!*

Sir Iván, sin perder tiempo, sacó de su bolsillo del chaleco y lanzó un poco de pimienta negra a los ojos y la nariz de Joe. Joe comenzó inmediatamente a estornudar mientras su visión se volvía borrosa. Joe posicionó desesperadamente su espada al frente para proteger su línea central de cualquier ataque de empuje, pero no sabía dónde estaba su oponente. Sir Iván tomó un rápido aliento de batalla, enfocó su mortífera espada y luego intentó asestar un golpe mortal en el corazón de Joe. Joe, un verdadero samurái con agallas y la naturalidad de un guerrero, entró en un profundo trance zen y conectó con su sexto sentido. Se dijo a sí mismo: *"No pienses. Solo siente"*.

Sir Iván lanzó su línea de ataque en ángulo para penetrar la defensa central de Joe. Pero Joe, que se jugaba la vida, conocía el arte de morir y estaba preparado para lo que pudiera venir. Con la economía del movimiento, Joe utilizó con fluidez un poderoso doble. Desarmó a Sir Iván y partió su espada por la mitad, cortándole en la cara mientras giraba en el aire. Sir Iván se tambaleó de dolor y cayó sobre una rodilla. Joe, sudando y sangrando, apuntó con su espada a pocos centímetros del pecho de Iván, listo para asestar el golpe mortal. La multitud se quedó en silencio. El inglés sudaba espantosamente y sangraba por la cara; la sangre goteaba profusamente y caía al suelo, estaba indefenso como un cordero, y sus ojos estaban muy abiertos por la conmoción. Podía saborear la sangre agridulce en su lengua.

El sádico vicepresidente gritó diabólicamente de placer.

Joe sonrió modestamente a su humilde oponente. Eligió la opción de perdonar la vida a Iván. Sabía que ya tenía suficientes puntos para ganar, así que le ofreció amablemente a Iván una mano. Sir Iván, que aún sangraba por las heridas de la cara, aceptó la mano de Joe, ya que parecía un poco desconcertado cuando vio su espada en el suelo hecha pedazos. El americano Joe había ganado la medalla de oro. La familia de Joe saltó de alegría, mientras que muchos de los hombres del público, en su mayoría ingleses, guardaron silencio.

El vicepresidente tiró su bebida al suelo con rabia; salpicó a las personas sentadas a su lado. Salió furioso y gritó:

—¡Odio la paz! —Cuando pasaron unos segundos de silencio, las jóvenes volvieron a extasiarse, gritando y llorando por el apuesto joven héroe. Algunos de los jóvenes también tenían ganas de hablar con Joe o de estrecharle la mano. Muchas fans lo intentaron, pero solo unas pocas traspasaron la barrera de seguridad y colmaron a Joe de besos decididos, abrazos apasionados, apretones de manos o palmaditas en la espalda. Joe se sintió humilde y exultante al mostrar un acto de paz.

Mientras tanto, en la Casa Blanca, el presidente de los Estados Unidos lo veía en una pantalla gigante con su gabinete. Cuando vio el acto misericordioso de Joe, se levantó y dijo:

—¡Joe ha demostrado al mundo que la paz eterna es buena! Inviten a Joe a la Casa Blanca.

Quiero tomar una cerveza con él. Y recuérdame que despida a ese vicepresidente mío.

Pasaron unos momentos en los Juegos Olímpicos de Inglaterra. Joe dijo:

—Es un honor estar en este gran país, y es un honor competir en estos grandes juegos. Por favor, damas y caballeros, tomen asiento y muestren honor. Gracias —Siguió tratando de liberarse del grupo de aficionados emocionados.

—*¡Sí, sí, honor!* —dijeron las mujeres.

—*¿Honor? ¡Maldito idiota! Acabas de vencer a Sir Iván. Nadie le gana nunca a Sir Iván* —dijeron los hombres. Al final volvieron a sus asientos, pero siguieron mirando con desprecio a Joe.

El equipo de esgrima inglés estaba decepcionado y envidioso.

—Miren a ese maldito americano de pantalones elegantes —refunfuñaron—. *¡Nos ha dejado en evidencia!*

Mientras tanto, de vuelta en Japón, el maestro Musashi saltó al aire. Este había sido el mejor duelo de esgrima que había visto. Dejó caer la preciosa tetera de porcelana, que se rompió en siete pedazos celestiales. Se había sentido satisfecho en su corazón con la paz eterna, y lo celebró con su familia. De repente. Se apretó el pecho, miró al cielo como si pudiera ver a alguien allí, y dijo:

—Sí, Gabriel. Siempre he creído —El señor Musashi cayó con fuerza al suelo. *¡Thud!* Muerto de un ataque al corazón delante de su familia. Unos minutos después, un enorme tsunami, consecuencia del terremoto, golpeó Japón. Se tragó a todos los miembros restantes de la familia Musashi. Japón sufrió una horrenda catástrofe.

En Inglaterra, y con jubiloso orgullo, uno de los miembros del equipo de esgrima inglés informó a sus compañeros de que Joe era hijo de Olivia Benson, la famosa y extraordinaria bailarina inglesa. El equipo inglés se había convencido de que solo habían perdido contra Joe porque tenía un linaje inglés adecuado. Sir Iván desconocía la herencia inglesa de Joe, pero era un hombre de honor, por lo que volvió a estrechar la mano de Joe para felicitarle por su victoria. Joe sabía que la espada de un samurái estaba ligada a su alma. Un samurái podía quitar o dar la vida. Joe había elegido perdonar la vida de Sir Iván. Iván volvió a la zona del equipo de esgrima inglés para beber un poco de agua y limpiarse el sudor y la sangre de la cara. Allí se enteró de quién era la madre de Joe.

—¡Sí! —gritó—. ¡Sabía que había algo especial en él! —El equipo médico limpió a todos los valientes guerreros de la esgrima olímpica y los preparó para la ceremonia de entrega de medallas.

El rey y la reina de Inglaterra y la hermana menor de la reina, Charlotte, bajaron para entregar personalmente las medallas. El rey se presentó a sí mismo, a su reina y a su cuñada, Charlotte. El rey sonrió mientras colocaba la medalla de oro en el cuello de Joe.

— *Has vencido al campeón de esgrima inglés, del que todos decían que era imbatible. Las leyendas que oí de niño decían que solo un caballero de honor benévolo podía vencer a un guerrero imbatible. Si tienes alguna petición personal, házmelo saber. Me gustaría invitarte al castillo para una pequeña ceremonia. Por favor, trae a tu familia y a tu novia o esposa.*

Joe sonrió.

—No tengo novia ni esposa, pero tengo a mi familia aquí conmigo. Gracias. Sería un honor. Iré.

La reina estrechó la mano de Joe, sonrió y se unió a su marido. Charlotte se quedó atrás y sonrió tímidamente a Joe. Él se inclinó, levantó las puntas de los dedos de ella suavemente hacia su boca y las besó. Charlotte se sonrojó y se apresuró a alcanzar a su hermana.

El rey colocó a continuación la medalla de plata olímpica alrededor del cuello de Sir Iván.

—*¡Perdóneme, señor!* —dijo Iván.

El rey respondió:

—Cuando nuestros ciudadanos aprenden lecciones, mejora nuestro país y lo hace más fuerte. He visto cómo te has humillado. Demostraste que nuestro país es honorable por la forma en que felicitaste a Joe por su victoria. Sir Iván, esa fue tu elección, ¡como lo fue la de los americanos de perdonarte la vida!

Sir Iván sonrió en agradecimiento.

—Nuestro país está bendecido por tener un rey tan sabio y joven —Se arrodilló para mostrar su respeto. Finalmente, el rey colocó la medalla de bronce olímpica alrededor del cuello de un atleta francés y le dijo:

—Gracias por competir. Has demostrado al mundo que Francia tiene hombres y mujeres de honor.

—¡Gracias, Sr. Rey! —respondió el espadachín francés. El rey volvió a su asiento junto a la reina y Charlotte.

La ceremonia concluyó cuando se tocó "La Bandera de Estrellas Centelleantes", El general Benson, Rose, Lumbra y Napoleón estaban extasiados y gritaban su orgullosa aprobación. Herbie saltó de un lado a otro entre los hombros de la familia, graznando de orgullo.

—¡Medalla de oro Joe! ¡Medalla de oro Joe! —Rápidamente se corrió la voz en el estadio olímpico de que Joe era el hijo de la difunta Lady Olivia, la famosa bailarina inglesa. En poco tiempo, la noticia llegó también a los oídos del propio rey. Al terminar el himno de Estados Unidos, Joe miró al rey y le dijo en voz alta:

—Su Alteza, también me gustaría honrar a mi madre, la difunta Lady Olivia Benson, haciendo que se toque también el himno de su país, por favor —El rey asintió en señal de aprobación, accediendo a la petición de Joe. Mientras sonaba "Dios salve a la Reina", las lágrimas corrieron por la cara de Joe.

Poco después, cuando todos se asearon y descansaron, la familia Benson tenía planes de visitar algunos lugares históricos de Inglaterra. Al día siguiente, sin embargo, Joe se dispuso a visitar al rey. Solo Herbie le acompañó, insistiendo:

—¡Herbie ve con Joe! ¡Herbie ve con Joe! —Joe entró en el palacio real con Herbie en su hombro izquierdo. Mostró su invitación a los guardias del palacio. Hicieron unas cuantas llamadas y lo requisaron para comprobar si llevaba armas. Incluso miraron debajo de las plumas de Herbie. Joe y Herbie fueron escoltados para ver al rey.

El rey saludó a Joe con un firme apretón de manos, que Joe devolvió. Se respetaron mutuamente. En la sala de recepción, una gran ventana abierta daba a una vista de los hermosos jardines reales. Herbie inclinó el cuello para mirar a Joe.

—Sí, Herbie. Ja, ja, ¡por supuesto! Por supuesto, ve a disfrutar en los jardines —dijo Joe.

—¡Hasta luego, Joe! —dijo Herbie saliendo por la ventana.

El rey invitó a Joe a sentarse. Haciendo gala de una confianza extrema, Joe se deslizó atléticamente por el suelo, tan grácil como un león a la caza de su presa. Tomó asiento junto al rey y hablaron de batallas. La reina y su hermana se detuvieron para tomar un refrigerio rápido, y luego se fueron porque el rey había solicitado una reunión privada. Los hombres hablaron de la vida y de la pérdida de los padres, algo que ambos tenían en común. Rápidamente, se creó un vínculo de amistad entre ellos.

Le presentaron al joven rey dos espadas en una caja de porcelana con el escudo real. El rey ofreció a Joe una espada y le invitó a un duelo. El joven rey estaba decidido a probar por sí mismo las habilidades de Joe con la espada. Se enfrentaron durante un rato antes de que Joe le quitara la espada de las manos al rey.

—¡Eres demasiado bueno para mí, Joe! ¿Me darás unas lecciones?

—¡Sería un honor enseñarle, Su Alteza! —Admiró el equilibrio y el tacto de la espada del rey mientras la hacía girar en su mano. Le dio al rey unas cuantas lecciones de esgrima.

Mientras se tomaban un descanso, Charlotte volvió a entrar con elegancia en la sala. Un criado, que resultó ser un antiguo oficial de la marina británica, entró y les ofreció té o café. Charlotte lo miraba con alegría, así que Joe tomó la iniciativa y dijo:

—Tomaré una taza de Joe, por favor.

—¿Una... taza de Joe? —preguntó Charlotte, que no estaba familiarizada con la jerga americana.

Por suerte, el criado había entendido lo que quería decir.

—Una taza de Joe para el caballero y la dama —dijo mientras se inclinaba al salir.

La química entre Joe y Charlotte fue inmediata. Ella estudiaba las manos musculosas de él mientras bebían café y entablaban una conversación. En un momento dado, Herbie volvió a entrar volando y dijo:

—¡Es una chica de cuidado, Joe! —Joe y Charlotte sonrieron.

—Mira a Joe —dijo el rey a su reina—. ¡Es un buen muchacho! Parece que se divierte con tu hermana.

—Espero que se acerque más. Es un joven de honor y podría protegerte, mi marido —dijo la reina.

—Sí, sus habilidades de lucha están fuera de este mundo. Es casi como si fuera un caballero del cielo. Creo que es el momento, mi reina, de otorgarle el título de caballero —dijo el rey. Se acercó a Joe y le dijo con valentía—: Joe, esta ceremonia real es para ti. Por favor, escucha todo lo que tengo que decir antes de responder. Quiero hacerte caballero y par del reino para que tus habilidades ayuden a derrotar el mal no solo en mi reino sino en todo el mundo. Te quiero como uno de mis caballeros privados. Ayudarías a mantener a Inglaterra fuerte, como en los viejos tiempos. El mundo no sabe que he estado reuniendo caballeros a mi alrededor. Solo puedo proteger la identidad de mis caballeros si son anónimos. De esta manera, están a salvo para llevar a cabo sus misiones de caballería. No tendrías que vivir aquí en el palacio. Solo tendrían que responder cuando se les llame al deber. Algunos de mis caballeros incluso viven en otros países. No todos los hombres buenos pueden venir de una sola zona. Honraré cualquier decisión que tomes.

—Sí, sería un honor aceptar su oferta. Seré nombrado caballero, como lo fue Robin Hood. Quiero ayudar al bien a derrotar al mal.

El joven y apuesto rey sonrió.

—El camino, Joe... ¡Ya lo conoces! Te llamarás Sir Joe, Caballero de Honor —Joe llamó a su familia para pedirles que vinieran a la ceremonia. Llegaron cuando estaba a punto de comenzar. Les presentó al joven rey y a la reina.

—Abuelo, has estado en Europa muchas veces —dijo Joe—. Pero espero que lo hayas pasado muy bien recorriendo los sitios hoy.

—Nunca me canso de ver Inglaterra —dijo el general—. Toda la gente aquí es amable con los extranjeros, y hay mucha historia. La comida también es excelente porque hay muchos buenos chefs.

—Sí, Europa tiene buenos chefs —coincidió Napoleón—. Pero no se pueden comparar con el mejor chef, es decir, ¡yo!

—Tranquilo, mi amor —susurró rápidamente Lumbra.

La pequeña ceremonia finalmente comenzó. Fue un procedimiento muy tradicional. El rey pronunció un breve discurso sobre los motivos por los que Joe había sido seleccionado como caballero. Enumeró los valores y características requeridas de un caballero: valor, caballerosidad, tolerancia, iniciativa, modales, amabilidad, capacidad de escuchar, capacidad de observación, liderazgo, inteligencia, concentración, autocontrol, confianza, habilidad con la espada, atletismo y fe en Dios.

Con Herbie en su hombro izquierdo, Joe se arrodilló ante el rey y dijo:

—¡Sí, acepto el título de caballero con honor!

El rey tocó a Joe en ambos hombros con el lado plano de la hoja de su espada, con cuidado de no dañar a Herbie.

—Joe, has sido seleccionado para ser el Caballero de Honor. Con mi poder como rey, te nombro Sir Joe, Caballero de Honor.

—¿Herbie caballero? —preguntó el pájaro.

—Herbie es ahora un escudero —dijo el rey con una sonrisa—. Y cuando Sir Joe sea testigo de la valentía y el valor de Herbie en la batalla, entonces lo convertirá en caballero —El rey levantó su espada en alto—. ¡Levántate, Sir Joe, Caballero de Honor!

Joe se levantó con orgullo. El rey le entregó una espada con la inscripción "Sir Joe, Caballero de Honor" y Joe la sostuvo en el aire.

—Soy el Caballero de Honor, y mientras viva, honraré este mundo. Usaré el conocimiento de mi maestro para mostrarle al mundo el camino —Todos aplaudieron y vitorearon a Sir Joe.

Inmediatamente después de la ceremonia, se celebró una fiesta real. Una mesa de buffet estaba cubierta con enormes bandejas de excelente comida y bebida. El rey proclamó en voz alta:

—Que todos disfruten de la noche. Estamos aquí para honrar al nuevo Caballero de Honor de Inglaterra, Sir Joe Benson —Todos aplaudieron, y Rose comenzó a tocar un piano de cola en el centro de la sala y a cantar. Herbie encontró su ritmo y bailó de un lado a otro de la tapa del piano. Rose y Herbie hacían un buen equipo. Unos músicos les acompañaron en una canción de baile moderno.

Las hormonas masculinas de Joe cobraron vida mientras bailaba carismáticamente con Charlotte. El rey abrazó a su cariñosa reina mientras también bailaban. El general Benson habló con un general británico sobre sus diversas experiencias militares e intercambiaron historias de guerra. Napoleón estaba inmerso en una conversación con el chef real hasta que Lumbra lo apartó y lo llevó a la pista de baile.

30

Toda la familia Benson regresó a casa desde Inglaterra. Se sentaron juntos en la sala de estar comiendo cacahuetes, sorbiendo "tazas de Joe" y viendo la televisión. En las noticias se hablaba de los terremotos que habían ocurrido en todo el mundo y de los subsiguientes tsunamis que golpearon duramente a Puerto Rico, Cuba, Australia, Filipinas, Japón, Taiwán y Hawái. Joe había intentado llamar al maestro Musashi en cuanto se enteró, pero no pudo hacerlo. Joe confió su preocupación por el maestro a su abuelo.

—Por favor, no te preocupes —dijo el general—. Intentemos disfrutar de la película de John Wayne que van a poner cuando termine esta noticia de emergencia. Las noticias siempre parecen ser sobre algo malo que ocurre en la ciudad o en el mundo en estos días. Ya está, ¡por fin ha terminado! Escucha, Joe. No te preocupes por tu profesor. Recuerdo una película en la que este pequeño japonés lanzaba sin esfuerzo a John Wayne por todo el lugar. Esto fue justo después de que John Wayne le diera una paliza a un enorme japonés que era amigo del pequeño samurái. Así que ya ves, el camino del samurái es imparable. Algún día volverás a ver a tu maestro Musashi, a Dios pongo por testigo.

La película comenzó. Se llamaba *Más Corazón que Odio*.

—Está basada en un libro de Alan Le May —dijo el general—. Tanto el libro como la película son buenos. Recomiendo leer el libro después. Les hará apreciar aún más la película.

Mientras el general Benson comía unos cacahuetes, Joe dijo:

—Tengo entendido que se ha estrenado una película del Oeste llamada *Temple de Acero* con Jeff Bridges.

—Sí. Ya la he encargado a Saman Corporation. Está en un chip mental de Vista Panorámica de Saman. No puedo esperar a verla. Jeff Bridges es uno de mis actores favoritos. Estuvo genial en *King Kong*. ¡Cómo le temía a ese gran gorila hasta que le robó la mujer! La vida consiste en superar la adversidad.

Rose puso los ojos en blanco.

—¡Oh, abuelo, por favor! Dame un respiro. ¿No era esa película sobre un simio gigante?

Como si un monstruo grande y feo fuera a capturar a una joven bonita.

—Vamos a ver la película —dijo el general.

—Me gusta el valor que muestran los héroes en las películas del Oeste —dijo Joe.

—Por desgracia, no todo el mundo tiene un valor así —El general se frotó la barbilla—. El valor es importante, pero también lo es la capacidad de concentración. Lo que me gusta de esta película es cómo John Wayne se mantiene completamente concentrado en su objetivo de encontrar a su sobrina mientras supera las adversidades temporales.

—Me gusta la espada que tiene el soldado de caballería, el hijo de John Wayne, en la película —dijo Joe.

—¡Espero que John Wayne rescate a su sobrina de ese malvado jefe Scar! —exclamó Rose.

El general Benson se rio.

—Recuerda, Rose, que esto es solo una película. Alguien tiene que ser el malo, y no va a ser John Wayne. Después de todo, él es la estrella de la película. Como diría el propio John Wayne, "¡Ese será el día!" Sabes, deberías aprender algo sobre los nativos americanos. Tengo un buen amigo llamado Jefe Búho. Vamos a pescar una o dos veces al año. Es muy inteligente y tiene una maestría en historia mundial. Me dijo que cuando pescamos juntos, calmamos a los espíritus que se equivocaron en el pasado. Nuestros antepasados.

—Cada raza y cultura tiene su tipo de belleza —dijo Rose—. Mi madre inglesa sacrificó vivir en su propia cultura para vivir aquí por culpa de papá.

—También lo hizo Napoleón —dijo Joe—. Y el maestro Musashi, que vive en Estados Unidos la mitad del año.

—¡No olvides a Lumbra! —añadió el general.

Otra noticia interrumpió la película.

—Israel ha elegido un nuevo líder, el Sr. Natas. No ha ocultado su plan de utilizar el poder militar de Israel para influir en otros países para que se ajusten a un orden mundial, y para tratar de ampliar su propio papel como líder. El Sr. Natas es un hablador perspicaz que habla con fluidez muchos idiomas.

Alguien llamó a la puerta de la habitación familiar. Joe aprovechó la oportunidad para practicar el uso de su sexto sentido y adivinó quién podría ser.

—Suena como Lumbra.

El general Benson se rio.

—¿Quién más podría ser? Lumbra, pasa por favor.

Lumbra entró con un vestido de novia que mostraba toda su figura.

—¿Cómo sabías que era yo? ¿Cómo supiste?

Napoleón entró detrás de ella con un bonito esmoquin.

—¡Hola, familia! —dijo con un estallido.

A Lumbra se le llenaron los ojos de lágrimas.

—¡Nos hemos casado! En realidad, no lo habíamos planeado. Simplemente, fuimos al juzgado y lo hicimos. Hemos venido a despedirnos.

Napoleón se encogió de hombros.

—Espontaneidad. Debe ser el francés que hay en mí.

Los Benson se levantaron para felicitarles. Todos se abrazaron y se besaron.

—Los extrañaré, Lumbra y Napoleón —dijo Joe—. Los dos son como hermanos mayores para mí.

—Cuando ganaste la medalla de oro en esgrima, Joe, me quitó de encima un peso de decepción por mi propio fracaso —dijo Napoleón—. Me sentí tan derrotado cuando tuve que conformarme con la plata. Pero tú ganaste el oro, y eres mi alumno, ¿no? Esto significa que debo ser un gran maestro de esgrima. Me has devuelto el honor —Napoleón dio una fuerte palmada en la boca con la mano para dar a Joe un sonoro estallido de gratitud. ¡Pop! Joe se rio. Napoleón había hecho ese sonido desde que era un niño, pero Joe aún disfrutaba viéndolo y oyéndolo hacer.

Lumbra les dio a Joe y a Rose un abrazo y un beso a cada uno.

—Solo dejo esta hermosa casa, no sus vidas. Pero tengo que perseguir mi sueño de terminar la obra de mi padre. Ahora que soy arqueóloga y enfermera, Napoleón y yo lanzaremos una expedición a la isla de Patmos y utilizaremos el mapa de mi padre para encontrar su antiguo lugar de excavación. ¡Joe, tu padre era un gran hombre! Su tratamiento contra el cáncer ha sido cedido al Instituto Salk y a un médico amigo en Israel. Tu decisión de liberar su investigación ayudará a la humanidad a vivir más tiempo. Sabes que unos años antes de que tu padre encontrara la cura para el cáncer, también encontró la cura para el SIDA, el Parkinson, la artritis y el Alzheimer, pero fue más allá y creó el "Elixir de la Panacea" para ayudar a la humanidad a impedir una peligrosa pandemia vírica y una guerra de agentes químicos biológicos. Como biólogo y médico, el Dr. Roberto Benson dejó ciertamente su huella en el mundo. Ahora yo también dejaré mi huella en el mundo. Descubriré lo que se esconde en Patmos completando la última expedición arqueológica de mi padre.

Napoleón y Joe fueron al jardín a recoger algunas verduras y frutas frescas. El general Benson fue a buscar unos cuantos galones de agua natural del pozo. Napoleón preparó una comida para todos, y tuvieron una gran última cena juntos. Después, Lumbra abrazó y besó a todos para despedirse, incluido Herbie. Parecía no tener palabras. Los Benson y Herbie se quedaron en la puerta principal y se despidieron de Lumbra y Napoleón mientras se alejaban.

Joe dijo:

—¡Adiós, Napoleón, mi gran maestro de esgrima!

Con su bella esposa del brazo, Napoleón le devolvió el saludo.

—¡Adiós a ti, Joe!

31

Resultó que los terremotos y los tsunamis eran
solo el principio. La economía mundial comenzó
a desmoronarse cuando la nieve cayó en regiones
donde nunca lo había hecho, destruyendo las
cosechas y elevando los precios de los alimentos
a niveles enormes. Un enorme volcán entró en
erupción, y luego otro, oscureciendo los cielos
con cenizas. Esto atrajo a muchos insectos,
que picaron a los animales y a los humanos y
devoraron los cultivos para sobrevivir. Murió un
gran número de ganado. Las cenizas volcánicas
contaminaron muchos suministros de agua
potable y cubrieron enormes franjas de tierras
agrícolas. La cadena alimentaria de todo el mundo
estaba en crisis. En las principales ciudades, los
ciudadanos formaban largas colas en las calles
para conseguir un vaso de agua potable expedido
por el gobierno. Los terremotos y los tsunamis
seguían produciéndose en los océanos Pacífico
y Atlántico, provocando la muerte de los peces y

agotando aún más el suministro de alimentos en el mundo.

En todo el mundo, la gente comenzó a alejarse de Dios. Varios países, entre ellos Estados Unidos, llegaron a aprobar leyes que prohibían llevar una cruz o cualquier símbolo religioso en público. Los infractores eran multados fuertemente, y si no podían pagar, se les encarcelaba o se les obligaba a trabajar en los campos del gobierno.

Aunque el antídoto del Dr. Benson evitó que la gente muriera de cáncer o de SIDA, empezó a caer muerta en las calles por falta de alimentos y de agua potable. El líder de Israel, el Sr. Natas, compró tiempo en la televisión para transmitir un mensaje al mundo. Quería convencer a los países más grandes de que formaran un orden mundial de diez naciones y lo nombraran líder supremo. Los países acabaron aceptando. Las personas que vivían en esas diez naciones recibían alimentos y agua potable, pero solo si mostraban una marca en la mano derecha o en la frente que demostrara que eran leales al Sr. Natas.

Un día, Joe recibió una invitación por correo electrónico para un viaje con todos los gastos pagados para visitar la nueva capital de la Liga de las Diez Naciones. Su sexto sentido le dijo que no fuera; temía que fuera una trampa.

—Sí, claro —dijo en voz alta—. ¡Nada es gratis! —Borró el correo electrónico y apagó su ordenador.

Ese mismo día, el general Benson recibió una llamada del presidente de los Estados Unidos.

—Arnold —le dijo—, quiero que me acompañes en un viaje a Oriente Medio para asistir a una reunión de la Liga de las Diez Naciones que celebra el Líder Supremo Natas, para pensar en cómo estimular el suministro de alimentos y la economía del mundo. Trae a tu nieto contigo. El Sr. Natas dice que quiere conocer a Joe, el campeón olímpico de esgrima y medalla de oro.

El general de cinco estrellas siempre había confiado en sus instintos. Se preguntó por qué el presidente preguntaba específicamente por Joe. Decidió dejar a Joe en casa, pero sabía que no podía negarse a asistir.

—Sí, señor. Le prometo que iré, Sr. Presidente —El general se despidió de Joe y Rose. Como cualquier abuelo cariñoso, les pidió a cada uno un enorme y memorable abrazo y un beso.

—No se preocupen —les aseguró—. Volveré antes de que se den cuenta. Pero el deber me llama.

—Confía en tu instinto, abuelo, y llámanos cuando llegues —dijo Joe.

El general Benson se giró para mirar a Joe y le dijo:

—¿Te acuerdas de los viajes de pesca y acampada que hicimos?

—Sí, abuelo. Recuerdo que el sol sale por el este y se pone por el oeste. Recuerdo que la luna sale por el este y se pone por el oeste. Recuerdo que hay que seguir la estrella del norte por la noche, para no perderse. Me acuerdo de cómo comer raíces, cortezas, y de cómo encontrar una bolsa subterránea de agua natural para beber. Recuerdo cómo atrapar un pez fuera del agua y un pavo salvaje en tierra. Pero lo que más recuerdo es cómo leías las palabras de Dios de las escrituras mientras llevabas ese gran sombrero Stetson —respondió Joe.

En ese momento, el general Benson se quitó su sombrero Stetson y lo colocó en la cabeza de Joe. Joe sonrió con orgullo.

—Te queda bien, nieto. ¡Muy bien! Sí, ya es hora. Este viejo soldado de muchas batallas necesita salir a pastar. Recuerda confiar en tu instinto, Joe. Recuerden que su abuelo los quiere a ambos.

—Te echaremos de menos —añadió Rose—. El mundo es un lugar peligroso. Por favor, no nos abandones como hicieron mamá y papá.

—Ya, ya, Rose. Eres uno de los ángeles buenos de Dios. Volverás a verme, te lo prometo. Joe, cuida de ella, ¿está bien?

No le dijo a Joe que el Sr. Natas le había pedido que lo llevara en el viaje.

Joe se despidió con la mano mientras el general Benson salía lentamente de la casa, echando una última mirada a su alrededor. Herbie bajó volando, se posó en el hombro de Joe y le mordisqueó la oreja.

—Cuidaré de ti, Rose —prometió Joe—. Y creo en el abuelo. Lo volveremos a ver.

—¡Cuidaré de Rose! ¡Cuidaré de Rose! —Herbie graznó.

El general Benson subió a su Jeep blindado y se alejó para reunirse con el presidente en el avión presidencial.

Unos momentos después, Joe recibió una llamada en su teléfono móvil real. Todos los caballeros de Inglaterra fueron contactados de esta manera.

—Europa está en estado de crisis por el líder Natas —dijo el rey—. Es probable que pronto solicite tus servicios, mi leal Caballero de Honor. En caso de que no pueda, quiero que uses tu iniciativa y vayas a la parte del mundo que más te necesita. Eres el Caballero de Honor, Sir Joe, y actualmente uno de mis caballeros más saludables. Una nueva Pandemia peor que la peste bubónica o la Gripe Española ha llegado de la nada. Es un virus mortal que está mutando en distintas variantes y se está extendiendo por todo el mundo y matando a hombres, mujeres y niños inocentes. Está afectando a las familias reales, incluida la mía. Todos tomaron la vacuna que dejó tu gran padre, el Dr. Benson. Afortunadamente, esta vacuna, Elixir de la Panacea, cura esta nueva plaga y pandemia de virus, pero el terrible líder Natas se ha asegurado de que su reproducción masiva sea lenta o nula.

—Su Alteza, ¿por qué ocurre todo esto? ¿Por qué he sido bendecido para no ser infectado por esta plaga y virus mortal?

—Sir Joe, las cosas suceden por una razón. Además, se avecina una guerra química biológica. Mi principal agente británico, el espía doble, Jethro Bodine, ha confirmado que una posible guerra mundial biológica se avecina en los próximos días. Sir Joe, con el tiempo verás por qué te has salvado.

—El mundo está bendecido por tener un rey tan sabio y joven. Gracias, señor, por sus consejos sobre el camino de la vida.

—Todos tus hermanos caballeros han sido activados alrededor del mundo. Al menos, los sanos lo han hecho. Una nota final, Sir Joe. Mi cuñada, Charlotte, está en camino para ver a tu encantadora hermana actuar en Beverly Hills. Por favor, cuida de Charlotte y envíala de vuelta lo antes posible.

—Entiendo, señor. Enviaré a Charlotte de vuelta inmediatamente después del concierto.

32

Llegó la noticia de que el presidente de los Estados Unidos había sido asesinado mientras estaba en la reunión de la Liga de las Diez Naciones. El general Benson había sido tomado como rehén. Los reactores nucleares de varias partes del mundo habían empezado a tener fugas de radiación debido a toda la actividad sísmica. Los abnegados trabajadores de las centrales trataban de hacer reparaciones con diligencia y ponían el corazón en su trabajo, pero era casi imposible estabilizar los reactores.

A pesar de todo, el concierto de piano de Rose seguía programado en un estadio del centro de Beverly Hills. Aún no sabían que su abuelo era un rehén. Joe, Rose y Herbie en el hombro de Joe, se dirigieron al supercoche de la familia:

—¡Abre! —Dijo Joe. Y el supercoche con inteligencia artificial respondió a la voz de Joe que su difunto padre el Dr. Benson dejó programada. El supercoche ahora solo responderá a la voz de Joe. Todos suben al supercoche, y el supercoche se enciende solo antes de que Joe pueda poner las llaves en el contacto.

El supercoche dice:

—Siento el fallecimiento de tu padre, el Dr. Roberto Benson. He eliminado a uno de los secuaces del buen doctor —Joe y Rose se miran desconcertados. Herbie le dice a Joe—: ¡Acaba con ellos! —Joe y Rose se rieron mientras todos viajaban al concierto en el envejecido, pero aún rápido supercoche, Mercedes Benz, del Dr. Benson. ¡Zoom! Debido al aumento de la delincuencia por parte de gente desesperada, Joe utilizó el aparcamiento subterráneo del estadio. Con Herbie en su hombro izquierdo, Joe tomó la mano de Rose mientras la acompañaba por las escaleras hasta la sala de conciertos. A medida que se acercaban, pudieron ver que la gente había caído muerta en las calles de los alrededores a causa de la peste o del nuevo y mortal virus que se cree que ha salido de un laboratorio. Parece que hay dos pandemias en el mundo al mismo tiempo. Una es una bacteria letal y la otra un virus mortal. Nadie sabe cómo han surgido ambas al mismo tiempo. Joe y Rose ven a algunas personas que llevan máscaras de 7 capas y gafas mientras caminan, y luego ven a una persona caminando sin máscara, que de repente cae muerta. ¡Thud! Mientras, ven a un trabajador de eliminación de residuos que lleva un traje completo para materiales peligrosos, guantes y una máscara militar para agentes químicos, recogiendo el cadáver y colocándolo dentro de un camión de basura.

—Cuánta muerte —dice Joe—. Nuestro padre trabajó duro toda su vida para encontrar la cura de las enfermedades. Gracias a él existe una cura para esta pandemia, pero no todos la reciben. Es como si el diablo quisiera que los humanos sufrieran —Joe había sentido que el mundo parecía acabarse. *Tal vez es mejor dejar que la persona que amas sepa cómo te sientes.*

—Joe, nuestra familia se salvó gracias a la vacuna de papá —le recordó Rose—. Tenemos que estar agradecidos y recordar que las cosas suceden por una razón.

Joe asintió con la cabeza mientras él y Herbie compartían una mezcla de frutos secos, una combinación de semillas de lino, sésamo, girasol y calabaza.

Antes de que comenzara el concierto, la familia Benson proporcionó al público comida y bebidas gratuitas, así como píldoras de algas marinas concentradas para ayudar a limpiar sus tiroides de cualquier radiación. Muchas personas llevaban máscaras protectoras para cubrirse la boca y la nariz. Algunos también llevaban gafas protectoras, mientras que otros no se preocupaban y no llevaban ni gafas protectoras ni máscaras de 7 capas. Rose levantó las manos al acercarse al micrófono y dijo:

—Mi difunto padre, el Dr. Roberto Benson, quería que pensáramos en positivo. Nosotros, sus hijos, estamos aquí para animarlos a hacerlo esta noche —Ella y Joe saludaron. Sus cálidas sonrisas se parecían a las de su madre; ambos tenían un comportamiento agradable de artistas.

Charlotte llegó con su guardaespaldas real. Llevaba un exquisito y hermoso vestido. Charlotte y Rose se abrazaron y se besaron como damas. Joe abrazó cariñosamente a Charlotte y la sorprendió besándola apasionadamente.

—Te he echado de menos —confesó Joe.

—¿Beso de Herbie? —preguntó el pájaro, y ella le obsequió uno—. ¡Vaya! —graznó.

—¡Comprueba tú mismo! Te estoy observando, Herbie —dijo Joe—. Recuerda que yo soy el caballero y tú solo eres un escudero —Todos se rieron.

El concierto estaba a punto de comenzar. Herbie dijo:

—¡Mi señal! Hasta luego, Joe —Tomó su acostumbrada percha en el piano.

—¡Ahora tocaré algo que nos inspire a todos a ser honorables! —dijo Rose. Comenzó a tocar el piano de cola. Su primera canción era de acordes con varias teclas altas y bajas. Charlotte se inclinó hacia Joe.

—He tomado la vacuna de tu padre, el Elixir de la Panacea. Te agradezco de todo corazón que lo hayas puesto a disposición de mi familia —Lo besó profundamente. Joe disfrutó sentándose con ella en primera fila y viendo a Rose cantar y tocar obras maestras de la música. Herbie sintió el ritmo y se metió en su onda, moviéndose de lado a lado sobre el piano. Un joven adinerado sentado entre el público con sus padres estaba emocionalmente encaprichado con Rose y dijo:

—¡Mírala, mamá y papá! Su voz y su rostro son tan hermosos.

—Creo que nuestro hijo está enamorado —dijo la madre.

—De hecho, lo está. Cálmate, Bubo, hijo mío. ¿Quizás podamos arreglar algo, querido? —dijo el padre mientras se reía.

En ese momento, Joe se dio cuenta de que el apuesto joven sonreía profundamente a Rose. Aplaudía estruendosamente después de cada canción que ella tocaba. Rose le sonrió al notar su atención. Joe tampoco pudo evitar fijarse en que llevaba un anillo de masón del agua en el dedo, como el de su abuelo.

Joe sintió que su teléfono móvil vibraba en su bolsillo. Rezó para que fueran noticias de su abuelo, pero era Lumbra.

—Joe, por favor, ¿puedes venir a la Isla de Patmos? —le suplicó.

—¿Por qué? —preguntó Joe.

—He descubierto algo. Es una talla de madera petrificada de Jesucristo con los brazos extendidos frente a él. Está sosteniendo una espada con ambas manos. La espada está grabada con marcas que no entiendo. Sé que eres un experto en espadas. Te necesito. ¿Puedes venir a ayudarme a descifrarlas?

—Supongo que podría, pero no quiero dejar sola a Rose —dijo Joe.

—Pídele que venga contigo si ella tiene tiempo.

—¡Lumbra, está bien! Saluda a Napoleón de mi parte.

El concierto continuó. Joe se acurrucó junto a Charlotte y le besó la mano. A los dos les pareció que estaban solos en el enorme auditorio. Joe sabía que había llegado el momento. Sacó una pequeña caja y la abrió. En su interior, un anillo de diamantes azules de incalculable valor se encontraba sobre un cojín.

—La vida no es para siempre —comenzó—. El mundo parece acabarse, por lo que no parece tener sentido perder el tiempo diciéndote lo que siento. Quiero comprometerme con la mujer que amo. ¿Quieres casarte conmigo, Charlotte? —Joe la mira profundamente a los ojos con amor.

—¡Sí, Sir Joe! —exclamó Charlotte, empezando a llorar—. ¡Te amo con todo mi corazón! Todo lo que tengo es tuyo, mi amor.

Joe abrazó y besó a su nueva prometida. Quería llenar su mente de hermosos y poderosos recuerdos de este momento, pero su instinto le decía que había peligro. Miró al cielo y dijo en voz baja:

—Gracias, Dios, por este momento.

Cuando el concierto llegó a su fin, Rose pudo ver que algunas personas habían caído muertas entre el público a causa de la peste. Se levantó y dijo:

—Gente, por favor, no tengan miedo de estos tiempos difíciles. Juntos podemos superar todas las adversidades. Por favor, tengan fe en Dios.

Una de las personas del público gritó:

—¡Arresten a esa mujer! ¡Llamen a la policía! ¡Ha mencionado a Dios en público! Eso va contra la ley.

Un guardia de seguridad cercano se encogió de hombros.

—¡Tiene que ponerse la máscara de 7 capas, señora! Lo siento, no escuché bien lo que dijo Rose —Luego se dio la vuelta y se sirvió de la comida y las bebidas gratuitas. Los tiempos eran difíciles.

Rose se acercó a hablar con su hermano y Charlotte.

—Los dos parecen muy felices, pero veo que Charlotte ha estado llorando. ¿Qué ha pasado? —Charlotte le mostró el precioso anillo de diamantes. Encantada y sorprendida, Rose abrazó y besó a su futura cuñada.

Herbie dijo:

—¡Honor, Joe! Has demostrado tener honor.

—Joe, toda la orquesta y yo hemos sido invitados a dar un concierto para el señor Natas y la Liga. Todos ellos, incluido yo, han sido inoculados con el "Elixir de la Panacea" de nuestro padre. Por favor Joe, ¿puedo ir con ellos? —preguntó Rose respetuosamente a su hermano mayor.

—Bueno Rose, creo que puedes ir. Estarás a salvo con todos tus amigos músicos, y el abuelo estará allí en alguna parte. Yo también me voy de viaje, a ver a Lumbra y a Napoleón en Patmos. Rose, debes prometerme que te reunirás con el abuelo, si puedes. Y Rose te quiero, ten cuidado y confía en tus instintos. ¡Llámame cuando te encuentres con el abuelo! Por alguna razón no contesta su teléfono celular.

—¡Te lo prometo Joe! ¡Te quiero, hermano mayor! —Entonces Rose abraza y besa a Joe en su mejilla, y abraza y besa a Charlotte en su mejilla. Todos se despiden de todos.

Al otro lado del mundo, el general Benson estaba siendo golpeado fuertemente por sus captores. Cuando terminaron de torturarlo, lo colocaron en una enorme y sucia cruz de madera. Entró en pánico cuando se dio cuenta de que pretendían crucificarlo. Luchó, pero fue dominado por seis enormes hombres con cara de cerdo. Utilizaron martillos para clavar grandes clavos oxidados en las palmas de las manos y los pies atados del general. Sentía como si grandes espinas desgarraran su carne y le desgarraran los nervios al atravesar su cuerpo. La sangre y las lágrimas brotaron profusamente de él, y el valiente veterano de guerra gritó con enorme dolor.

—¡Uhr!

Una vez colgado en la cruz, apareció un maloliente señor Natas para interrogarle.

—Quería que trajeras a tu nieto aquí. Me has decepcionado.

—¿Qué quieres con él? —gimió el general.

—¡Joe es el elegido! Su ventana de oportunidad se está cerrando, general. Su vida depende de su capacidad para convencer a Joe de que venga aquí. Ahora, sin embargo, ya que Joe no está aquí, he lanzado una guerra mundial biológica a gran escala. Eso acabará con los humanos

Con valor y honor, el general dijo:

—¡Arde en el infierno! —Luego se puso a rezar—. Creo en Dios, Padre Todopoderoso, creador del cielo y de la tierra. Creo en Jesucristo, que está sentado a la derecha del Padre. Jesús vendrá a juzgar a los vivos y a los muertos.

Mientras el general Benson rezaba, el Sr. Natas pasó sus largas uñas, como garras, por el pecho del torturado, sacando sangre y desprendiendo piel del cuerpo. Luego comenzó a arrancar grandes trozos de carne del general para infligirle el mayor dolor posible. Natas se rio con regocijo.

—¡Ja! ¡Ja! ¡Ja! —En ese momento, en extrema agonía y con enormes lágrimas en los ojos, el general Benson miró al cielo y dijo:

—Sí, Gabriel. Siempre he creído —Luego ya no estaba entre nosotros.

33

Joe acompañó a su prometida, Charlotte, al aeropuerto con su guardaespaldas. Le dio un beso de despedida y le dijo:

—¡Recuerda! Las cosas suceden por una razón. Y recuerda que te amaré siempre.

Ella miró el bello rostro de Joe y dijo:

—Siempre, por siempre te amaré, Sir Joe. Recuerda que eres el Caballero del Honor. Mi corazón siempre estará contigo, mi amor. Acabo de ser informada por mi cuñado el rey que una guerra mundial química biológica ha comenzado debido al líder Natas. Rezo por volver a verte Joe —Ella abrazó a Joe llorando, luego abordó su avión a Inglaterra, mientras Joe y Herbie abordaban otro avión rumbo a Patmos.

Cuando su avión llegó, Joe se aseguró de tener su espada real a su lado izquierdo y a punto. Lumbra y Napoleón estaban en el aeropuerto para recibirlo.

—¿Qué es ese increíble olor? —preguntó Joe—. ¿Hay algo bueno para comer aquí en medio de la nada? Estoy hambriento.

—¡Herbie está hambriento! ¡Herbie famélico! —coincidió el loro.

Napoleón se rio.

—Resulta que he traído algo que he preparado para ti. Toma, come un poco. Los he echado de menos a los dos —Le entregó a Joe una bolsa de nylon llena de comida fina y luego hizo su acostumbrado ruido de estallido—. ¡Buen provecho!

—Como en los viejos tiempos —dijo Joe.

—Como en los viejos tiempos, Joe —repitió Herbie.

Joe se rio.

—Supongo que quiere decir que no soy un chef, Napoleón —Lumbra se rio y luego los llevó a todos al sitio arqueológico. Le mostró a Joe su surtido de herramientas arqueológicas. Tenía varias palas para cavar, un ordenador portátil Panasonic CF-30 para registrar los datos de una sonda electrónica de suelo, un gradiómetro para medir las sutiles alteraciones del campo magnético terrestre causadas por los objetos enterrados, una herramienta topográfica Trimble 3600 Total que su padre había utilizado en su última expedición, una brújula Suunto, detectores de metales, una máquina de rayos X portátil y un medidor de resistencia Geoscan RM15-D. Todo ello le había ayudado a localizar el artefacto petrificado de Jesucristo.

Mientras Joe seguía comiendo, Lumbra explicaba:

—Fue necesario excavar mucho para encontrarlo, pero esa es la parte principal del trabajo de un arqueólogo. También era la parte que más disfrutaba de pequeña —Le mostró la figura de madera petrificada—. Mira la espada que sostiene Jesús. ¿Puedes leer las marcas?

Joe se limpió la boca, tomó un trago de agua y luego examinó la talla.

—Es la espada del Arcángel Miguel. Dice: "El que tiene honor es como Dios".

De repente, los pájaros volaron del suelo al tiempo que las nubes se separaban. Unos rayos de luz brillaron directamente sobre la talla. La figura de Jesucristo cobró vida y habló.

—Yo soy el principio y el fin. No tengan miedo —Lumbra y Napoleón cayeron de rodillas con miedo, pero no Joe. Verdaderamente, el día del Señor había llegado como un ladrón en la noche, tal como la Biblia había prometido. Nadie en la tierra sabía que Él estaba aquí, excepto Joe, Napoleón y Lumbra.

Joe extendió su mano y dijo:

—Siento tu bondad. No tengo miedo.

Las manos de Jesús tenían una luz justa y brillante mientras estrechaban la mano de Joe. Increíblemente, la mano de Jesús se sentía como agua amistosa y cálida en movimiento. Mientras Jesús flotaba sobre el suelo, dijo:

—Ya no puedo tocar el suelo de la tierra, porque está contaminado por el pecado. Tampoco ningún ángel del cielo puede tocar este suelo. Dios, que creó al hombre a su imagen, ha puesto la salvación de la tierra en manos del hombre. Ahora solo el hombre puede salvar al hombre. Tú, Joe, eres el elegido. Puedes salvar la tierra. Depende de ti aceptar la misión de Dios para ti

—Señor Jesús, acepto la misión de Dios, sea cual sea.

—Toma esta santa espada de Miguel Arcángel. Dios estará contigo. Un poderoso y malvado dragón intentará controlarte o matarte, pero no tengas miedo.

Al oír estas palabras, Joe sintió de repente que la adrenalina le invadía el cuerpo. Recurriendo a su fe, experiencia, confianza, honor y valor, le dijo a Jesús:

—¿Qué debo hacer con esta hermosa espada? Todavía tengo mi espada de Caballero de Honor también —Contempló fascinado la belleza y el peso de la espada sagrada de Miguel.

—Dame tu espada real —dijo Jesús—. ¡Te la devolveré después de que completes tu santa misión de devolver el honor del hombre a Dios! Debes ir a donde yo estuve entre los vivos. Debes ir a Jerusalén. Debes salvar a tu hermana, Rose, del mal que ha puesto el pecado en este mundo. Napoleón y Lumbra estarán a salvo aquí en Patmos, porque yo estoy aquí ahora.

Napoleón sintió ahora que había alcanzado la paz eterna.

—Adiós, Joe —dijo. Lumbra estaba de rodillas junto a él, rezando y mirando a Jesús.

—¿Y mi abuelo? —preguntó Joe.

Jesús le dio una sonrisa reconfortante.

—Dios está contigo, Joe. Algún día volverás a ver a tu abuelo, como tu Padre ha prometido.

Joe cogió la espada sagrada y se dio la vuelta para abandonar la isla. Herbie se subió a sus hombros mientras caminaban a paso ligero para abordar un viaje en barco.

—¡Herbie ayuda a Joe! —dijo el pájaro valientemente. Mientras avanzaban rápidamente, Joe sonrió y le dio a su valiente amigo unas galletas para comer.

Por fin llegaron. Allí estaba: un barco de vela del que Cristóbal Colón estaría orgulloso.

Un mástil, un casco y una vela con un rubio patrón griego al timón. Joe subió a la rampa del barco y vio a un revisor narigudo que tomaba pasajes, pero también rechazaba a los pasajeros. Intentaron embarcarse en el velero de viaje local, que embarcaba hacia Jerusalén.

A mitad de la rampa, el hombre los detuvo.

—¡Date la vuelta! Aquí no se aceptan dólares americanos —dijo el revisor.

Joe sonrió y le entregó una bolsa de monedas americanas de oro. El gran revisor con una enorme nariz sonrió con curiosidad y mordió unas cuantas piezas de oro.

—Estas servirán, bonito americano. Usted y su loro pueden subir al barco.

—¡Eso es! Nariz grande. ¡Awk! —grita Herbie.

El revisor vuelve a mirar a Joe.

—¿Has dicho algo, americano?

—¡He dicho, eso es! ¡Gran hombre! Que tenga un buen día, buen revisor —dice Joe. El revisor sonríe y saluda a Joe con sus grandes manos.

Sin embargo, en algún lugar cercano, sin que Joe lo supiera, acechaba una figura alta, esquelética, de rostro malvado, vestida de forma oscura y tenebrosa, que estaba terriblemente molesta porque Joe había subido al barco.

Cuando se hicieron a la mar, los musculosos antebrazos del patrón dirigieron el timón mientras Joe y Herbie ayudaban con la vela. El aire fresco y silbante del mar y el agua salada del océano golpearon a Joe en la cara y en los ojos. *Es una sensación hermosa navegar en mar abierto,* pensó Joe.

34

Joe llegó a Jerusalén y se dirigió inmediatamente a la sede de la Liga. Él y Herbie comieron un poco de mezcla de frutos secos en el camino para mantener su energía, y Herbie se comió la mayor parte. Cuando llegaron al Muro de las Lamentaciones, un buen sentimiento inundó a Joe. Se sentó con las piernas cruzadas en posición de loto para rezar y meditar.

—Dios, dame fuerzas. Aunque hoy pierda la vida, por favor, salva a mi hermana, Rose. Te amo, Dios. Amén.

—¡Amén! —dijo Herbie.

Joe colocó las palmas de las manos sobre su regazo con los pulgares tocándose, cerró lentamente los ojos y entró en una profunda meditación zen. Despejó su mente de pensamientos problemáticos para rejuvenecer su *chi*. Mientras salía lentamente de su estado de meditación, pudo escuchar un órgano de tubos tocando música.

—¡Rose! ¡Rose! —gritó Herbie. Joe creyó al pájaro. Desde que Rose era una niña, Herbie se había sentado junto a ella cuando tocaba. Joe sabía que podía identificar su forma de tocar incluso desde la distancia.

Joe trotó hacia la música; esta le condujo a la Cúpula de la Roca. Entró y vio inscripciones islámicas en las paredes con alguna pequeña influencia cristiana de la época del rey David. Miró las escrituras coránicas a su alrededor. Joe leyó:

—Al igual que la humanidad se confundió con diferentes lenguas en la Torre de Babel, la humanidad también se ha confundido con diferentes religiones. Solo hay un Dios verdadero —Joe hizo una pausa—. ¿Quién podría tener el poder de confundir a toda la humanidad?

En ese momento, escuchó una risa fuerte y malvada en la distancia. Joe desenvainó rápidamente su afilada espada con ambas manos y la colocó ligeramente por encima de su cabeza en posición horizontal; se trataba de una agresiva postura de lucha samurái llamada *jodan kasumi kamae*. Esta postura se la había enseñado a Joe el samurái maestro Musashi para luchar contra un dragón. Joe continuó avanzando, hacia la fuente de la música, y hacia la fuente de la risa diabólica. Mientras rodeaba la famosa roca dentro de la

Cúpula, vio lo que parecía una marca de pezuña en la superficie de la roca sagrada. *¡Interesante!* pensó Joe. Siguió avanzando hacia un sonido desconocido y maligno.

En la parte trasera de la Roca de la Cúpula había una salida que conducía a un patio exterior. Salió y se encontró en una enorme arena que albergaba un hermoso escenario al aire libre. Le recordó al Pabellón de Órganos Spreckels del Parque Balboa de San Diego, que tenía un escenario al aire libre para las artes escénicas. Junto al enorme escenario había un lago artificial. El aire desprendía un olor fétido de cadáveres en fermentación. El sexto sentido de Joe le decía que algo maligno estaba al acecho.

Entonces apareció en el escenario un hombre aterradoramente enorme, vestido con una armadura negra y portando una larga espada de doble filo. Joe vio a Rose encadenada a una silla, junto a un enorme órgano de tubos al aire libre mientras lloraba.

—¡Augh! —Joe se dirigió valientemente hacia su hermana, manteniendo una postura de lucha contra el gran hombre, con la adrenalina a flor de piel. Estaba listo para cumplir su misión—. Deja ir a mi hermana. Ahora.

—¿Sabes quién soy? —Gritó el fuerte hombre con armadura negra. Era grande y guapo.

—Te reconozco de la televisión. Eres el líder mundial Natas. ¡Pero yo sigo a un líder superior! —Joe cambió suavemente de su postura de lucha samurái a su posición de esgrima olímpica en guardia.

El enorme hombre se rio sin remordimientos.

—¡Ja! ¡Ja! ¡Ja! Dejaré ir a tu hermana si me das tu espada arrojándola al suelo, luego ponte de rodillas y sígueme como tu líder. ¡Ahora!

Rose, con lágrimas en los ojos, comenzó a tocar una hermosa canción de Ludwig van Beethoven llamada *Sonata Claro de Luna* en el enorme órgano de tubos al aire libre. Esta canción que Rose conocía inspiró al campeón interior de su hermano Joe.

Joe amaba a su hermana Rose y sabía por qué estaba tocando la *Sonata Claro de Luna*. Sin embargo, el sexto sentido de Joe sintió que estaba siendo atraído a una trampa por Natas, o seducido por el líder. Así que se movió para ver si podía liberar a su hermana y dijo:

—Natas, estás mintiendo. Lo siento. No tienes autoridad sobre mí, así que deja tu espada, libera a mi hermana y ponte de rodillas, mientras pides perdón, a Dios Todopoderoso.

El fuego salió ferozmente de los ojos de Natas.

—¡Soy Satanás, maldito tonto! —gritó mientras la maldad suprema aparecía en su apuesto rostro para transformarse en un horror demoníaco. El suelo tembló cuando Satanás blandió su pesada y mortal espada de dos filos contra Joe. Pero Joe, un poco asustado por la mirada demoníaca de Satanás, lo eludió atléticamente con una buena movilidad de pies mientras usaba el ritmo y el tiempo. El valiente Herbie voló hacia Satanás, batiendo sus alas en sus ojos, picoteando los ojos de Satanás con su pico, y raspando sus garras profundamente en la cara de Satanás. Entonces Satanás golpeó ferozmente al pájaro con un poderoso golpe de su espada. ¡Pum! La sangre brotó del vientre de Herbie, pero le había dado a Joe la oportunidad que necesitaba.

Joe utilizó ambas manos para producir un tajo horizontal con su espada, utilizando un movimiento samurái en lo más profundo del vientre de Satanás. Satanás chilló de dolor y emitió un sonido horrible, inhumano y maligno. El sonido del dragón, la antigua serpiente, el diablo.

—¡Rahrr!—Mientras Joe rápidamente agitaba su espada hacia abajo, arrojando la maloliente sangre de Satanás al suelo en un movimiento de samurái.

Herbie, gravemente herido, aterrizó en el órgano de tubos junto a Rose. Herbie amaba a su familia Benson. Como si no le afectaran sus heridas, Herbie hizo todo lo posible por bailar su habitual camino de izquierda a derecha mientras Rose bombeaba con fuerza en el órgano de tubos.

—¡Joe! ¡Joe! ¡Joe! —aclamaba mientras Rose tocaba con maestría.

El escenario se abrió unos metros mientras salían gases y sonidos del infierno. Entonces, el rostro demoníaco de Satanás se transformó en su visaje original como el apuesto Lucifer, que una vez había sido el gran querubín del cielo. Lucifer era el director de la música celestial hermosa en todos los sentidos hasta que el pecado se encontró en su corazón envidioso, y codició el trono de Dios. Es como si Lucifer cometiera un motín mientras luchaba usando un tercio de todos los ángeles que sedujo en el cielo. Lucifer trató de apoderarse del trono de Dios por la fuerza, pero fue expulsado del cielo con un tercio de todos los ángeles que lo siguieron. Cuando Lucifer fue expulsado del cielo por el Arcángel Miguel, juró que volvería algún día.

La luna llena, enorme y brillante, estaba en el cielo, sobre el escenario, mientras se producía una feroz batalla de espadas entre Joe y Lucifer. ¡Clank! ¡Clank! Sin embargo, con la determinación de una hermana para ayudar a su hermano; Rose continuó rasgando las teclas del órgano mientras bombeaba con fuerza los pedales del órgano con la canción *Sonata Claro de Luna*. La brillante interpretación de música clásica de Rose inspiraba enormemente el corazón de campeón de Joe, que podía sentir su *Inochiryoku* o *chi* alineados. Desgraciadamente, Satanás también amaba la música, y él también recordaba cuando aún era Lucifer el compositor de música en el cielo, que tocaba música en el cielo para el Señor Dios y los ángeles. Joe se abalanzó hacia adelante para clavar la punta de su espada, pero Satanás hizo una estocada de parada contra la hoja de ataque de Joe. Con un ritmo rápido, Joe blandió su espada con las dos manos intentando cortar la cabeza del dragón. Pero Satanás, un divino maestro espadachín, interceptó el mortal ataque de Joe con un poderoso bloqueo de espada. Ambas espadas se engancharon con fuerza, lo que hizo que una chispa de fuego estallara en el aire. ¡Clang!

Satanás dice:

—Ahora escucha humano. ¿Qué crees que me pasó realmente cuando fui expulsado de mi gloria en el cielo? Fui infligido con forúnculos de entidades replicantes. Por eso huelo a putrefacción. ¡Todo este tiempo, esta pandemia, ha sido una guerra de gérmenes y toxinas biológicas, agentes infecciosos repartidos en todo el mundo! Solo he ayudado a crear el caos con disturbios, desconfianza en la ley, desconfianza en los líderes mundiales para atacarles en secreto con una guerra biológica. ¡Cada vez será peor! *¡Ja!* *¡Ja! ¡Ja!* —Satanás se ríe a carcajadas.

Joe con ira grita:

—¡Púdrete en el *INFIERNO*, Satanás! —Inmediatamente, Joe intenta varias fintas engañosas con la hoja de su espada para atraer a Satanás más cerca, para poder golpearlo letalmente con la espada divina del Arcángel Miguel. Pero su enemigo no se dejaría engañar tan fácilmente, porque solo él, el diablo, era el maestro del engaño. Satanás y Joe extendieron lentamente sus espadas para enfrentarse, uniendo ambas espadas como si fueran pegamento. Ninguna de las dos espadas se movía, Joe había hecho ese tipo de juego de espadas perfeccionándolo durante muchos años con su maestro Musashi. Sin embargo, Satanás se mostró muy confabulador y deslizó su espada ligeramente hacia delante, cortando a Joe en la cara derramando su sangre.

—¡Ja! ¡Ja! ¡Ja! —Satanás rio.

Las lágrimas salieron de los ojos de Joe y fluyeron por su cara y en sus cortes hasta sentirlos arder, sintió el dolor. Sin embargo, Joe mantuvo su espada comprometida con la tolerancia, y la levantó en alto, levantando también la espada de Satanás. Ambas espadas estaban ligadas por encima de sus cabezas. Ninguna de las dos espadas se movía, mientras Joe usaba la sensibilidad para sentir una apertura. Entonces, al sentir una abertura, Joe desenganchó su espada para realizar un corte descendente dirigido a la frente de Satanás utilizando los últimos veinte centímetros de la punta de la espada. Rápidamente, Satanás se movió con una velocidad divina mientras la hoja de Joe cortaba un trozo del hombro izquierdo del Diablo, que cayó al suelo como un trozo de carne cruda. Satanás volvió a gruñir de dolor.

—¡Auhr! —Y se lanzó violentamente contra Joe, para centrar su deseo maligno en él. Sin embargo, Joe utilizó la estrategia del agua, que consistía en responder como un eco al oponente, mientras saltaba sobre Satanás con su extraordinaria habilidad atlética, blandiendo su espada para un posible golpe. Mientras, Satanás balanceaba hacia atrás su pesada espada de doble filo, intentando cortar a Joe por la mitad. Ambas espadas chocaron fuertemente, haciendo otra enorme chispa que inició un pequeño fuego en el escenario. *¡Clang!*

Joe, ahora en su perfecta postura de esgrima en guardia, hizo un movimiento para un posible ataque.

Satanás se rio e hizo algo que Joe nunca había visto antes. Satanás se dejó caer diabólicamente al suelo. *¡Thud!* Mientras luego movía el vientre y las piernas en el suelo para deslizarse como una serpiente. Satanás desapareció misteriosamente. *¡Increíble!* pensó Joe. Ningún humano, incluido el propio Joe, podría hacer ese movimiento para escapar de un ataque. Sin que Joe lo supiera, Satanás invisible hizo un profundo tajo en las rodillas de Joe, desgarrando cartílagos y tendones, que derramaron grandes cantidades de sangre.

—*¡Auh! ¡Ouh!* —Joe lloró con lágrimas en los ojos por el enorme dolor. Tropezó y se tambaleó hacia atrás, casi cayendo, para recuperarse con seguridad.

Satanás dibujó una sonrisa malvada, sabiendo que Joe podía estar herido de muerte, mientras avanzaba hacia él, buscando el golpe de gracia. Satanás atacó violentamente a Joe de nuevo mientras sus espadas chocaban en lo alto, en lo bajo, a la izquierda y a la derecha. *¡Clang! ¡Clank!* Satanás rápidamente hizo una estocada dirigida al corazón de Joe.

Joe rápidamente interceptó la espada de Satanás con una parada en círculo en defensa mientras usaba su cuerpo y su poder en el suelo sosteniendo su espada. Joe, cansado por la pérdida de sangre, usó su mano sin arma con nudillos de artista marcial endurecidos para golpear como una roca en la cara de Satanás. ¡*Crack*! Satanás, el antiguo dragón, estaba ligeramente aturdido. Sin embargo, continuó ciegamente empujando su espada hacia Joe, intentando atravesar la carne humana en cualquier parte. ¡*Thrust*! ¡*Thrust*! Sin embargo, Joe había sido entrenado desde la infancia para esta batalla, y eludió todos los golpes de lanza de la espada. Joe comenzó a inhalar y exhalar aire rápidamente, para estimular su fuerza. Joe estaba cansado, pero no tenía miedo a la muerte, ya que era un "verdadero samurái" su tolerancia combinada con el coraje, sabiendo que la muerte y la vida son una. De alguna manera, debido a la poderosa habilidad de la espada de Joe, Satanás dejó caer su espada cuando Joe paró en círculo su espada para conectarla y usó su músculo estomacal combinado con la acción del cuerpo y la muñeca para hacer caer la espada de Satanás al suelo. Sin embargo, Satanás agarró violentamente a Joe por la camisa, tirando de él y tratando de morderlo como un animal malvado.

—¡Rrrr! —Joe se zafó con dificultad, rasgando su camisa de par en par y dejando al descubierto su musculoso pecho, brazos y abdominales—. ¡El hombre nunca debió ser la imagen de tu Padre! ¡Te odio, humano! —Satanás gritó diabólicamente mientras agarraba con fuerza la espada sagrada de Joe. Incapaz de quitársela, lo rodeó con sus apestosos brazos llenos de hongos y lo atrajo hacia sí. ¡Uf! Los ojos de Joe se inundaron de agua por el asqueroso olor a vómito descompuesto del demonio. Joe luchó, pero no pudo liberarse. Satanás... salivando la diabólica emoción de este momento, abrió su enorme boca asquerosa que estaba llena de gérmenes tóxicos, y virus mortales. Mientras usaba sus malolientes y verdosos dientes amarillentos para morder violentamente el hombro de Joe. ¡Aurm! El diablo quería morderlo.

—¡Augh! —gritó Joe al sentir inmediatamente la sangre caliente que brotaba profusamente de su arteria, mientras ambos luchaban por la posesión de la poderosa espada del Arcángel Miguel. Los músculos de Joe se tensaron y flexionaron mientras sangraba con enorme dolor. *¡Squirt!* *¡Squirt!* La sangre salía de Joe; sin embargo, trataba de dominar a Satanás usando la fuerza bruta, pero el demonio era demasiado fuerte para él. Satanás sonrió malvadamente con la sangre derramada de su boca, masticando el tejido del cuello de Joe con los tendones y las venas. Los hermosos rasgos de Satanás eran en realidad un espejismo. Su rostro se transformó de nuevo en su versión malvada: la antigua serpiente, el dragón, el diablo. La boca maloliente del diablo revelaba unos dientes grandes, afilados y llenos de hongos con la sangre de Joe. La horrible visión del horrendo Satanás, con su olor sulfúrico, embistió de repente a Joe como un toro con cuernos.

Una lección del maestro Musashi apareció en la mente de Joe: Concentración total, Joe tenía los pies profundamente arraigados en el suelo mientras se concentraba en percibir la energía de Satanás que se acercaba, para poder utilizar la conexión corporal, que significa presionar tu cuerpo contra el de otra persona. De esta manera puedes sentir la energía de la otra persona o sus movimientos, y así controlar el centro de la otra persona, y redirigir a la persona hacia donde quieras que vaya. Esta técnica, sin embargo, un samurái la llama *Jushin to Seigyo*. Joe sintió que algunas de sus costillas se rompieron cuando absorbió la carga de Satanás como si fuera golpeado por un rinoceronte. ¡Crack! Sintió Joe en las costillas cuando envolvió con sus manos y brazos a Satanás. Joe sintió náuseas al conectar con la energía maligna de Satanás. Joe, que estaba malherido, rápidamente deseó redirigir esta oscura fuerza maligna. Dijo:

—Dios, soy un hombre. En el nombre de Jesús, por favor ayúdame —¡Una luz justa celestial destelló de repente! Y Joe instantáneamente sintió una energía rejuvenecida temporalmente. Joe de alguna manera capturó la fuerza maligna oscura, mientras volteaba al pesado Satanás sobre sus hombros para golpearlo tan fuerte contra el suelo, que causó un terremoto que se sintió en todo el mundo.

Satanás, como un gato con nueve vidas, aterrizó cerca de su poderosa espada, que había poseído desde que era Lucifer una vez, en la justa luz de Dios del cielo celestial. ¡Pero ahora estaba en la oscuridad! Satanás agarró su espada demoníaca y rápidamente atacó a Joe con una renovada intención de matar.

—¡Odio al hombre! —grita Satanás. Otra lección del maestro Musashi destelló en la mente de Joe: Bushidō, literalmente significaba el camino del guerrero, que había aprendido a fondo. El Bushidō enfatizaba el código moral samurái de frugalidad, lealtad, dominio de las artes marciales y honor hasta la muerte. Poniendo su vida en juego con la verdadera liberación del guerrero, Joe sostuvo con firmeza la espada del cielo e inhaló profundamente, llenando sus pulmones y su pecho, respirando uno de los regalos más preciados de Dios, la energía interna de la vida del oxígeno. Joe se puso en trance zen y se concentró en reunir toda la fuerza vital cósmica que pudiera reunir. Joe convocó desde su cuerpo de hombre, a imagen y semejanza de Dios, toda su energía para una estocada letal, mientras enterraba rápidamente la poderosa espada sagrada del Arcángel Miguel en el pecho de Satanás. *¡Kerplunk!* La estocada de la espada celestial en el pecho de Satanás fue fatal. Satanás gritó de dolor, *"¡Augh!"* Mientras el trueno golpeaba el suelo... voces gritaban desde el *INFIERNO* el nombre de la bestia. *¡Lucifer*! Satanás el Gran Dragón, la Antigua Serpiente, el Diablo, se apoyó impotente en una columna de piedra, sin poder moverse. Entonces, con la espada del Arcángel Miguel aún enterrada en el pecho de Satanás, Joe empujó al Diablo fuera del escenario hacia el lago. *¡Splash!* Todo el estanque estalló instantáneamente en llamas. ¡Fuego!

Joe inhalando aire, y exhalando aire, estaba con un tremendo dolor, sangrando profusamente, y muy agotado. Sin embargo, demostró su espíritu guerrero de Zanshin. Corrió lentamente con un pavoneo de guerrero, y desencadenó a su hermana Rose.

—¡Gracias Joe! —Rose abrazó a Joe con lágrimas en los ojos. Entonces Herbie graznó sus últimas palabras a su mejor amigo—, ¡Joe! ¡Joe! —dijo suavemente, y luego cayó muerto sobre el piano. *¡Plack!* Joe abrazó a su loro, y lloró suavemente con inmensas lágrimas.

—Herbie. Herbie —Joe lloraba.

La paz y el honor comenzaron a reinar inmediatamente sobre la tierra. Dos grandes autobuses escolares llegaron a la Cúpula de la Roca, poco después de terminar la batalla. El primer autobús contenía árabes, palestinos y judíos israelíes, que charlaban como si fueran viejos amigos. En el segundo autobús estaban los amigos de la orquesta de Rose y el director del grupo. Rose se limpió la sangre de Joe con una toalla húmeda cuando se acercó el autobús del director.

—Rose, ¿vas a volver a casa con nosotros a California? —preguntó el director—. Estamos de camino al aeropuerto. Sería un honor que nos acompañaras.

—Vete a casa, Rose. Yo cogeré el próximo vuelo —dijo Joe con lágrimas en los ojos—. Quiero enterrar a Herbie aquí en Tierra Santa.

—Por supuesto, Joe. Despídete de tu amigo Herbie a tu manera —Ella besó a su hermano Joe, y luego subió al autobús mientras Joe veía partir a su hermana a salvo. Sin embargo, sin que Joe lo supiera, en ese momento, una enorme serpiente sangrante se deslizó fuera del lago y siseó en dirección a Joe. Mientras Joe seguía sangrando por el hombro, avanzaba tambaleándose mientras cargaba con su mascota muerta, Herbie. Hasta que llegó al pie del Monte de los Olivos, y entró en el jardín de Getsemaní.

—Supongo que este es el lugar al que me ha guiado mi sexto sentido. Te enterraré aquí, amigo mío. Te echaré de menos, Herbie —Con lágrimas en los ojos, Joe besó a su loro muerto. Lo depositó en el suelo y comenzó a cavar un agujero. Parte de la sangre de Joe goteaba en el agujero mientras trabajaba. Comenzó a sentir que se desmayaba. Joe sintió como si la última gota de sangre hubiera salido de él. Pensó que podría caer dormido con Herbie, sintió que se desmayaba, casi se cayó en el agujero mientras cavaba. Comenzó a rezar.

—¡Padre, Señor Dios! Si es mi hora de morir aquí, y entrar en un sueño profundo, entonces ¡gracias Señor, por mi tiempo de vida como hombre!

Mientras se desmayaba lentamente, Joe vio de repente a Jesús. Sus brillantes ropas blancas se acercaron a él mientras sus pies tocaban ahora suavemente la tierra, con cada suave zancada.

—¡El honor del hombre ha sido restaurado en la tierra! —dijo Jesús suavemente. Entonces Jesús puso sus dos manos en el hombro gravemente herido de Joe. La herida dejó de sangrar y luego sanó milagrosamente—. Todavía no es tu hora de morir, Joe. ¡Despierta, Joe! Te mostraré la luz del Padre. Ven conmigo. Te mostraré lo que has estado buscando: tu paz eterna.

—Gracias —dice Joe.

Desde la infancia, Joe había buscado la paz eterna. Había deseado que su mente, su corazón y su alma tuvieran un estado de calma y tranquilidad de duración infinita. Joe estaba extremadamente agotado. Con lágrimas en los ojos, recogió suavemente al muerto Herbie, y acunó su cuerpo de pájaro sin vida.

Jesús los acompañó al cielo y les dijo:

—Aunque todavía no has muerto Joe, verás toda la gloria celestial, para que cuando estés en la tierra, tengas tu paz eterna.

Mientras Joe observaba un brillante orbe de luz, las puertas perladas se abrieron para ellos. Jesús tocó tranquilamente a Herbie, que estaba acunado en las manos de Joe. El pájaro loro volvió inmediatamente a la vida.

—*¡Awk! ¿Qué? ¿Dónde?* —dijo Herbie.

—¡Herbie! —gritó Joe con alegría mientras abrazaba a su amigo loro.

—¡Guao! ¡Sueño profundo Joe, Irk! ¡Herbie ahora se siente muy bien!

Joe se rio.

—Herbie, payaso y mi mejor amigo. Fuiste valiente y mostraste valor en la batalla. ¡Supongo que eso te convierte en un caballero, Herbie! ¡Te nombro Sir Herbie!

El loro batió sus alas.

—¡Vaya! ¡Herbie caballero! ¡Lo que Joe quiera! —Besó a Joe con su pico y su pequeña lengua de loro negro, y luego se fue volando al cielo, donde permanecería.

Joe no podía creer lo que vio a continuación. Fue recibido por su padre, su madre, su abuelo, su abuela y el maestro Musashi. Los ángeles Gabriel, Rafael, Uriel, Joel y Remiel, junto con el poderoso arcángel Miguel, estrecharon la mano de Joe y dijeron:

—¡El cielo ha recuperado su honor! —Entonces, en lo alto de todos ellos, se encontraba una poderosa imagen. Se sentaba en lo que parecía un trono hecho de hermosas piedras de zafiro azul, y sobre él se sentaba alguien que parecía ser un ente con imagen de hombre. De la cintura para arriba, parecía ser todo bronce resplandeciente que deslumbraba como el fuego. Y de la cintura para abajo, parecía una poderosa llama ardiente y eterna. En la parte superior de su cabeza había un halo de paz resplandeciente, como un arco iris brillante de muchos colores, mientras que a su alrededor brillaba un orbe de luz justa. Era Jehová la gloria del Señor Dios, que estaba sentado en su trono en el cielo, y con Jesús, el Hijo de Dios, en su lado derecho.

Dios le dijo a Joe:

—La H del cielo significa Honor. Arrodíllate ante mí.

Joe se arrodilló ante Dios nuestro Creador.

—¡Sí, Señor Dios! —dijo Joe.

—¡Joe! Siempre serás un hombre. Te he creado hombre a mi imagen y semejanza. Te amo. Aunque todavía no has muerto, te concedo Joe la vida eterna y el poder de viajar entre el cielo y la tierra en tus misiones sagradas de honor. Volverás a la tierra como un mensajero humano. Ahora te nombro Joe, Arcángel de Honor.

Jesús, de parte de su Creador, su Señor Dios, puso una hermosa espada en las manos de Joe. Joe aceptó la espada mientras se arrodillaba, inclinó su cabeza para mostrar su honor con orgullosa felicidad. La inscripción en su espada decía "*Joe, arcángel de honor*" Joe ahora conocía el llamado *Heijōshin*, tal como el maestro Musashi dijo que lo haría. Joe se levantó con suavidad y gracia, mientras sostenía en alto su divina y poderosa espada, ¡para simbolizar este gran momento! Todos en el cielo estaban asombrados con él. Joe había encontrado por fin su paz eterna. Amén...